クリスティー文庫
26

ヒッコリー・ロードの殺人

アガサ・クリスティー

高橋　豊訳

Agatha Christie

日本語版翻訳権独占
早　川　書　房

HICKORY DICKORY DOCK
by
Agatha Christie

Translated by
Yutaka Takahashi
Published 2021 in Japan by
HAYAKAWA PUBLISHING, INC.
This book is published in Japan by
arrangement with
AGATHA CHRISTIE LIMITED
through TIMO ASSOCIATES, INC.

ヒッコリー・ロードの殺人

登場人物

エルキュール・ポアロ……………………私立探偵
ミス・レモン………………………………ポアロの秘書
ハバード夫人………………………………レモンの姉。寮母
ニコレティス夫人…………………………寮の経営者
マリア………………………………………寮のコック
ジェロニモ…………………………………マリアの夫
ナイジェル・チャプマン…………………歴史学専攻の学生
レン（レナード）・ベイトソン …………医学生
コリン・マックナブ………………………心理学専攻の学生
サリー・フィンチ…………………………アメリカ人の留学生
ヴァレリ・ホップハウス…………………服飾品のバイヤー
エリザベス・ジョンストン………………ジャマイカからの留学生
パトリシア・レイン………………………考古学専攻の学生
ジュヌヴィエーヴ・マリコード…………フランス人の留学生
ジーン・トムリンソン……………………物理療法専攻の研究生
アキボンボ…………………………………西アフリカ人の留学生
シーリア・オースティン…………………薬剤師
シャープ……………………………………ロンドン警視庁の警部

1

エルキュール・ポアロは顔をしかめた。

「ミス・レモン」

「はい、何か……？」

「この手紙は、誤字が三つもあるね」

信じられないといった口ぶりだった。無器量ながらすこぶる有能なミス・レモンは、いままで一度もまちがいをしでかしたことがなかったからだ。病気になったこともなく、疲れたこともなく、心が動揺したこともなく、いいかげんな仕事をしたこともなかった。つまり、実務的な観点から見れば、彼女は女でなくて、機械だった——完璧な秘書だった。彼女はあらゆることを知っていて、あらゆることに対処できた。ポアロの生活をきりまわし、それを機械のように作動させた。正しい順序と方法で、という言葉はずっと昔からのエルキュール・ポアロのモットーだった。完璧な召使のジョージと、完璧な秘書のミス・レモンの二人のおかげで、彼の生活は最高の順序と方法が保たれていた。いまやホットケーキ《クランペット》は丸くも四角にも焼かれて、彼は何一つ苦情をいうべきことがなかった。

しかし、今朝ミス・レモンがタイプしたきわめて簡単な手紙に三つもまちがいがあり、しかも彼女はその誤字に気がつかなかったのだ。まったく青天《せいてん》の霹靂《へきれき》というべき事件だった。

エルキュール・ポアロはそのいまいましい文書を彼女の方へ差しだした。怒っていたわけではなく、ただ当惑させられていただけだった。それはあり得ないことの一つだったのだが――しかし、現実に起こったのだ。

ミス・レモンは手紙を手にしてそれを見つめた。ポアロは生涯はじめて、彼女が顔を赤らめたのを見た。灰色がかった硬い髪の生えぎわから一面に朱を浴びたような、彼女の顔に似つかない、醜い濃い赤らみが広がっていった。

「まあ、どうしてこんなまちがいをしたのかしら――あっ、そうか。これはきっと姉のせいですわ」

「あんたの姉さん？」

ポアロは二度びっくりした。ミス・レモンに姉があろうとは思ってもみなかったからだ。いや、彼女に両親や祖父母があろうとも思えなかった。彼女は完全な機械製品、つまり精密機械そのものであった――したがって、彼女が愛情や悩みを抱いたり、家族のことに心をわずらわしたりするのは、奇妙なことのように思われた。衆知のことだが、彼女は勤めの余暇を利用してある新しい書類整理システムの研究に熱中し、それが完成の暁には特許をとって、彼女の名前にちなんだ名称をつけることになっていた。

「あんたの姉さんかい？」ポアロは信じられないといった口調でくりかえした。

ミス・レモンは大きくうなずいた。

「はい。あなたにはまだお話ししていなかったと思いますけど、じつはわたしの姉は若いころからずっとシンガポールで暮らしていましたの。姉の主人が向こうでゴムの商売をしておりましてね」

エルキュール・ポアロはなるほどというようにうなずきかえした。ミス・レモンの姉なら、生涯の大半をシンガポールですごすのがふさわしく思われたからだ。シンガポールはそんな場所なのだ。ミス・レモンのような女の姉妹たちがシンガポールで商売をしている男と結婚してくれるので、ミス・レモンのような女たちはこの国で機械のような性能を発揮しながら、自分の雇主の世話をすることに（そして余暇には書類整理システムの発明に）専念できるのだ。

「なるほど。それで？」

ミス・レモンは話をつづけた。

「ところが姉は、四年前に夫に先立たれました。子供はありませんでした。で、わたしは姉のために、値段が手ごろで、とてもすてきな、こぢんまりしたアパートを見つけてやったのです――」

（ミス・レモンの腕なら、そんな無理な条件のアパートでも探せるだろう）

「わたしの姉はかなり裕福に暮らしています――以前にくらべれば充分ではありませんが、彼女はぜいたくなたちじゃないので、むちゃなことをしないかぎり、楽に暮らせるくらいのお金は持っているのです」

ミス・レモンはちょっと間をおいてまた話をつづけた。

「でも、やはり寂しかったんですね。姉はイギリスにいたことがないので、幼なじみも知人もいませんし、それに暇がありすぎるのです。それで、半年ほど前、就職するつもりだといってきました」

「就職？」

「はい、学生寮の寮母さんの仕事なんです。あるギリシャ系の女の人が経営している寮で、寮母さんを求めていたのです。まかないの管理や寮生たちの世話をする仕事です。古風なつくりの下宿屋で、ご存じかと思いますが、ヒッコリー・ロードにあるんですの」ポアロは知らなかった。「かつてはすばらしい高級住宅街で、いまでもりっぱな家が多いんですのよ。姉は寝室と居間と小さな台所や浴室のあるりっぱな部屋を提供してもらうことになっているというのです」

ミス・レモンはまた間をおいた。ポアロはせかすようにして鼻を鳴らした。ここまで聞いた感じでは、悲劇的な物語になりそうな気配はまったくなかった。

「わたし自身はその話にあまり確信がもてませんでしたけど、しかし乗り気になっている姉の気持ちはよくわかりました。姉は一日じゅう何もしないでぶらぶらしていられる女じゃありませんし、それになかなかの実務家肌で、仕事のきりまわし方が上手なんです。もちろん姉はその仕事に金をつぎこむようなことまでやるつもりはないようでした。給料をもらって勤めることになっていたのです——高い給料ではありませんが、姉はそんな金を必要としない身分ですし、肉体的なきつい労働はいっさいない仕事なのです。しかも彼女は若い人たちが好きで、彼らとの交際もうまいし、また、長い間東洋に住んでいたので、人種的な相違や、それぞれの民族的な感情をよく理解しているのです。というのは、さまざまな国籍の学生がその寮に寄宿しているのです。だいたいはイギリス人ですけど、黒人も何人かいるらしいのです」

「なるほど」と、エルキュール・ポアロはいった。

「現在イギリスにある病院の看護婦の半数は、黒人じゃないかと思うんですけど」と、ミス・レモンはあいまいにいった。「それに、黒人の方がイギリス人の看護婦よりもずっと親切で感じがいいような気がしますわ。話が横道にそれましたが、とにかくわたしたちは何度も話しあった末、姉はそこへ住みこみました。経営者のニコレティス夫人についていえば、姉もわたしもあまり好きになれないようなタイプの女です。非常に気分にむらのある人で、とても愛想がいいときもありますけど、ときどきがらっと人が変わったようになり——けちで、むちゃなことをいいだすのです。しかし、もし彼女がもっと有能な女なら、助手を必要とするはずがありませんものね。もともとわたしの姉は他人のかんしゃくや気まぐれなどに、あまり頓着《とんちゃく》しないたちなんです。どんな相手にも屈しない代わりに、くだらないことにはいっさいかかわらないのです」

ポアロはうなずいた。ミス・レモンの姉はそうした面でも彼女によく似ていた——彼女の姉の方は、結婚とシンガポールの風土によって多少やわらげられてはいるが、やはり気の強い性格の女性らしい。

「すると、あんたの姉さんはその仕事をはじめたわけだね」と、彼はたずねた。

「はい、半年ほど前にヒッコリー・ロード二十六番地へ引っ越し、そこの仕事が気に入ったようで、とても楽しそうにしていました」

ポアロはしんぼうして彼女の話に耳を傾けた。いままでのところ、彼女の姉の冒険はうんざりするほど退屈だった。

「ところが、最近彼女はひどく悩んでいるのです。ほとほと困りきっているのです」

「どうして」

「その寮で、不愉快なことがつづいて起こっているからですわ」

「そこは男女の学生が泊まっているわけだね」と、ポアロは慎重にたずねた。

「いいえ、ポアロさん、そんなことじゃありませんわ！　そういう種類の問題については、みんなが予期して、その心構えができているものです！　ところが、わたしの姉を悩ませている問題は、いろんなものがつぎつぎに紛失していることなんです」

「紛失？」

「はい。しかもそれが奇妙なものばかりで、しかも、紛失のしかたがかなり不自然なんです」

「ということは、つまり、盗まれたわけだね」

「そうです」

「警察を呼んだのかい」

「いいえ、まだです。姉はその必要がなくなることを願っているのです。彼女はそこに住んでいる若い人たちが――ぜんぶとはいいませんが――とても好きなので、できるだけ警察の手を借りずに自分で解決したいと思っているのです」

「なるほど、その気持ちはよくわかるがね」と、ポアロは考え深げにいった。「しかし、いってみれば、あんたの姉さんの心配ごとがどうしてそのままそっくり反映してあんた自身の心配ごとになったのか、そこのところがよくわからんな」

「わたしはその情況が気に入らないんですよ、ポアロさん。いやな感じがするのです。なぜかわかりませんけど、何かが起こりそうな気がしてならないのです。ふつうには考えられないような何かがひそんでいそうな気がするのです――それがなんなのか、わたしには想像もできませんけど」

ポアロは考え深げにうなずいた。

ミス・レモンのアキレス腱《けん》は想像力だった。彼女はそれがぜんぜんなかった。そのために、不確かな事実につきあたるとその先が見えなくなった。推理の問題に当面すると、途方にくれるばかりだった。メキシコのダリエン湾で船首に集まって作戦を練ったエルナン・コルテスの部下たちの精神状態さえも、彼女には望めなかった。

「学生寮によくある、たわいない盗難事件じゃないのかね。盗癖のあるやつのしわざだろう」

「そうは思えませんの。その盗癖については、ブリタニカ百科事典や医学書で調べてみました」と、良心的なミス・レモンはいった。「しかし、納得がいきませんでしたわ」

エルキュール・ポアロは、一分半ほど黙った。

ミス・レモンの姉のそんな悩みごとや、さまざまな言語のいりまじった学生寮内の不平不満や喜怒哀楽にまきこまれるのは、どうもあまり……。しかし、そうかといって、ミス・レモンにたびたび手紙のタイプをまちがえられても困る。もし彼がこの事件に介入するとしたら、理由はそれしかあるまいと、心の中でいった。彼は最近かなり退屈していて、この事件がささいな問題であるからこそ彼の関心をひいたのだということを、認めようとしなかった。

「ある暑い日にパセリはバターの中へ沈み……」と、ポアロはつぶやいた。

「パセリが、バターの中へ？」ミス・レモンはあっけにとられて訊きかえした。

「古典に出てくる文句さ。あんたはシャーロック・ホームズの手柄はもちろんのこと、冒険も知ってるだろ」

「例のベーカー・ストリート協会の話ですか」とミス・レモンはいった。「いい年をした男たちがばかげたことばかりやってる！　しかし、男ってそんなものかもしれませんね。模型の汽車で遊びつづける人たちと同じで。しかし、わたしはそんな小説なんか読む時間はございません。たまに本を読む時間があったとしても、もっと実になる本を読みたいと思いますわ」

エルキュール・ポアロはいんぎんに頭を下げた。

「それじゃ、姉さんを気晴らしにここへ招待したらどうだろう――午後のお茶の時間にでも。わたしが力になってやれることがあるかもしれないよ」

「ご親切にありがとうございます。姉は午後はたいがい暇なようです」

「では、よかったら明日会うことにしよう」

そのようなわけで、忠実な召使のジョージは、バターをたっぷり使った四角いホットケーキや均斉《きんせい》のとれたサンドイッチや、その他ゆきとどいたイギリスの午後のお茶のもてなしに必要なものを作るように命じられた。

2

ミス・レモンの姉のハバード夫人は、妹にそっくりだった。ただ肌がもっと浅黒く、少し太っていて、髪は妹よりもいっそう無造作にあしらわれていたし、動作の方はいくぶんしとやかだが、丸い愛想のいい顔からのぞいている目は、ミス・レモンの鼻めがねの奥で光る鋭い目とよく似ていた。

「ご親切にしていただいて、ほんとうにありがとうございます、ポアロさん」と、彼女はいった。「しかもこんなすばらしいごちそうをしていただいて——はい、もうお腹がいっぱいですの——それじゃ、サンドイッチをひとつだけ——お茶ですか？　ええ、カップに半分だけで結構ですわ」

「まず、腹ごしらえをしてから、用談に移ることにしましょう」

ポアロは親しげな微笑を投げて口ひげをひねった。ハバード夫人がいった。「あなたはほんとに、わたしがフェリシティから聞いて想像していたとおりですわ」

至福《フェリシティ》というのは冷厳なミス・レモンのクリスチャン・ネームであることをやっと思いだしたポアロは、いささかめんくらいながらも、ミス・レモンのような才能に恵まれていたら、その名前も当然だろうと答えた。

ハバード夫人は二つめのサンドイッチを手にしながらいった。「フェリシティは他人のことを構わないたちですけど、わたしはそうじゃないんです。だから、こんなふうに悩んだりするんですよ」

「何を悩んでいらっしゃるのか、正確に説明していただけませんか」

「はい。金を盗まれるということは――特に小銭だったら――世間にありふれたことで、なんの不思議もないでしょう。それが宝石であっても、まったく正直な証拠で――いいえ、その逆かもしれませんけど――とにかく盗癖とか詐欺横領といったようなことにあてはまるでしょう。しかし――盗まれた品目を書いてまいりましたから、読んでみましょうか」

ハバード夫人はハンド・バッグを開けて小さな手帳を出した。

夜会靴（新しい靴で、片方だけ）

ブレスレット（イミテーション）

化粧用のコンパクト
口紅
ダイヤモンドの指輪（スープ皿の中から発見された）
聴診器
イヤリング
シガレットライター
古いフランネルのズボン
電球
箱入りのチョコレート
絹のスカーフ（ずたずたに切られているのが発見された）
リュックサック（右と同じ）
ホウ酸の粉末
浴用塩《バスソルト》
料理の本

エルキュール・ポアロは長い深いため息をした。

「これは珍しい」と、彼はいった。「じつにすばらしい——まったく魅力的だ」

彼はうっとりと賛嘆しながら、ミス・レモンの非難をこめたきびしい顔から、ハバード夫人の温和な、悩ましげな顔へ視線を移した。

「おめでとう！」と、彼はハバード夫人に熱狂的にいった。

ハバード夫人は啞然とした。

「なぜですか、ポアロさん」

「あなたはこんな独特な、すてきな問題に取りくんでいらっしゃるのですからね」

「たぶんあなたはこの意味がわかっていらっしゃるのでしょうけど、しかしわたしはさっぱり——」

「いや、わたしだってわかりませんよ。わたしはただ、この間のクリスマス・シーズンに若い人たちにむりやりやらされたあるしりとりゲームを思いだしただけです。それは角の三本ある貴婦人という名前のゲームでしてね。めいめいが順ぐりに、前の人がいった文句に何か品物の名前をつけ加えるのです。たとえば、『わたしはパリに行って、帽子を買った』とだれかがいうと、つぎの人は、『わたしはパリに行って、帽子と黒い靴を買った』といったぐあいに、つぎつぎと品物の名前がつづくわけです。つまり、このゲームの要点は、ぜんぜんでたらめに並べられた品物の名前を——ときには奇妙きてれつな名前もあるわけですが——その順序をまちがえないように暗記しなければならない点なんです。石けんとか、折りたたみのテーブルとか、白い象とか、たしかジャコウアヒルというやつもありましたよ。それを憶えるのが難しいわけは、いうまでもなく、それぞれがまったく関連がないこと——つまり、連続する必然性がないことです。あなたがいまあげられた盗難品の名前のようにね。その十二の品目がずらっと並べられたところには、もはやそれを正しい順序で復誦することはほとんど不可能でしょう。わたしがさっき説明したゲームは、一回失敗すると紙の角笛を一つ渡されて、こんどは、『角笛を一本持ったわたしはパリに行って——』と、やりなおすのです。そして三本渡されてなお失敗すると、その人は失格し、最後まで残った人が優勝するわけです」

「きっとあなたが優勝なさったんでしょうね、ポアロさん」ミス・レモンは忠実な雇用者の確信をこめていった。

ポアロはにっこり笑った。

「そういうわけなんだが、じつはまったくでたらめに並べられたものでも、順序をつけることはできるわけだし、ちょっと工夫すれば、連続性をもたせることだってできるものなのです。つまり、心の中でこんなふうにいうのです——『わたしは石けんで、折りたたみのテーブルの上に立っている汚い白い象の体を洗って——』といったぐあいにね」

ハバード夫人はすっかり感心した様子でいった。「わたしがさっきあげた品目も、あなたならその調子ですらすら暗誦できそうですね」

「できますとも。やってみましょうか。その貴婦人は右足に靴をはき、左の腕にブレスレットをした。それから彼女はコンパクトを出しておしろいを塗り、口紅をつけて食事に出かけ、スープの中にダイヤモンドの指輪を落として——まあ、こんな調子でつづけていけば憶えられるでしょう——しかし、そんなことより、わたしたちの当面している問題を考えてみましょう。まず、なぜそんなでたらめな盗品の集め方をしたのかということです。その背後に何か一定の方針があるのでしょうか。なんらかの計画があるのでしょうか。わたしたちはその点を分析してみる必要があるわけですが、それにはまず、盗まれた品物について慎重に検討してみることが大切です」

ポアロは沈黙してじっと考えこんだ。ハバード夫人はまるで、ウサギが飛びだすか、七色のリボンが現われるかと期待に胸を躍らせながら手品師の手もとを見つめる少年のような目で、ポアロを見守っていた。ミス・レモンは無表情な顔で、考案中の書類整理システムの細部の検討にふけっていた。

やがてポアロが口を開くと、ハバード夫人ははっと腰を浮かした。

「わたしがもっとも奇異な印象を受けたのは、聴診器とダイヤモンドの指輪以外の、盗まれた品物の大部分が値段の安いものばかりだったということですね。聴診器の方はしばらくおいて、まず指輪について考えてみたいと思いますが、その指輪は高価なものですか――値段にしてどれくらいのものなんです?」

「さあ、正確なことはわかりません。一つのダイヤのまわりを小さなダイヤで房のようにかこったもので、ミス・レインのお母さんの婚約指輪だそうです。それが紛失すると、彼女はまるっきり狂乱状態になってしまったものですから、その晩これがミス・ホッブハウスのスープ皿の中に入っていたのが見つかったときには、みんなほっとしましたわ。そして、だれかの人騒がせないたずらにすぎなかったのだろうと思いました」

「そうかもしれません。しかし、それを盗んですぐまた返したということは、重要な意味をもっているような気がしますね。もし口紅やコンパクトや本がなくなったのなら、あなたはまさか警察を呼ぶようなことをしないでしょう。しかし、高価なダイヤモンドの指輪となると、そうはいきません。警察の手がのびる可能性が大いにあるわけです。だから、その指輪は返されたのですよ」

「でも、返すくらいなら、どうして盗んだのかしら」と、ミス・レモンは眉をひそめながらいった。

「まったくだね」と、ポアロはいった。「しかし、その疑問は後まわしにしよう。いまは、盗まれた品物について検討しているところで、最初にその指輪を取りあげているわけだから。で、それを盗まれたミス・レインというのは、どんな女性です？」

「パトリシア・レインですか。とても気立てのいいお嬢さんですわ。史学だか考古学だか、とにかくそっちの方面の学位をとろうとしているんだそうです」

「暮らしは裕福なんですか」

「いいえ、あまりお金はないようですけど、とてもつましい人でしてね。さっき申しあげたとおり、その指輪はお母さんのものなんです。ほかに宝石類を一つか二つ持っているようですが、新しい洋服はあまり持っていませんし、最近はタバコもやめました」

「容貌は？　率直に説明してください」

「肌は中間色で、ちょっと疲れたような顔をしています。おとなしくて、いかにもお嬢さんといった感じですけど、少し活気がなさすぎるかもしれません。なんといいますか――つまり、勉強好きなタイプですわ」

「なるほど。で、あなたはその指輪がミス・ホッブハウスのスープ皿の中に入っていたといいましたが、そのミス・ホッブハウスという人は？」

「ヴァレリ・ホッブハウスですか。彼女は辛辣《しんらつ》な皮肉をいう癖のある、肌の色の浅黒い、利口な女の子で、美容院で働いています。サブリナ・フェアという店ですわ――その名前はお聞きになったことがあると思いますけど」

「その二人は仲がいいのですか」

ハバード夫人はちょっと考えた。

「べつに仲が悪いというようなことはないと思いますわ。おたがいにつきあう機会も少ないのです。パトリシアは特に人気がない代わりに、だれとでもうまく折りあっていますし、ヴァレリ・ホッブハウスの方は、口がわざわいして敵もあるようですけど――また、味方も多いようです。その意味はおわかりでしょうね」

「ええ、たぶんね」と、ポアロはいった。

結局パトリシア・レインは気立てがいいけれども活気のない女で、ヴァレリ・ホッブハウスは個性の強い女だということになるだろう。彼はまた盗難品の検討にもどった。

「盗まれた品物の種類が多種多様だということは、なかなか面白いですな。虚栄心が強くて金に窮している女性なら誘惑を感じそうな細かな品が並んでますね――口紅、装身具、コンパクト、それに浴用塩や箱入りのチョコレートなども、その方に属するでしょうな。それから、これはどちらかといえば、売りはらうか質に入れる場所を知ってる男の盗みそうな品物ですが、聴診器があります。この聴診器はだれのものなんです？」

「ベイトソンさんのです――体格のりっぱな、親切な青年ですわ」

「医学部の学生ですね」

「そうです」

「彼は怒っていましたか」

「はい、猛烈に怒っていましたわ。彼はもともと短気な性格なんです――ですから、そのときにはみんなにさんざんあたりちらしていましたけど、まもなくおさまりました。でも彼は、自分のものを盗まれておとなしくあきらめてしまうような青年じゃありませんよ」

「ほう、あきらめのいい人もいるのですか」

「ええ、ゴパール・ラムさんというインド人の学生がそうなんです。どんなことがあっても、いつもにこにこしていましてね。彼は手を振ってこういっていますよ――物質的な富や財産なんか、どうなろうと大した問題じゃ――」

「彼も何か盗まれたのですか」

「いいえ」

「ああ、なるほど！　フランネルのズボンはだれのものです？」

「マックナブさんのです。ずいぶん着古したもので、ほかの人なら捨てても惜しくないと思うでしょうけど、マックナブさんは自分の古い衣服にたいへん愛着があって、絶対捨てたりしない人なんです」

「つまり、盗む価値のないものまで盗まれているというわけですな――フランネルの古ズボンもそうだし、電球やホウ酸の粉末や浴用塩や、料理の本だってそうでしょう。少なくともそう大切だとは思えないものばかりです。しかし、ホウ酸なんかはどこかへしまい忘れるということもあるかもしれませんし、電球だって、切れたので取りかえようと思ってはずしたまま忘れることがあるでしょうし、料理の本だって、借りたまま返すのを忘れることもあり得るし、日雇いの掃除婦が古ズボンを盗んでいったのかもしれませんよ」

「わたしたちは信頼のおける掃除婦を二人雇っていますけど、彼女たちが無断でそんなことをするとは思えませんわ」

「あなたのおっしゃるとおりでしょう。それから、夜会靴が片方だけ盗まれてますね。これはだれの靴ですか？」

「サリー・フィンチのです。彼女はフルブライト奨学資金をもらって留学しているアメリカの学生ですの」

「まさかその靴をどこかにおきわすれたんじゃないでしょうな。靴が片方だけじゃ、だれにも使い道がないだろうと思いますがね」

「おきわすれたのでなかったことは、はっきりしているんです。みんなでずいぶん探しましたからね。ミス・フィンチがイヴニング・ドレスを着てパーティに行こうという矢先だったものですから、その靴がないとパーティに出られないというので、大騒ぎになっちゃったんですの——彼女は夜会靴をそれしか持っていなかったんです」

「なるほど、それは困ったでしょう——まったく迷惑な話ですな。なるほど、そうですか……。すると、やはり何かわけが——」

彼は急に口をつぐんで考えてから、また話をつづけた。

「ほかにまだ残っていますね——ずたずたに切り裂かれたリュックサックと、やはり同じようにされた絹のスカーフ。これはもう虚栄とか窃盗とかいうことでなくて、計画的な復讐といった感じですね。だれのリュックサックだったのです？」

「寮の学生はほとんど全員がリュックを持っています——みんながたびたびヒッチ・ハイクに出かけるのです。しかも、たいがい同じ店から買ってきているために、どれもこれもよく似ていて、見わけるのが大変なんですの。でも、そのリュックはレナード・ベイトソンかコリン・マックナブのものだということが、かなりはっきりわかるような情況でした」

「じゃ、絹のスカーフはだれのですか」

「ヴァレリ・ホッブハウスのです。クリスマス・プレゼントにもらったもので――エメラルドグリーンの上等なスカーフでした」

「ミス・ホッブハウスのですか……なるほど」

ポアロは目を閉じた。彼の瞼《まぶた》の裏に浮かんだのは、まさしく万華鏡《まんげきょう》の映像そのものだった。小さく切りきざまれたスカーフやリュックサック、料理の本、口紅、浴用塩。それに奇妙な学生たちの名前や簡単にスケッチされた似顔絵が入り乱れている。何一つとしてまとまりがなかった。関連のない事件や人々が、宙に渦をまいてただよっていた。しかしポアロは、どこかにはっきりした模様《パターン》があるはずだという考えを捨てなかった。おそらくそれは、いくつか発見されるだろう――万華鏡を振るたびにちがった模様が出てくるように。しかし、そのいくつかの模様の中で、正しいのは一つしかないはずだった。問題はどこからスタートすべきかだ。

彼は目を開いた。

「この事件は、よく考えてみる必要がありますな。とことんまで省察しつくす必要が」

「はい、わたしもそう思いますわ」と、ハバード夫人は熱心にあいづちをうった。「ですから、あなたにご迷惑をおかけしてほんとに申しわけないと――」

「いやいや、迷惑なんかするもんですか。わたしは大いに興味をひかれているのです。しかし、考えを練りながら、実際行動をすすめていくことにしましょう。手はじめに、例の靴——そう、夜会靴ですね、そこからスタートしましょう。それじゃ、ミス・レモン」

「はい」ミス・レモンは書類整理法の考察を頭から払いのけて、きちんと座りなおし、反射的に鉛筆と筆記用紙の方へ手をのばした。

「ハバード夫人から残っている片方の靴を拝借して、ベーカー街警察署へ行き、遺失品係にあたってみてくれ。それが紛失したのはいつですか、ハバード夫人」

ハバード夫人は考えこんだ。

「さあ、いますぐ正確に思いだすことはできませんが、二カ月ほど前のことでした。もっと正確なことが必要なら、サリー・フィンチにパーティの日付を訊いてみたらわかると思いますわ」

「なるほど。それでは——」彼はまたミス・レモンの方をふりかえった。「向こうへ行ったら、ちょっとあいまいない い方をするんだ——たぶんサークル・ラインの地下鉄の電車の中に片方の靴をおきわすれたように思うんですが、といったぐあいにね。あるいはほかの電車でもいいし、バスでもいいだろう。ヒッコリー・ロードの近くは、バスが何本くらい通っているんだい？」

「二本だけです」

「そうか、じゃバスでもよかろう。もしベーカー街警察署でだめだったら、警視庁をあたってみてくれ。タクシーの中に忘れたというんだ」

「ラムベス付近で乗ったことにしましょう」と、ミス・レモンは訂正した。

ポアロは手を振っていった。

「その点はきみにまかせるよ」

「でも、なぜそんなことを――」と、ハバード夫人がいいかけた。

ポアロはそれをさえぎった。

「まず、その結果を見てみましょう。結果がどう出ようとも、わたしはまたあなたとご相談しなければならんのです。そしてそのときは、わたしが知っておく必要のあることを説明していただくようになるでしょう」

「わたしはもうぜんぶしゃべったような気がするんですけど」

「いや、そんなはずはありませんよ。寮にはさまざまな性格の、性の異なった若者がいっしょに集まっているのです。したがって、AはBを愛してるけれども、BはCを愛していて、しかもDとEは、Aのために戦いをぶっぱじめそうな形勢になっているといったこともあるでしょう。わたしの知りたいのはまさにそれなんです。人間的な感情のもつれあいです。喧嘩、嫉妬、友情、悪意、その他あらゆる感情のくいちがい」

「でも、わたしはそんなことを何も知りませんわ」と、ハバード夫人は不満げな口ぶりでいった。「わたしはそんなことにはぜんぜんかかわりがありませんもの。わたしはただ寮の運営やまかないの世話をしてきただけなんです」

「しかし、あなたは若い人たちに関心をもっているわけでしょう。あなた自身がわたしにそういったんですからね。あなたは若い人たちが好きなんですよ。いまの仕事についたのは、財政的な理由からではなくて、人間的な問題と接触できるからだったはずです。おそらくあなたの好きな学生もいるでしょうし、あまり好感のもてない学生や、もしかしたらぜんぜん好きになれない学生さえいるかもしれません。さあ、いかがです。正直にいってください。あなたが心配しているのは、盗難事件そのものじゃないんでしょー―もしそうなら、とっくに警察にとどけたでしょうからね――」

「それはニコレティスさんが警察を呼ぶのをいやがったからですわ」

ポアロは彼女の言葉を無視して、話をつづけた。

「いや、あなたはだれかのことを心配しているのです――あなたはその人が事件の犯人であるか、少なくとも事件に関係しているのではないかと思っているわけです。したがって、それはあなたの好きな人なんでしょうな」

「まあ、驚いたわ、ポアロさんには」

「そうでしょう。いや、あなたが心配するのは当然ですよ。絹のスカーフを切ったり、リュックをずたずたに裂いたりするのは、どうみてもあまり感心しませんからね。その他のことにいたっちゃ、まったく子供じみていますが――しかし、はたしてそうなのか――どうもよくわかりませんな」

3

ヒッコリー・ロード二十六番地の玄関の石段をやや急ぎ足で登ると、ハバード夫人はドアに鍵をさしこんだ。ドアが開いたとき、体の大きい赤毛の青年が彼女の後ろから石段を駆けのぼってきた。

「やあ、ママさん」と、彼が声をかけた。レン・ベイトソンはいつも彼女をそう呼んでいた。ロンドンなまりのある愛想のいい青年で、いかなる種類の劣等感にもとらわれていなかった。「おめかしをして、逢い引きに行ってらしたんですか」

「ご挨拶ね、お茶を飲みに行ってきただけよ。急ぐから、お先に失礼するわ」

「ぼくは今日、美人の死体解剖をしてきたんですよ」と、レンはいった。「ずたずたに切り裂いてね！」

「まあ、いやなひと。美人の死体だなんて！　胸がむかついてきたわ」

レン・ベイトソンは笑った。その笑い声がホールにかん高く反響した。

「シーリアはもっと大変でしたよ」と、彼はいった。「薬局へ行く途中で彼女に会ったんですがね。ぼくが死体の話を聞かせてあげるから、いっしょに来ないかいというと、彼女は急に真っ青になっちゃってね——気絶しちゃうんじゃないかと思いましたよ。どうしてでしょうね、マザー・ハバード」

「あたりまえじゃないの」と、ハバード夫人はいった。「あきれたわ！　シーリアはきっと、あなたがほんものの死体の話をするつもりだと思ったんでしょう」

「ほんもの？　それはどういう意味ですか。ぼくたちの解剖する死体は、模型だと思ってるんですか」

そのとき髪をぼうぼうにのばした痩せた青年が右手の部屋から出てきて、とげとげしくいった。

「なんだ、きみ一人か。ぼくは大男が大勢おしかけてきたのかと思ったぜ。声はたしかに一人だったが、十人分ぐらいのボリュームなんでね」

「どうもすまん。気にしないでくれ」

「毎度のことだ、気にしてたら、こっちがたまらんよ」ナイジェル・チャプマンは捨てぜりふを残して部屋へもどっていった。

「デリケートな花だからな、彼は」と、レンはいった。

「おたがいに喧嘩はよしてちょうだい」と、ハバード夫人は注意した。「つんつんしないで、もう少しゆずりあってもらいたいわ」

大男の青年は愛情のこもった微笑を彼女に投げた。

「ぼくはナイジェルのことなんか気にしちゃいませんよ、ママさん」

そのとき一人の女が階段を降りてきた。

「あら、ハバードさん。あなたが帰ってきたらすぐ部屋に来てほしいって、ニコレティスさんがいってましたよ」

ハバード夫人はため息をして階段を登りはじめた。彼女に伝言した背の高い肌の浅黒い若い女は、壁ぎわに寄って彼女に道をあけた。

レン・ベイトソンはレインコートを脱ぎながらいった。「どんな用事なの、ヴァレリ。マザー・ハバードの口から、ぼくたちに苦情をいわせようというのかい」

相手の女は細い優美な肩をすくめた。そして階段を降りると、ホールを通りすぎながら、肩ごしにいった。「ここは日ごとにますます狂ったところみたいになってきたわね」

彼女はそういって、右側の部屋の通路を入っていった。長年ファッション・モデルをやっている女に共通な、人をくったような、しなやかな足どりだった。

ヒッコリー・ロード二十六番地の建物は、本来は二十四番地と二十六番地に分かれた二軒の家だった。それが階下だけが一つに改造されて、社交室と大きな食堂が設けられ、奥の方に浴室が二つと小さな事務所が作られた。そして二つの階段がいまでも分かれたままになっている階上に通じていて、女性たちの寝室は向かって右側にあり、男たちのそれは反対側の、もと二十四番地の家にあった。

ハバード夫人はコートの襟をゆるめながら二階へ登った。そしてニコレティス夫人の部屋の方へ足を向けたとき、ため息を洩らした。

彼女はドアをノックして入った。

「彼女はまたご機嫌が悪いのかもしれないわ」と、低くつぶやいた。

ニコレティス夫人の居間は暑苦しいほど暖房されていた。電気ストーブの線はぜんぶ真っ赤に燃え、窓はぴったり閉めきってある。ニコレティス夫人はかなり汚れたたくさんの絹やビロードのクッションに囲まれたソファに座って、タバコをくゆらしていた。肌が浅黒くて体が大きいが、ととのった顔立ちで、大きな褐色の目が鋭く光り、口が不機嫌にとがっていた。

「ああ、やっと帰ってきたのね」と、とがめるような口ぶりでいった。

ハバード夫人はミス・レモンと同じ血すじをひいているだけあって、びくともしなかった。

「はい、ただいま。あなたがお呼びだといわれて、まいりました」ハバード夫人はきつい口調でいった。

「ええ、呼びましたよ。まったくあきれたわ。あきれてものがいえませんよ！」

「何があきれたのです？」

「この勘定書ですよ！　あなたの計算書です！」ニコレティス夫人はたくみな手品師のような手つきで、クッションの下から一束の書類を取りだした。「いったいあの貧乏学生どもに何を食わせてるの。フォアグラやウズラ？　ここはリッツ・ホテルじゃないんですよ。あの学生どもは自分たちを何様だと思ってるの」

「若いかたは食欲が旺盛なんです」と、ハバード夫人はいった。「ですから、朝食はたっぷり、夕食もまあまあといった程度のものを出しています――調理は簡単で、しかし栄養の多いものを。その方が非常に経済的ですし」

「経済的ですって？　経済的だなんて、よくもいったものね、このあたしに。あたしが破産しそうになってるとでもいいたいの」

「あなたはこの寮から相当な収益はあげていらっしゃいます。ここの料金は、学生にとってはかなり高級な方なんです」

「しかし、うちはいつも満員でしょ。あき部屋に三倍以上の入居志望者がなかったことがありますか。うちは英国文化振興会や、ロンドンの大学生寄宿世話局や、方々の大使館や、フランスのリセからも学生が送られてきてるんですよ。だから、あき部屋ができると、申しこみが三つ以上殺到するのです」

「それは、この寮の食事がおいしくてしかもたっぷり食べられることが大きな原因だと思いますわ。若い人たちは満足な食事のできることが大切ですもの」

「ふん、この計算書を見てごらんなさい。ごまかしにもほどがあるわ。きっとあのイタリア人のコックとあいつの亭主がぐるになって、あなたをだましてるのよ」

「いいえ、そんなことをするような人たちじゃありませんわ、ニコレティスさん。ここにはわたしの目をごまかしてずるいことをするような外国人は、一人もいませんわ」

「じゃ、あなたですよ──泥棒はあなた自身です！」

ハバード夫人は少しも動揺しなかった。

「あなたがそんなことをおっしゃるのを、わたしは黙って聞きすごすわけにはいきませんよ」彼女は根も葉もない中傷を受けた古風な乳母のような口調でいった。「みっともないばかりでなくて、最近の情勢からいって、あなたに迷惑がかかるかもしれませんよ」

「まあ！」ニコレティス夫人は大げさな身ぶりで書類の束を宙にほうり投げた。書類は四方八方に飛びちった。ハバード夫人は腰をかがめて、唇をかみしめながらそれを拾いあつめた。「あたしが怒るようなことをしたのは、あなたなんですよ」と、彼女の雇主が叫んだ。

「わたしはいうべきことをいっただけです」と、ハバード夫人は答えた。「でも、あまり興奮なさるのは、あなたの体に悪いですわ。かんしゃくは血圧には毒ですからね」

「あなたはまかないの経費が先週よりもずっと多くなっているのは当然だというわけ？」

「もちろんですわ。ランプソン・ストアでかなり割り引いた値段で売りだしたものがありましたので、買いだめしておいたのです。ですから、来週は経費がいつもよりずっと少なくなるでしょう」

ニコレティス夫人はふくれっつらをしたままだった。

「あなたはいつも、もっともらしいことをいってあたしをまるめこむんだからね」

「どうぞ」ハバード夫人は書類をもとどおりきちんと束にしてテーブルの上においた。

「ほかに何か？」

「アメリカの学生のサリー・フィンチが寮を出るという話だけど——あたしは出てもら

いたくないんですよ。彼女はフルブライト留学生ですからね。彼女にいてもらえば、ほかのフルブライト留学生がどしどし入ってくるでしょ。だから、なんとかして彼女をひきとめておかなくちゃ」

「彼女がここを出たいという理由は？」

ニコレティス夫人は大きな肩をすくめた。

「そんなことをいちいち憶えていられるもんですか。どうせ、あたしにはほんとうのことをいわないにきまってますからね」

ハバード夫人はゆっくりうなずいた。その点はニコレティス夫人のいうとおりだろう。

「サリーは、わたしにはまだ何もいってきませんけど」

「しかし、あなたは彼女に会って話を聞くつもりでしょ」

「ええ、もちろんそうするつもりですわ」

「もしインド人や黒人などの有色人種の学生のせいだったら、彼らに出てもらうことにしますよ、いいですか。アメリカ人にとって、有色人排斥は必要不可欠な問題なのですからね。あたしにとってだいじな客は、アメリカ人です——それにくらべたら、有色人種なんて、ものの数じゃありませんよ！」

ニコレティス夫人は大げさな身ぶりをした。

「わたしがここにいるかぎり、そんなことは絶対いたしません」と、ハバード夫人が冷やかにいった。「いずれにしろ、あなたは思いちがいをなさっていらっしゃるのです。この寮の学生の間にそんな差別感情なんかありませんし、サリーもそんなことを問題にしてはいませんわ。彼女はたびたび、アキボンボさんといっしょに昼食に出かけますけど、彼ほど色の黒い学生はほかにいないでしょう」

「それじゃ、共産党のせいですよ――アメリカ人の共産党嫌いは、あなたも知ってるでしょ。そう、ナイジェル・チャプマンですよ――彼は共産党なんです」

「さあ、そうは思えませんわ」

「いいえ、そうなんですよ。この間の晩彼が話していたことを、あなたに聞かせたかったわ」

「ナイジェルは人を怒らせるようなことばかりいうのです。悪い癖ですわ」

「あなたはなんでも知ってるのね。感心しちゃうわ。あたしは心の中でいつもこう思ってるんですよ――もしあなたがいなかったら、あたしはどうしようもないだろうって。あたしはもう何もかもあなたにおまかせするわ。あなたってまったくすばらしい人だわ」

「爆薬の後はジャムか」と、ハバード夫人がつぶやいた。

「えっ、なんですって?」

「いいえ、なんでもありません。とにかく、やれるだけやってみましょう」

彼女は相手のとめどもない感謝の言葉をふりきって、部屋を出た。

「時間をむだにさせられちゃったわ——まったくどうかしてるんだから、いやになるわ」と、つぶやきながら、急ぎ足で廊下を通って自分の居間に入った。

しかし、そこにもまだ彼女に平和はなかった。彼女が部屋に入ると、背の高い女が立ちあがって声をかけた。

「ちょっとお話ししたいことがあるんですけど、いいでしょうか」

「ええ、いいわよ、エリザベス」

ハバード夫人は内心はっとした。エリザベス・ジョンストンは西インド諸島から法律を勉強しに来ている女性だった。勉強家でひそかに野心を抱いているようだったが、あまり人と交際しなかった。素質もあり、気性もしっかりしていて、ハバード夫人は彼女を寮の学生の中でもっとも優秀な学生の一人だと思っていた。

彼女は冷静さは失っていなかったし、黒い顔はまったく無表情だったが、ハバード夫人は彼女の声が少し震えているのに気づいた。

「何かあったの」

「はい、いっしょにわたしの部屋へ来ていただけませんか」

「ええ、ちょっと待ってね」ハバード夫人はコートと手袋をしまってから、彼女の後につづいて部屋を出て、上階へ通じる階段を登った。彼女の部屋はいちばん上のフロアにあった。彼女はドアをあけると、まっすぐ窓のそばのテーブルの方へ行った。

「このノートは、わたしが何カ月も苦心して筆記したものなんですよ。それがこんなことをされてしまって」

ハバード夫人ははっと息をつめた。

テーブルの上は一面にインクで汚されていて、それがノートぜんたいをひたしていた。ハバード夫人は指先でさわってみた。ノートはまだじっとり湿っていた。

彼女はばかげた質問だとわかっていながら、こうたずねた。「あなたが自分でインクをこぼしたんじゃないんでしょうね」

「いいえ、わたしが外から帰ってきたら、こうなっていたのです」

「もしかしたら、ビグズ夫人が――」

ビグズ夫人というのは、上の寝室を受けもっている掃除婦だった。

「ビグズさんじゃありませんわ。だいいちこのインクはわたしのじゃないんですもの。わたしのインクはベッドの横の棚の上においてありますけど、だれも手を触れた様子はありません。きっとだれかがインクを持って入ってきて、わざとこんなひどいことをしたのだと思いますわ」

ハバード夫人は呆然となった。

「なんてひどい——残酷なことをするんでしょうね」

「ええ、まったくひどいわ」

彼女はおだやかにいったが、ハバード夫人は彼女の感情を軽視するような過ちはおかさなかった。

「あきれてものがいえないくらいだわ。エリザベス、きっとわたしがなんとかしてこんなひどいことをした人を見つけてやるわ。あなた自身は何か心あたりがない？」

その女子学生はすぐさま答えた。

「これは緑色のインクでしょ」

「ええ、そうよ」

「緑色のインクはあまり一般的に使われていないけど、この寮でそれを使ってる人を一人だけ知ってますわ。ナイジェル・チャプマンです」

「ナイジェル？　こんなことをしたのはナイジェルだというわけ？」

「いいえ、そういうわけじゃないんですけど——でも、彼は手紙やノートを緑色のインクで書いているんです」

「とにかく調べなくちゃね。この寮でこんなことが起きたことは、大変申しわけないけど、わたしとしては最善をつくして徹底的に調べるとしかいえないわ」

「ありがとう、ハバード夫人。でも、ほかにもいろいろなことが起きてるんでしょ」

「ええ、まあね」

ハバード夫人は部屋を出て階段の方へ足を向けたが、急に立ちどまり、きびすを返して廊下のつきあたりの部屋の方へ歩いていった。ドアをノックすると、サリー・フィンチの声がどうぞといった。

その部屋は感じのいい部屋だったし、明るい赤毛のサリー・フィンチ自身も、感じのいい娘だった。

何か書きものをしていた彼女は、ふっくらしたほおをあげてこちらをふりむいた。そしてふたを開けたお菓子の箱を差しだして、あいまいにいった。

「家から送ってきたキャンディなの。どうぞ」

「ありがとう。でも、いまは結構。気が転倒しちゃってるものだから」彼女は間をおいた。「あなたはエリザベス・ジョンストンの部屋で起こったことを知ってる？」

「えっ？　何があったの、ブラック・ベスの部屋で」

ブラック・ベスというのはエリザベスの愛称で、彼女自身もそれを受けいれていた。

ハバード夫人はインク事件のことを説明した。サリーは同情と怒りを率直に示した。

「卑劣なことをするものね。あたしたちのベスにそんなことをする人がいるなんて、信じられないわ。彼女はみんなに好かれているんですもの。おとなしくて、あまり人とつきあわないけど、でも、彼女を嫌いな人はひとりもいないはずだわ」

「わたしもそう思うんだけどね」

「きっと——いままでの事件と関係があるんだわ。だから——」

「だから、どうしたの？」サリーが急に口をつぐんだので、ハバード夫人が訊きかえした。

サリーはゆっくり答えた。

「だから、あたしはここを出ようと思うの。ニックさんから聞いたでしょ」

「ええ、彼女はびっくりしてたわ。あなたがほんとうの理由をいわないと思ってるようだったけど」

「ええ、いわなかったわ。彼女に何をいったってはじまらないでしょ、あんな人だから。でも、ほんとうの理由はいまいったことよ。ここで変なことがつぎつぎに起こるものだから、いやになっちゃったの。あたしの靴が片方だけなくなったり、ヴァレリのスカーフがこまぎれにされたり、レンのリュックまで——それがただ盗まれたというのならどこにだってあることで、いいことではないにせよ、いわばあたりまえのことなんだけど——でも、これはそうじゃないんですよ」彼女は間をおいて苦笑した。「アキボンボさんはおびえていますよ。彼は優秀で近代的な教養があるけど、やはり古い西アフリカの魔術信仰が顔を出しているみたいだわ」

「まあ、ばかばかしい!」ハバード夫人は腹立たしげにいった。「わたしはばかげた迷信にはがまんができないわ。とんでもない。これはごく普通の人がいやがらせをしてるだけのことなのよ」

サリーの口がゆがんで、陰険な笑みを浮かべた。

「そのごく普通の人というのが問題ですよ」と、彼女はいった。「あたしの感じでは、この寮に普通でない人が一人いるような気がするわ!」

ハバード夫人は部屋を出て階段を降り、階下の学生の社交室に入った。部屋には学生が四人いた。ヴァレリ・ホッブハウスはほっそりとした美しい脚をソファの肘かけの上にあげていた。ナイジェル・チャプマンは分厚い本をテーブルの上に開いて読んでいた。パトリシア・レインは暖炉にもたれていたし、さらにもう一人、たったいま入ってきたらしいレインコートを着た若い女は、ハバード夫人が部屋に入ったとき、毛糸の帽子を脱ごうとしていた。体のずんぐりした、金髪の色白な女で、褐色の目の間隔が広く口はいつも軽く開かれていて、まるでしょっちゅうびっくりしているように見えた。

ヴァレリはくわえたタバコを手に取りながら、ものうげな声で話しかけた。

「あら、ママさん、こわい鬼ばばあ寮長に甘い鎮静剤を飲ましてきたわけ？」

パトリシア・レインがそれを受けていった。

「彼女はぷんぷんしてたでしょ」

「目に見えるようだわ」ヴァレリはくすくす笑った。

「じつはとても不愉快なことが起こったのよ」と、ハバード夫人はいった。「ナイジェル、あなたに訊きたいことがあるんだけど――」

「ぼくに？」ナイジェルは顔をあげて本を閉じた。痩せた意地の悪そうな顔が、いたずらっぽい、しかしびっくりするほど魅力的な微笑でぱっと明るくなった。「ぼくが何かしたのですか」

「いいえ、そういうわけじゃないけど」ハバード夫人は首を振った。「エリザベス・ジョンストンのノートに、だれかがわざとインクをまいて、めちゃくちゃにしてしまったのよ。しかも、そのインクが緑色なの。あなたは緑色のインクを使ってるんでしょ、ナイジェル」

彼はじっと彼女を見つめた。彼の顔から微笑が消えた。

「ええ、ぼくが使ってるのは緑色のインクですよ」

「あのいやなインク」と、パトリシアはいった。「あんなものを使わなければいいのに、ナイジェル。あれは悪趣味だと、あたしがいつも注意してたでしょ」

「ぼくにはぼくの趣味があっていいだろ」と、ナイジェルはいった。「ぼくはライラック色のインクをほしいと思ってるくらいなんだ。いまそれを一生懸命探してるところさ。しかしママさん、それ、ほんとうですか、その破壊行為の話は」

「ほんとうですとも。あなたがやったの？」

「いいえ、もちろんそんなことはしませんよ。ぼくはご存じのとおり口は悪いけど、そんな卑劣ないたずらはただの一度もしたことがありませんよ――しかも、被害者のブラック・ベスは他人によけいなおせっかいをしないという点では、だれかさんが手本にしてもらいたいくらいな存在なんですからね。ところで、ぼくのインクはどこへやったっけな。たしか、昨日の晩万年筆にインクを入れて――いつもあの棚の上においておくんですけど――」彼はさっと立ちあがって、棚の方へ行った。「ああ、ありました」彼はその瓶を手に取ってから、口笛を鳴らした。「やはりあなたがいったとおりだ。この瓶はほとんどからっぽですよ。まだたくさん入っていたはずなんですがね」

レインコートを着ていた女がはっと息をのんだ。

「まあ、いやだわ。あたしはそんなものを──」

ナイジェルはなじるようにさっと彼女の方をふりむいた。

「きみはアリバイがあるのかい、シーリア」と、おどすような口ぶりでいった。

彼女はあえいだ。

「あたし、そんなことしないわ。するはずがないじゃないの。とにかく、あたしは一日じゅう病院にいたのだから、そんなことをできるわけが──」

「ナイジェル、シーリアをいじめるのはよしなさい」と、ハバード夫人が口を入れた。

パトリシア・レインはむっとしていった。

「あたしはナイジェルがなぜ疑われなければならないのか、わからないわ。彼の、彼のインクが盗まれたからといって──」

ヴァレリがけしかけた。

「そうそう。ボーイ・フレンドのために弁護すべきだわ」

「とにかく、まちがってるわよ、彼を責めるのは──」

「あたしだって、そんなことになんの関係もないわ」と、シーリアが熱心に抗議した。

「あなたがやったなんて、だれもいってやしないわよ」と、ヴァレリはいらだたしげにいった。

「いずれにしろ――」彼女の目がハバード夫人の視線をとらえて、目くばせした――「これはだんだん笑いごとではなくなってきたわ。なんとかして始末しなきゃ」

「ええ、そうするつもりです」と、ハバード夫人はきっぱり答えた。

4

「ありましたわ、ポアロさん」

ミス・レモンは小さな茶色の紙包みをポアロの前においた。彼は包みをほどいて、形のいい銀色の夜会靴をしげしげと眺めた。

「あなたのおっしゃったとおり、ベーカー街署にありましたわ」

「これでよけいな手間がはぶけたわけだ」と、ポアロがいった。「しかも、わたしの予想があたっていることにもなる」

「なるほど」生まれつき驚異的なほど好奇心のないミス・レモンは、無造作にいった。しかし、彼女は家族的な愛情の刺激には感じやすかった。彼女はいった——

「姉からわたしあてに手紙がきているのですけど、さしつかえなかったら、ごらんになってくださいませんか。また新たな進展があったようです」

「わたしが読んでいいのかい？」

ポアロは彼女から手紙を受けとってひととおり読むと、すぐ彼女の姉に電話するように命じた。まもなくミス・レモンは姉を電話に呼びだし、ポアロが彼女から受話器を受けとった。

「ハバード夫人ですね」

「はい、そうです。さっそく電話をいただいて、ありがとうございます。じつはわたし、非常に――」

ポアロは相手の話をさえぎった。

「あなたはいまどこから電話しているのですか」

「えっ――もちろんヒッコリー・ロード二十六番地の寮からですわ。ああ、わかりました。わたし自身の居間からです」

「内線ですか」

「はい、そうです。親電話は階下のホールにあります」

「だれかに盗聴される恐れはありませんか」

「いまごろの時刻には、学生はぜんぶ外出していますし、コックは買い出しに出かけています。コックの夫のジェロニモはほとんど英語がわかりません。掃除婦が一人いますけど、彼女は耳が遠いので、まずだれにも盗聴される心配はないと思います」

「それはよかった。それじゃ自由に話ができますね。ところで、あなたは寮の学生のために、講演会とか映画会とか、何か娯楽的な集会を開いたことがありますか」

「たまに講演会をやりますわ。少し前に、探険家のミス・ボールトルートがスライドを持っていらっしゃいました。それから極東布教団の募金講演もありましたけど、あの晩は大部分の学生が外出してしまって、気の毒なことをしましたわ」

「なるほど。それじゃ今晩は、あなたの妹の雇主のエルキュール・ポアロ氏をうまく説得して、彼の扱ったいろいろな面白い事件の話をしたり、学生たちと討論したりしていただくことになったということにしてもらいましょうかな」

「それはきっと、みんなも喜ぶと思いますわ。でも、どういうお考えで――」

「いやいや、これは考え方の問題ではありません。わたしには確信があるのです!」

その晩社交室に入った学生たちは、ドアのすぐそばの掲示板に貼られたビラを読んだ。


今晩著名な私立探偵エルキュール・ポアロ氏のご厚意により、探偵の理論と方法について、かずかずの有名な事件を例にとりながら、ご講演していただくことになりました。

寮に帰ってきた学生たちは、これについてさまざまな噂をしあった。

「どんな人なんだい、この私立探偵は」

「聞いたことのない名前だね」

「ぼくは名前は知ってるよ。ずっと前に、ある掃除婦が殺された事件で無実の男があやうく犯人にされそうになったとき、この探偵が真犯人を発見してその無実の男を救ったことがあったぜ」

「何やらくだらなそうだね」

「でも、案外面白いかもしれないわよ」

「コリンはきっと喜ぶぜ。あいつは犯罪心理学にこってるからね」

「あたしはその分野のことは詳しくないけど、でも、いろんな犯罪を扱ってきた専門家と対話したら、面白いんじゃないかしら」

夕食は七時半だった。ハバード夫人が（著名な賓客《ひんきゃく》のためにシェリー酒がふるまわれていた）彼女の居間から降りてきたときは、学生たちは大半席についていた。彼女の後から、髪が異様に黒く、恐ろしく大きな口ひげを満足げにひねっている、小柄な中年すぎの男が入ってきた。

「ポアロさん、ここに集まっているのは寮の学生です。みなさん、こちらはポアロさんで、夕食がすんだ後で、わたしたちに面白い話をしていただくことになっています」

あいさつが交換されてから、ポアロはハバード夫人の隣りに腰をおろし、小柄で活動的なイタリア人の召使が大きな深皿から給仕したミネストローネが口ひげを汚さないように、しきりに気を配った。

つぎに湯気の立ったスパゲッティとミート・ボールが給仕された。ポアロの右隣りにいた女性が、はにかみながら彼に話しかけたのは、そのときだった。

「ハバード夫人の妹は、ほんとうにあなたの事務所にお勤めになっているのですか」

ポアロは彼女をふりかえった。

「ええ、そうですよ。ミス・レモンは長年わたしの秘書をやってるんです。あれだけ優秀な秘書は、ちょっといないでしょうな。わたしはときどき彼女が怖くなるくらいです」

「あら、そうですか。どうもおかしいと思ったわ――」

「何がおかしいと思ったのです、マドモアゼル」

彼は頭の中にノートをとりながら、父親のような微笑を浮かべて彼女の顔をのぞいた。〝きれいな娘で、悩みごとがあり、頭脳の回転はあまり早いほうでなく、何かにおびえている――〟彼はいった――「あなたの名前と、何を勉強しているのかを、教えてください」

「シーリア・オースティンです。学生じゃなくて、セント・キャサリン病院の薬剤師をしています」

「そうですか、それは面白い仕事ですね」

「はあ、よくわかりませんけど——たぶん、そうでしょうね」妙にあやふやな返事だった。

「ほかの人たちは？　みなさんのことを説明してください。ここは外国の留学生の寮だという話でしたが、見たところ、大部分はイギリス人のようですな」

「外国の留学生で、ここにいない人もいるんですの。インド人のチャンドラ・ラルとゴパール・ラムという男の留学生と、レインジアというオランダの女性、それに、アハメッド・アリという政治問題にものすごく熱中しているエジプトの青年もいませんわ」

「で、ここにいる人は？　順に説明してください」

「ええと、ハバード夫人の左側にいるのがナイジェル・チャプマンで、ロンドン大学で中世史とイタリア語を勉強しています。彼の隣りにいるめがねをかけたのがパトリシア・レイン、考古学を専攻しています。それから向こうの体の大きな赤毛の青年は、レン・ベイトソン、医学生ですわ。あの顔の浅黒い女はヴァレリ・ホッブハウスで、彼女は美容院に勤めています。彼女の隣りにいるのはコリン・マックナブで——彼は精神病学の研究生です」

彼女がコリンの説明をするとき、彼女の声の調子がかすかに変わった。ポアロは鋭く彼女の顔をのぞきこんで、ぽっと赤らんでいるのを見た。

ポアロは心の中でつぶやいた——

〝なるほど。彼女は恋をしていて、その事実を隠しきれなかったわけだ〟

マックナブは隣りの快活な赤毛の女との会話に熱中していて、テーブルの向かい側にいるシーリアの方を見ようともしなかった。

「向こうにいるのがサリー・フィンチです。アメリカ人で——フルブライト留学生です。それからあれはジュヌヴィエーヴ・マリコード。彼女もその隣りのルネ・ハレも、英語を専攻しています。あの金髪の小柄な女はジーン・トムリンソンで、やはりセント・キャサリン病院に勤めています。物理療法の研究生なんです。あの黒人のアキボンボ——彼は西アフリカから来た留学生なんですけど、とても感じのいいかたですわ。それから、あのエリザベス・ジョンストンはジャマイカから来て、法律を勉強しています。わたしの右隣りにいる二人のトルコの留学生は、一週間前に来たばかりで、まだ英語をろくに話せませんわ」

「ありがとう。で、みんなは仲よくやってるんですか。それとも、やはり喧嘩しますかな」

彼のさりげない口ぶりがその言葉の重みを取りさっていた。

シーリアはいった——

「わたしたちはみんな、喧嘩する暇のないほど忙しいのですけど、でも——」

「でも、どうなんですか、ミス・オースティン」

「じつは——あのナイジェル——ハバード夫人の隣りにいるナイジェルは、人の気にさわるようなことばかりいって、怒らせるのが好きなんです。で、レン・ベイトソンが怒っているのですよ。ときには怒り狂ったようになることもありますわ。とてもいい人なんですけど」

「すると、コリン・マックナブも彼に悩まされている一人かな」

「いいえ、コリンはちょっと眉をつりあげるだけで、むしろ面白がっているようですわ」

「なるほど。あなたたち女性の間では、喧嘩はしないんですか」

「ええ、とても仲よくやってますわ。ジュヌヴィエーヴがときどきかんしゃくを起こす程度ですの。フランス人は一般に、怒りっぽい人が多いようで——あら、ごめんなさい」

シーリアはすっかりあわてて顔を赤らめた。

「いや、わたしはベルギー人ですよ」と、ポアロは重々しくいった。そして彼女がほっとする間を与えずに、すばやく話をつづけた。「さっきあなたは、おかしいと思うことがあるといったけど、それはどういう意味？　何がおかしいの」

彼女は神経質にパンをちぎった。

「あれはべつに、大したことじゃないんですの——ただ、最近ふざけたいたずらがあったりしたものですから——たぶん、ハバード夫人が——いいえ、そんなばかげたことをいって、すみません。なんでもないんですよ」

ポアロは追求しなかった。ハバード夫人をふりかえって、夫人とナイジェル・チャプマンの三人で議論しはじめた。ナイジェルが犯罪は一種の創造的な芸術であるという議論をもちかけたからだ。彼は潜在意識的なサディズムにひかれて警察官になるものが多いことは、なげかわしい社会的現象だといった。彼の横に座っているめがねをかけた若い女が気づかわしげな顔で、議論に加わってそれを反駁《はんばく》しようとしているのを、ポアロは興味深げに眺めていた。しかしナイジェルは、彼女にまったく目もくれなかった。

ハバード夫人は面白そうにおだやかな微笑を浮かべていた。

「いまの若い人たちはみんな、政治と心理学以外は何も考えないらしいわね」と、彼女がいった。

「わたしが娘のころは、もっとのんきだったわ。よく踊ったわよ。この社交室のじゅうたんをとればりっぱなフロアがあるのだから、ラジオに合わせて踊れるはずなんだけど、あなたたちはぜんぜんしないのね」

シーリアは笑って、ちょっと意地の悪い口ぶりでいった。

「でも、あなたはよく踊ってたわね、ナイジェル。あなたのことだから、もうすっかり忘れてしまってるでしょうけど、あたしも一度あなたと踊ったことがあるわ」

「きみがぼくと踊ったって？」ナイジェルが信じられないといった口ぶりで訊きかえした。「どこで？」

「ケンブリッジで――五月祭のときだったわ」

「ああ、五月祭か！」ナイジェルは若気のいたりだというように手を振った。

「だれにもそんな青春期があるさ。しかし、ありがたいことに、それはまもなくすぎてしまう」

ナイジェルはどう見てもまだ二十五歳そこそこの青年だった。ポアロは口ひげで微笑を隠した。

パトリシア・レインが熱心にいった。

「だって、ハバードさん、あたしたちは勉強しなければならないことがたくさんあるのよ。講義は聞かなきゃならないし、ノートも整理しなければならないので、ほんとうに大切なことをする時間しかないわけなの」

「でも、若いときは一度しかないのよ」と、ハバード夫人はいった。

スパゲッティの後にチョコレート・プディングが出された。それを食べ終えると、みんなは社交室へ行き、テーブルの上にあるポットからコーヒーを注いで飲んだ。やがてポアロが講演をはじめるために招かれた。二人のトルコ人は礼儀正しく挨拶して部屋を出ていったが、ほかのものたちは待ちかねたようにして席についた。

ポアロは立ちあがって、いつもの落ち着きはらった態度で語りはじめた。彼の声はいつも彼自身の耳にこころよくひびいた。こうして彼は人の気をそらさない軽妙な話しぶりで、自分の経験を適当に誇張しながら四十五分間語りつづけた。たとえ彼がわざといんちき薬売りの口上のような調子で話すときも、話術が巧みでわざとらしさがなかった。

「こうして、わたしは」と、彼は最後にいった。「美しい金髪の秘書と結婚するために自分の妻を毒殺したリエージュの石けん工場主のことを思いだして、その紳士に話したのです。わたしはさりげなく話したのですが、すぐその反応が現われました。彼はわたしがたったいま彼のために取りかえしてやったその盗まれた金を、わたしにむりやり手渡したのです。彼の顔は真っ青になって、目に恐怖の色が浮かんでいました。『それじゃ、この金は慈善事業に寄付しましょう』と、わたしがいいますと、彼は、『あなたのお好きなように使ってください』と答えました。そこでわたしはいいました——きわめて意味ありげにこういったのです——『うかつなことをしないように、くれぐれも注意してくださいよ』と。彼は無言でうなずきました。わたしは部屋を出るとき、彼がひたいの汗をふいたのを見ました。彼はすっかり怖くなってしまったのです——そしてわたしは彼の一生を救ったのです。なぜかといいますと、彼は自分の金髪の秘書に惚れてはいたものの、そのために愚かで無愛想な妻を毒殺することは思いとどまったからです。つまり、ころばぬ先の杖ということです。殺人がおかされるのを待っているのではなくて——殺人を未然に防ぐのが、わたしたちの仕事なのです」

彼はお辞儀して、両手を前にひろげた。

「以上で、わたしの退屈な長話を終わりたいと思います」

学生たちはさかんな拍手をおくった。ポアロはまたお辞儀して腰をおろそうとした。

そのとき、コリン・マックナブがくわえていたパイプを手にして立ちあがった。

「それでは、あなたがなぜここへいらっしゃったのかを話してください！」

一瞬しんとなった。パトリシアがとがめるような声でいった。「コリン！」

「われわれはみんな、それを感づいているはずだ、そうだろ？」彼は軽蔑的な目でみんなを見まわした。「ポアロさんは非常に面白い話をしてくださったけど、ポアロさんがここへ来たのは、そんな話をするためじゃない。仕事で来たのだ。ポアロさん、あなたはわれわれがそんなことに気づかないほどとんまだとは、思っていらっしゃらないでしょうな」

「勝手な言いがかりだわ、コリン」と、サリーがいった。

「しかし、事実は事実さ」と、コリンがいいかえした。

ポアロは両手をひろげて、上品な承認の身ぶりをした。

「そのとおり」と、彼はいった。「ここにいらっしゃる非常に親切な寮母さんから、最近つぎつぎに起こっている事件が、彼女の心を悩ましていることを打ちあけられたのです」

レン・ベイトソンが喧嘩腰で立ちあがった。

「いったいこれは、どういうことなんだ。ぼくらはまんまと策略に乗せられたわけかい」

「いまになってやっと気がついたのかい、ベイトソン」と、ナイジェルは得意げにたずねた。

シーリアは驚いて息をつまらせながらいった。「やっぱりそうだったのね」

ハバード夫人はきっぱりとした威厳のある口調でいった。

「わたしはポアロさんに簡単な講演をお願いし、同時にまた、最近起こっているいろいろな事件についてご相談しましたよ。当然なんらかの手を打たねばならないことですからね。ポアロさんに相談するか、さもなければ——警察に依頼する以外に方法がないでしょう」

がぜん部屋中がわきかえった。ジュヌヴィエーヴが熱情的なフランス語でまくしたてた。「警察に頼むなんて、恥さらしだわ。みっともない!」同調と反対の声が入り乱れてわき起こった。それが鳴りやまぬ間に、レナード・ベイトソンの声が一段と高くひびいた。

「われわれの当面している事件について、ポアロさんのご意見を拝聴しようじゃないか」

ハバード夫人がそれを受けていった。

「わたしはポアロさんに事実をすべて説明しました。ポアロさんがあなたたちに質問なさったら、ちゃんと答えてくださいよ」

ポアロは彼女に頭を下げた。

「どうもありがとう」それから、手品師のような手ぶりで包みから一足の夜会靴を取りだし、それをサリー・フィンチに渡した。

「これはあなたの靴ですね、マドモアゼル」

「あら――はい――でも、両方そろっているのはどうしてかしら。なくなった片方はどこから出てきたのですか」

「ベーカー街署の遺失品係にありましたよ」

「でも、そこにあることがどうしてわかったのですか？」

「簡単な推理ですよ。だれかがあなたの部屋からこの靴を片方だけ盗んだ。なぜでしょう。自分ではくためでも、売りはらうためでもなかった。しかも、みんながこの家のすみずみまで捜すでしょうから、見つからないようにするには、それを外に持ちだすか、ずたずたに壊してしまわなければならない。しかし、靴をずたずたに壊すのは、容易じゃありません。最も簡単な方法は、紙にくるんでラッシュ・アワーのバスか電車の中に持ちこみ、それを座席の下にほうり捨ててしまうことです。わたしはまずそう考えたわけですが、それがあたっていたのです――つまり、わたしの推理の筋道に狂いのないことがわかったわけです――要するにその靴は、イギリスの詩人がいったとおり、犯人はそれが人の心を悩ませることを知っていたので、いやがらせのために盗まれたのです」

ヴァレリは短く笑った。

「ということになると、ナイジェル、犯人はまちがいなくあなたね」

ナイジェルはにやにやしながらいった。「靴が合うかどうか、はいてみてごらん」

サリーがいった。「ばかげた話だわ。ナイジェルがあたしの靴を盗むはずがないじゃないの」

「もちろん彼じゃないわよ」と、パトリシアが腹立たしげにいった。「とんでもない見当ちがいだわ」

「あきれてものがいえないね」と、ナイジェルはいった。「とにかく、ぼくはそのようなことはいっさい何もしなかったよ――みんながそういうにちがいないけどね」

ポアロは、あたかも俳優がきっかけのせりふを待つように、それらの言葉が交わされるのを待っていたようだった。彼の考え深げなまなざしは、しばらくレン・ベイトンの赤らんだ顔にそそがれていたが、やがてそれはほかの学生たちをさぐるように見まわした。

それから彼は、わざと外国風な手ぶりをしながらいった。

「わたしの立場は非常に微妙です。わたしは賓客なのです。ハバード夫人の招待を受けて、夜のひとときを楽しくすごすためにやってきただけなのです。また、もちろんあのかわいらしい夜会靴をお嬢さんに返すためでもあります。したがって――」彼はちょっと間をおいて、話をつづけた。

「ムシュー――ベイトソンでしたな――ベイトソンから、この事件についての意見を求められたわけですが、しかし、もしそれが彼ひとりだけでなくてみなさん全員の意思でなかったら、わたしが意見を述べるのはいささかさしでがましいと思います」

アキボンボは黒いちぢれ毛の頭を大きくうなずいてみせた。

「それはきわめて当然なことですとも」と、彼はいった。「つまり、全員で投票して決めるのが、ほんとうに民主主義的な方法ですよ」

サリー・フィンチのかん高い声がじれったそうに叫んだ。

「ちえっ、くだらない！　ここにいるのはみんな気の合った仲間じゃないのよ。つべこべいわずに、ポアロさんの助言をみんなで聞くことにしようよ」

「そうだよ、大賛成だ」と、ナイジェルがいった。

ポアロは頭を下げた。

「それでは、みなさんがお聞きになりたいようですから、申しあげましょう。わたしの助言はごく簡単なことです」と、彼はいった。「ハバード夫人は――さもなければ、ニコレティス夫人ならなお結構ですが――とにかく、いまただちに警察を呼ぶべきです。一刻も猶予《ゆうよ》すべきではありません」

5

ポアロの助言がまったく予想外のものであったことは、疑いなかった。それに対して一言の意見も抗議の声もなく、急に凍りついたような重苦しい沈黙にとざされただけだった。

その麻痺したような空気の中で、ポアロは、ていねいに「みなさん、おやすみなさい」と短いあいさつを残し、ハバード夫人に連れられて彼女の居間へ向かった。

彼女は居間の電灯をつけ、ドアを閉めてから、ポアロに暖炉のそばの肘かけ椅子をすすめた。彼女の愛想のいい顔が疑惑と不安に曇らされていた。彼女はタバコをすすめたが、ポアロは自分のタバコの方がいいからといって、ていねいに断わった。そして彼女にそれをすすめたが、彼女は、「わたしはタバコを吸いませんの」と、ぼんやりした声で断わった。

やがて彼女はポアロと向きあって腰をおろし、しばらくためらってから話しかけた。

「ポアロさん、あなたのおっしゃったことは正しいと思います。こんどのように悪質なインク事件が起こるようになっては、おそらく警察を呼ぶべきでしょう。でも、あなたがあんなふうにみんなの前ではっきりいったのは、ちょっとまずかったんじゃないかしら」

「なるほど」ポアロは小型のタバコに火をつけて、煙が立ち昇るのを見つめながらいった。「わたしが猫をかぶっているべきだったというわけですかな」

「ま、何ごとも堂々と公明正大にやるのはいいことでしょう——しかしこの場合は、みんなに黙っておいて警察へ依頼し、内密に調べてもらうようにした方がよかったんじゃないでしょうか。というのは、こんないたずらをしているのはだれであるにせよ、とにかくその当人は、もうすっかり警戒しているだろうと思うんですの」

「たぶんそうでしょうな」

「きっとそうだと思いますわ」と、ハバード夫人はややきつい口調でいった。「たぶんなんていう、あやふやな話じゃありませんよ！　たとえ犯人が今晩あそこにいなかった召使か学生だったとしても、そんな噂はすぐ耳に入るでしょう。そうなるに決まっていますわ」

「まったくそのとおり。そうなるに決まっていますよ」

「それに、ニコレティス夫人のこともあります。彼女がどんな態度に出るかが問題ですわ。あの人のことは、ほんとにだれにもわかりませんからね」

「どうするか見ものですな」

「彼女が承諾しなければ、もちろん警察に依頼することはできないわけですけど——あら、どなたかしら」

強制的な鋭いノックの音がした。それは二度くりかえされて、ハバード夫人がいらだたしげに、「どうぞ」と声をかける寸前にドアが開かれ、パイプをはげしく噛みしめるようにしてくわえて、眉間にしわを寄せたコリン・マックナブが部屋に入ってきた。

そして後ろ手にドアを閉めると、パイプを口から取っていった。

「失礼ですが、ポアロさんとぜひ話したいことがあるのですよ」

「わたしと？」ポアロはあっけにとられたような顔でふりかえった。

「そう、あなたとです」と、コリンはぶっきらぼうにいった。

彼はかなり座り心地の悪そうな椅子をひきよせ、ポアロと向かいあわせにしゃちこばって座った。

「今晩は面白い話を聞かせていただきました」と、彼はおせじめいた前置きをいった。

「あなたが長年さまざまな経験を積んでこられたその道のベテランであることを、ぼくは無視しようというのではありません。しかし、失礼ながら率直にいいますと、あなたの考え方もやり方も、どちらも時代おくれですよ」

「まあ、ひどいわ、コリン」と、ハバード夫人は顔色を変えていった。「まったく失礼じゃないの」

「ぼくはべつに憎まれ口をたたくつもりはありませんが、ものごとをはっきりさせたいのです。罪と罰――それがあなたの視野の限界なんですよ、ポアロさん」

「当然そういう結果になるでしょうな」と、ポアロはいった。

「あなたの法律の見方は狭い――しかも古くさすぎますよ。現在では法律さえも、犯罪の原因は何かということに関する最も新しい最も時代に即した理論をふまえていなければならないのです。つまり重要なのは原因なんですよ、ポアロさん」

「しかし、あなたの好きな最新流行のいい方をすれば、わたしは、あなたに全面的に賛成なんですよ！」と、ポアロは叫んだ。

「そうなら、いまこの寮で起こっていることの原因はなんであるのかを考えるべきでしょう――なぜあんなことがなされたのかをつきとめなければいけませんよ」

「そうそう、賛成です――それが最も重要です」

「なぜなら、かならず理由があるからです。しかもそれは、犯人にとっては非常にもっともな理由でしょう」

そのときハバード夫人はたまりかねて鋭くさえぎった。「まあ、くだらない！」

「そこがあなたのあさはかなところなんだなあ」と、コリンは彼女をちょっとふりかえりながらいった。「この問題は心理学的な背景を考慮する必要があるのですよ」

「心理学的なたわごとは、よしてちょうだい」と、ハバード夫人。「そんな話は聞きたくもないわ」

「それはあなたが心理学について何も知らないからですよ」と、コリンははねつけるようにいって、ポアロへ視線をもどした。

「ぼくはその分野に興味をもっているのです。いま大学院で、精神病学と心理学を専攻しています。ところで、われわれはいま非常に複雑な驚くべき事件に直面しているわけですが、ぼくがあなたにいいたいことは、犯罪者を原罪の教義や、悪質な法律違反というような見方で片づけてはいけないということです。あなたが青少年の犯罪者を矯正《きょうせい》しようというお考えがあるなら、事件の起源を理解しなければならないと思います。こんな考え方はあなたの時代にはまだなかったでしょうから、あなたにとっては受けいれがたいだろうと——」

「泥棒は泥棒ですよ」と、ハバード夫人はしつこく口をはさんだ。

コリンはいらだたしげに眉をしかめた。

ポアロはおだやかにいった。

「たしかにわたしの考え方は古風だろうが、きみの話に耳を傾けるだけの度量は持ちあわせているよ、マックナブ君」

コリンはその意外な返事に驚きながら、嬉しそうに顔を輝かした。

「たいへん公正な態度で、感服いたしました。では、できるだけ簡単な用語で、この問題を説明しましょう」

「ありがとう」と、ポアロはすなおにいった。

「便宜上、まずあなたが今晩サリー・フィンチに取りもどしてやったあの夜会靴のことからはじめましょう。ご存じのように、盗まれたのは片方の靴でした。片方だけなんです」

「その事実はきわめて印象的だったね」と、ポアロはいった。

コリン・マックナブは身を乗りだした。気むずかしそうだが、目鼻立ちのととのった顔が、意気ごんで紅潮していた。

「そうですか。しかし、その事実の意味はおわかりにならなかったでしょう。これはシンデレラ・コンプレックスの最も典型的な実例なんですよ。シンデレラの童話はご存じでしょうね」

「フランスの民話にある話はね」

「無給でいやしい仕事にこき使われていたシンデレラは、ぼんやり暖炉のそばに座っていました。姉たちは盛装して、王子様の舞踏会へ出かけていきます。すると、魔法の女神が現われて、彼女を舞踏会へ案内します。しかし、真夜中の鐘が鳴ると、彼女の身につけた美しい装いがぼろに変わることになっているのです――彼女はそれを思いだし、あわてて脱げた片方の靴をおき去りにして逃げだした。そのシンデレラにあやかろうとする気持ち（もちろん、無意識な心理作用ですが）――それがあの事件にあるわけです。挫折感、羨望、劣等感などの変形としてね。女の子が片方の靴を盗む――というのは、なぜでしょうか」

「女の子？」

「そりゃ、女の子に決まっています」と、コリンはたしなめるようにいった。「それぐらいのことは、低能でもわかるでしょうよ」

「まあ、コリンたら！」と、ハバード夫人が叱った。

「どうぞ、話をつづけて」と、ポアロは静かにいった。

「たぶん彼女は、自分がなぜそんなことをするのか、自覚していないでしょう――しかし、潜在的な欲求があることは明らかです。彼女は王女になりたいのです。王子に見染められ、求愛されたいのです。もう一つの重要な意味をもつ事実は、その靴が舞踏会へ行こうとしている魅力的な女性から盗まれていることです」

コリンのパイプはとっくに火が消えていたが、彼はそれを熱狂的に振りまわしながら話しつづけた。

「ここで、ほかの出来事をいくつか考えてみましょう。いたずら好きなカササギは、きれいなものをほしがっています――それらはすべて女性が自分を美しく飾ることに関連したものばかりです。化粧用のコンパクト、口紅、イヤリング、ブレスレット、指輪――これは二重の意味があります。その女は注目されたがっているわけですが、同時に罰を受けたがってさえいるのです――つまり、非行少女によくあるケースなんですね。それらのものは普通の窃盗犯に値しないようなものばかりです。いいかえれば、彼女がほしかったのは、それらのものの価値ではなかったのです。裕福な女がデパートへ行って、買う金を充分持っていながら品物を盗んだりするのも、同じような意味あいからなんですよ」

「ばかばかしい屁理屈だわ」と、ハバード夫人は挑戦的にいった。「そんな人はもともとずるい人間なんですよ。それだけのことでしかないのよ」

「しかし、盗まれた品物の中には、かなり高価なダイヤの指輪があったね」と、ポアロはハバード夫人の唱えた異議を無視していった。

「あれはすぐ返しました」

「しかし、聴診器はまさか女性の装身具とはいえないだろう」

「あれはもっと深い意味があるのです。女性的な魅力に欠けていると思っている女は、りっぱな経歴の追求に性衝動を昇華させることがあるのです」

「それでは、あの料理の本は？」

「家族や夫や家庭生活の象徴でしょう」

「ホウ酸の粉は？」

コリンはじれったそうにいった。

「ポアロさん、だれもホウ酸なんか盗むわけがないじゃありませんか！」

「わたしもそう思っていたんだがね。マックナブ君、きみはあらゆることに対して解答をもっているようだね。それじゃ、あの古いフランネルのズボンが紛失したことの意味を説明してくれないか――あれはたしか、きみのズボンだったね」

コリンははじめてまごついたようだった。彼は顔を赤らめ、咳ばらいした。

「もちろん説明はできますが、しかし、ちょっとややこしいことなんで――どうもまずいなあ」

「なるほど、わたしを赤面させたくないってわけか」

ポアロは急に身を乗りだして、青年の膝を軽くたたいた。

「それから、女の学生のノートを汚したインクと、ずたずたに切り裂かれた絹のスカーフだが、この二つは説明してもさしつかえないだろうね」

すると、いままで自己満足と優越感にひたっていたコリンの態度が、急に好ましい変化を示した。

「いや、それがどうも気になるのです」と、彼はいった。「これは深刻な問題です。彼女は治療を受けるべきだと思います——すぐにね。もちろん医学的な治療が必要だという意味ですよ。警察とは関係のないことです。おそらくそのあわれむべき女は、何が何やらわからなくなっているのでしょう。窮地に追いつめられているのです。もしぼくが——」

ポアロは彼をさえぎった。

「彼女はだれなのか、きみは知ってるんだね」

「ま、見当はついています」

ポアロは要約するような口ぶりでつぶやきはじめた。

「異性との仲があまりうまくいかない若い女。内気な女。情の深い女。どちらかというと頭脳的な反応の鈍い女。挫折感と孤独感を抱いている女。それから……」

ドアをノックする音がした。ポアロはつぶやきをやめた。またノックがくりかえされた。

「どうぞ」と、ハバード夫人が答えた。

ドアが開いて、シーリア・オースティンが入ってきた。

「ああ、そうか」と、ポアロはうなずきながらいった。「まさしくミス・シーリア・オースティンだ」

シーリアはもだえるような目でコリンを見た。

「あなたがここにいるとは思わなかったわ」と、彼女はあえぎながらいった。「あたしがここへ来たのは――」

彼女は深く息を吸ってから、ハバード夫人にはげしく訴えた。

「お願い、どうか警察を呼ばないで。あれはあたしなの。あたしが盗んでいたのよ。なぜそんなことをしたのか、自分でもわからないわ。想像もできないわ。盗もうなんて思ってもみなかったのよ。ただなんとなしに――つい手が出ちゃって」彼女は急にコリンをふりかえった。「これであたしがどんな人間かわかったでしょう……あなたはもうあたしとなんか、話もしたくないでしょうね。あたしはほんとにばかな――」

「いやいや、そんなことはない」と、コリンはいった。彼のひびきのいい声はあたたかく、思いやりがあった。「きみはちょっと混乱しているだけなんだ。ものごとをはっきり見きわめることをしなかったために、一種の軽い病気になっているにすぎないのさ。もしきみがぼくを信頼してくれたなら、ぼくはきっときみを直してあげるよ」

「まあ、コリン、ほんと？」

シーリアはあからさまな恋慕の目で彼を見た。

「あたしは気が狂いそうになるほど悩んだわ」

彼はまるで叔父のような態度で彼女の手をとった。

「もう何も心配する必要はないよ」コリンは立ちあがりながらシーリアの手を自分の腕にからませて、きびしい目でハバード夫人をふりかえった。

「もう警察を呼ぶようなばかなことはしないでしょうね。大したものが盗まれたわけじゃないし、盗んだものはシーリアが返すでしょう」

「ブレスレットとコンパクトはお返しできないわ」と、シーリアは気づかわしげにいった。「二つとも下水に捨てちゃったの。でも、新しいのを買ってお返しするわ」

「聴診器はどうしたんだい？」と、ポアロは訊いた。「どこへやったの」

シーリアは顔を赤らめた。

「聴診器なんか盗みませんわ。中古の聴診器を盗んだって、どうしようもないでしょ」

彼女の顔の赤らみが深まった。「それから、エリザベスのノートにインクをかけたのも、あたしじゃありません。あたしはそんな——そんなひどいことは、絶対しませんわ」

「しかし、ミス・ホップハウスのスカーフをずたずたに切ったのはあなたでしょ、マドモアゼル」

シーリアはそわそわしながら、あいまいに答えた。

「あれは話がべつですわ。たぶんヴァレリは、気にしていませんから」

「リュックはどう?」

「いいえ、あたしはあれを切り裂いたりしなかったわ。あれはかんしゃくを起こした人のやることとですよ」

ポアロはハバード夫人の手帳から書き写した盗難品目のリストを取りだした。

「こんどこそほんとうのことをいいなさいよ」と、彼はいった。「いままで起きた事件の中で、あなたに責任があるのと、責任がないのは、どれとどれなの?」

シーリアはそのリストを見て、すぐさま答えた。

「リュックサックや、電球やホウ酸や浴用塩のことは、あたしはぜんぜん知りませんし、指輪はあたしの思いちがいで、高価なものだと気がつくとすぐ元へもどしておいたのです」

「なるほど」

「あたしは不正なことをするつもりはなかったんです。あれはただ——」

「ただ、どうしたの」

シーリアの目にかすかな警戒の色が浮かんだ。

「よくわからないんです。なんだか頭がすっかり混乱してしまって」

コリンがぶしつけに口をはさんだ。

「彼女にくどい質問をするのは、もうよしてくださいよ。あんな事件はもう二度と起きないと、ぼくが約束します。これからはぼくが責任をもって彼女を見るつもりですから」

「嬉しいわ、コリン、親切にしていただいて」

「シーリア、きみのことをなんでもぼくに話してくれ。たとえば、きみの幼いころの家庭生活のことなんかを。お父さんやお母さんはまだ健在なんだろ」

「いいえ。あたしの家は、大変なのよ——」

「はっきりいってごらん。どう大変なのか——」

ハバード夫人は二人の話をさえぎり、命令するような口調でいった。

「お二人とも、そんな話はもうよしなさい。シーリア、あなたが告白してくれて、嬉しいわ。けれど、あなたはみんなに大変な迷惑をかけたのだから、充分反省すべきですよ。ただし、これだけはいっておきましょう。わたしはあなたがエリザベスのノートをインクで汚さなかったというあなたの言葉を、信用しますよ。あなたはそんなことをするような人じゃないと思いますからね。さあ、もうお二人とも行きなさい。あなたたちの話は今夜はもうたくさんだわ」

彼らの背後でドアが閉まったとき、ハバード夫人はほっとため息した。

「あれはどう思います？」

エルキュール・ポアロの目がきらっと光った。

「どうやらわたしたちは、ラヴ・シーンの道具にされたようですな――現代風の」

ハバード夫人は不賛成の叫び声をあげた。

「時代が変われば風習も変わる《オートル・ターン・オートル・マール》」と、ポアロはつぶやいた。「わたしの若いころには、若者たちは恋人に神智学の本を貸したり、メーテルリンクの『青い鳥』について議論したりしたものです。みんなが感傷的で、高い理想を夢みていました。ところがこのごろの若い男女を結びあわせるのは、環境に対する不適応とかコンプレックスなんですな」

「まったくばかげていますわ」と、ハバード夫人はいった。

ポアロは彼女の意見に反対した。

「いや、すべてばかげているわけじゃありませんよ。その基本的な原理はりっぱです——しかしコリンみたいな若い熱心な研究者は、コンプレックスとその犠牲者の不幸な家庭生活以外は何も見ようとしない——それが問題なんですよ」

「シーリアの父は、彼女が四つのときに亡くなっています」と、ハバード夫人はいった。「しかし彼女は、頭は鈍いけれどもやさしい母親といっしょに、幸福な家庭生活を送ってきたようですわ」

「なるほど。しかし、彼女がマックナブにそんなふうにいわないところは、なかなか利口ですな！　彼女は彼の気に入るようなことをいおうとしている。どうやら彼女は彼にすっかり惚れこんでいるらしい」

「さっきのくだらない話を、どう思いますか、ポアロさん」

「シーリアがシンデレラ・コンプレックスをもっているとか、自分のやっていることをぜんぜん自覚せずに、なんとなくものを盗んだなどという話は、信じられません。おそらく研究熱心なコリン・マックナブの関心をひこうとしてくだらないものを盗むような冒険をやったんでしょう——その目的はどうやら達成したようですな。もし彼女が内気でかわいらしい普通の女のままでいたら、彼は彼女を見向きもしなかったかもしれません。しかし、わたしの意見を率直にいえば、女は男をものにするためにどんなきわどい手段をとってもいい資格を与えられているのです」

「彼女がそんなことを考えだすだけの頭脳をもっていたとは、思ってもみませんでしたわ」と、ハバード夫人はいった。

ポアロは眉をひそめただけで、答えなかった。ハバード夫人は話をつづけた。

「そうしてみると、こんどの出来事は、見かけ倒しのとんだから騒ぎだったわけですね。ポアロさん、こんなつまらないことに貴重な時間をさいていただいたりして、ほんとに申しわけございません。でも、おかげさまで無事に片づきましたわ」

「いやいや、まだ片づいたわけじゃありませんよ」ポアロは首を振った。「表面上のとるにたらない部分がはっきりしただけです。まだ説明されていないことがたくさん残っていますよ。わたしは何か重大なことがここで起こっているような気がしてならないのです——非常に重大なことがね」

「まあ！　ほんとにそう思いますか」

「わたしの印象ではそうです……。パトリシア・レインと話すことができませんかな。盗まれた指輪について調べてみたいのですが」

「もちろん、できますとも。では、すぐ階下へ行って、彼女にここへ来るようにいいましょう。わたしはレン・ベイトソンと話したいことがありますので」

まもなくパトリシア・レインがけげんな顔でやってきた。

「お呼びたてしてすみませんな、ミス・レイン」

「いいえ、構いませんわ。忙しいわけじゃありませんから。ハバード夫人の話では、わたしの指輪のことをお調べになりたいそうですけど」

彼女は指輪をはずして彼に差しだした。

「ダイヤモンドはかなり大きいのですけど、セットが昔の型なんです。母の婚約指輪ですわ」

ポアロはそれを手にとって眺めながらうなずいた。

「あなたのお母さんはまだご健在？」

「いいえ。父も母も死にました」

「ほう、それはさびしいね」

「はい。とてもやさしい両親でした。でも、わたしはあまり親しくなれませんでした。いまさら後悔してもはじまらないことですけど。母はわたしを衣裳や社交的なことの好きな、くだらない娘にしたかったのです。ですから、わたしが考古学なんかを選んだときは、とてもがっかりしたらしいですわ」

「あなたはきまじめな性格なんだね」

「ええ、そうだろうと思います。人の一生は短いのだから、何か価値のあることをやるべきだと思ったのです」

ポアロは考え深げに彼女を見つめた。

パトリシア・レインは、三十歳を少し越えているらしい。無造作になすりつけられた口紅のあとがあるだけで、まったく化粧をしていなかった。ねずみ色の髪は後ろにとかされて、不器用に束ねられている。澄んだ青い目は、めがねごしにきまじめに相手を見つめていた。

〝いやはや、ぜんぜん魅力がないね〟と、ポアロは内心でつぶやいた。〝しかも、あの服装！　あれはなんというのかね。やぶの中を後ろ向きにひきずり回されたような恰好だぜ〟

彼は非難をつづけた。パトリシアの教養の高いアクセントのない声の調子が、彼の耳には退屈だった。〝彼女は知性も教養もあるけれども、年を重ねるごとにますますうんざりするような女になるだろうな。こんな女が年寄りになったら――〟そのときふとヴィーラ・ロザコフ伯爵夫人の面影が彼の心をよぎった。あれだけ年老いていて、しかも異国風な光彩を放っていた彼女。いまどきの女は——〝しかし、そう思うのは、自分が年老いてきたせいかもしれない〟と、ポアロは心の中でつぶやいた。〝この優等生の女だって、ある男にはまさしくヴィーナスのように見えるかもしれないのだ〟しかし、彼にはそうは思えなかった。

パトリシアが話していた——

「ベスが——ジョンストンが——あんなことをされたという話を聞いて、わたしはほんとにびっくりしてしまいましたわ。緑色のインクを使ったのは、ナイジェルに罪を着せようという魂胆《こんたん》なのでしょうけど、しかし、ナイジェルはそんなことをするような人じゃありませんわ、ポアロさん」

「なるほど」ポアロはますます興味深げに彼女を見つめた。彼女は顔を紅潮させ、話に熱中していた。

「ナイジェルは誤解されやすい人なんです」と、彼女は熱心にいった。「彼はとても気むずかしい家庭で育ったんですの」

「おやおや、またか！」

「えっ、なんですって？」

「いや、なんでもありません。えーと、あなたはなんの話をしていたのでしたかな」

「ナイジェルのことです。彼が気むずかし屋だということ。彼はあまのじゃく的なところがあって、頭はすごくいいのですけど――ほんとうに頭がいいのです、ときどきひどく失礼なことをして、他人の感情を害したりする癖があるのです。つまり、口が悪いんですよ。しかも、自分を説明したり弁解したりするときは、いっそう自嘲的になるんです。たとえこの寮の人たちがみんな、あのインクのいたずらをしたのは彼だと思っても、彼はあえてそれを否定しようとはしないでしょう。そう思いたきゃ、思わせておけばいいさというだけでね。そういう態度がまずいのですわ」

「たしかに誤解を招くかもしれませんな」

「それは彼なりの自尊心の現われだと思います。というのは、彼はいつも誤解されてばかりいたからです」

「あなたは彼をずっと前から知ってるの？」

「いいえ、一年ほど前です。ロワール河畔のシャトーへ旅行したときに会ったのです。途中で彼は、風邪がもとで肺炎を起こしたので、わたしがずっと看病してあげました。彼は神経がこまかいのに、自分の健康についてはまったく無頓着なんです。また、非常に独立心が強いくせに、その反面まるで子供みたいに甘えたがったりするところもあります。じっさい彼は、ほんとに自分の面倒を見てくれる人が必要なんですわ」

ポアロはため息をついた。彼は突然恋にあきあきしてしまったのだ。最初はさかりのついたスパニエル犬の目をしたシーリア。こんどは献身的な聖女マリアのようなパトリシアだ。たしかに恋は当然あるべきもので、若い二人が会えば結ばれるのも当然だろうが、しかし、ありがたいことにポアロはもうそんなことを卒業していた。彼は立ちあがった。

「この指輪を貸していただけますかな、マドモアゼル。明日まちがいなくお返ししますが」

「ええ、どうぞ」と、パトリシアはやや驚いたような口ぶりでいった。

「ありがとう。それじゃ、お気をつけて」

「えっ？　気をつけるって——何をですか？」

「それがわかっていればいいんですがね」と、エルキュール・ポアロは答えた。

彼は依然として不安に悩まされていたのだ。

6

その翌日はハバード夫人にとってこの上なく腹立たしい一日になった。彼女はほっとした気分で目を覚ましたのだった。最近の出来事についての、しつこく彼女を悩ましつづけてきた疑惑から、やっと解放されたのだ。じつにばかげた現代風な恋の手くだで騒ぎを起こした（その点については、ハバード夫人はたまらなくしゃくにさわったが）ばかな女のしわざだったのだ。したがって、これからはふたたび秩序が保たれるだろう。

ハバード夫人はそんな安らいだ気持ちで朝食に階下へ降りていったのだが、しかし彼女はそこで、やっと手に入れた安堵《あんど》が早くもおびやかされそうな事態に直面した。学生たちが今朝にかぎって、それぞれ勝手放題になんとも腹立たしいことをやりだしたのだ。

エリザベスのノートに対する破壊行為のことを聞いたチャンドラ・ラルは、興奮してわめきたてていた。「弾圧行為だ」と、彼はがなった。「悪辣《あくらつ》な植民地主義的弾圧行為だ。これは有色人種への偏見と軽蔑がむきだしに現わされた実例だ！」

「よしなさいよ、チャンドラ・ラルさん」と、ハバード夫人は鋭くたしなめた。「あなたはなんの根拠があって、そんなことをいうの。だれがなぜやったのかも、まだわかっていないのよ」

「でも、ハバードさん、シーリアはあなたに会ってそれを吐いたわけでしょ」と、ジーン・トムリンソンがいった。「彼女はなかなか見上げたもんですね。わたしたちは彼女に尊敬と思いやりを示すべきだと思うわ」

「ジーン、あなたはどうしてそんないやらしい偽善者《バイ》なの」と、ヴァレリ・ホッブハウスが腹立たしく叫んだ。

「そのいい方はひどいわよ」

「吐いたという言葉も、ぞっとするね」と、ナイジェルは身ぶるいしていった。

「どうしてかね。オクスフォード・グループ（道徳性の確立を提唱したキリスト教運動の組織）だって使っていた――」

「よせよ、オクスフォード・グループの話なんかされると、朝食がまずくなるぞ」

「いったい、どうなんですの、ママさん。いろいろなものを盗んでいたのは、シーリアだったわけですか。彼女が朝食を食べに来ないのは、そのせいなんですか」

「何をいっているのか、ぼくはさっぱりわからないんだけど」と、アキボンボがいった。

しかし、だれも彼に教えてやろうとしなかった。みんながそれぞれ自分の意見を述べることに熱中していた。

「かわいそうになあ」と、レン・ベイトソンがいった。「彼女は金に困っていたんじゃないか？」

「あたしはべつに驚かないわ」と、サリーはゆっくりといった。「前からうすうす気づいて――」

「あら、あたしのノートにインクをひっかけたのはシーリアだといおうとしてるの？」

エリザベス・ジョンストンは不信の表情だった。「あたしはそうは思えないわ」

「あなたのノートにインクをかけたのは、シーリアではありません」と、ハバード夫人はいった。

「この問題について議論しあうのは、もうよしてちょうだい。いずれ後でゆっくりみなさんに話すつもりですけど――」

「でも、昨夜ジーンがドアの外で立ち聞きしていたそうですよ」と、ヴァレリがいった。

「あたし、立ち聞きしたわけじゃないわ。ただ、通りがかりにたまたま――」

「ねえ、ベス、きみはだれがインクをひっかけたのか、よく知ってるだろう」と、ナイジェルがいった。「ぼくさ。この悪党のナイジェルが、インクを緑色の薬瓶に入れて持っていって、きみのノートにぶっかけたんだ」

「いや、彼がやったんじゃないわ。彼はそんなふりをしているだけなのよ。ナイジェル、あなたはどうしてそんなばかなことをするの」

「ぼくは高尚な気持ちから、きみをかばおうとしているのだよ、パトリシア。昨日の朝ぼくのインクを借りていったのは、いったいだれなの。きみじゃないか」

「ぼくは何がなんだかさっぱりわからん」と、アキボンボはいった。

「あなたはわからなくてもいいの」と、サリーは彼にいった。「あたしがあなたなら、ただ黙って見てるわ」

チャンドラ・ラルは立ちあがった。

「あんたはマウマウ団がなぜケニヤで抵抗運動をしているのか、知っているのかね。エジプトがなぜスエズ運河を腹立たしく思っているのか、知っているのかね」

「ちえっ、くだらねえ！」と、ナイジェルは荒々しく叫んで、カップをがちゃんと受け皿の上においた。「最初はオクスフォード・グループで、こんどは政治ときてやがる——朝食の席でだぞ！　ぼくはもう失礼するぜ！」

彼は乱暴に椅子をずらして立ちあがり、さっさと部屋を出ていった。

「外は風が冷たいわ。コートを着ていって」パトリシアが彼の後を追っていった。

「こっこっこっ」と、ヴァレリがひやかした。「彼女はもうすぐ羽根が生えてはばたきそうだわね」

早口で交わされる英語にまだついていけないフランス人のジュヌヴィエーヴは、ルネに耳打ちで説明してもらっていたが、たまりかねたようにフランス語でまくしたてた。

「なんですって？《コマン・ドンク》 あたしのコンパクトを盗んだのは、彼女だったのね。《セ・セット・プチット・キ・マ・ヴォレ・モン・コンパクト》 まあ、あきれた！《アー・パール・エグザンブル》 すぐ警察を呼ぶわ。《ジレ・ア・ラ・ポリス》 もうこれ以上がまんできないわよ《ジュ・ヌ・シュポルトレ・ユヌ・パレーユ》——」

コリン・マックナブは、さっきから自分の意見をみんなに聞かせようとしていたのだが、気どって長くひきのばすようなしゃべり方をする彼の声は、ほかのかん高い声にかき消されてしまうのだった。ついに彼は気どった態度をかなぐり捨てて、こぶしでどすんとテーブルをたたきつけ、みんなをびっくりさせて黙らせた。マーマレードの容器がテーブルから滑り落ちて床にくだけた。

「みんな、ちょっと口を閉じて、ぼくの話を聞いてくれ。ぼくはこれほどまでに愚劣な、無知で思いやりのない話を聞いたことがない。心理学をかじった程度の知識さえも、だれも持ちあわせていないのかね。いいかい、彼女を非難するのはまちがっているんだ。彼女は深刻な情緒的危機に苦しんでいた。したがってわれわれは、最大の同情とあたたかい思いやりの手を彼女にさしのべる必要がある——そうしなかったら、彼女は人生の落伍者になってしまうだろう。はっきり警告しておくけど、彼女にあたたかい手をさしのべてやることだ——それが彼女にとって最も必要なのだ」

「あたしは彼女に親切にすることには賛成だけど、でも——」と、ジーンはいやみな口ぶりでいった——「あんなことを大目に見てやるのは、どうかと思うわ。泥棒をしたことまでね」

「泥棒だと?」と、コリンはいいかえした。「あれは泥棒じゃないんだよ。ちえっ、わかっていないんだな。きみたちにはうんざりさせられるよ」

「彼女は興味深い患者だというわけなの、コリン?」ヴァレリはそういって、にやっと笑った。

「もしきみが人間の精神作用に興味があれば、きみにとってもそうだろう」

「彼女はあたしのものは何も盗まなかったけど」と、ジーンが話をむしかえそうとした。

「でも、だからといって——」

「なるほど、彼女はきみのものは盗まなかった」コリンは彼女をにらみつけながらいった。「しかし、もしきみがそれは何を意味するかということを少しでも知っていたら、きみはそんなことを嬉しがったりしないだろうね」

「何をいってるのか、あたしにはさっぱり——」

「おい、ジーン」と、レン・ベイトソンが声をかけた。「そろそろおしゃべりをやめて出かけなきゃ、遅刻しちゃうぜ。ぼくは出かけるよ」

二人はいっしょに連れだって部屋を出ていった。「元気を出せとシーリアにいってくれよ」と、レンが肩ごしにいった。

「ぼくは正式な抗議を申しいれたいね」と、チャンドラ・ラルがいった。「ぼくの目は勉強すると充血しやすいんだ。したがって必要欠くべからざるものであったホウ酸が、紛失したのだぞ」

「あなたも遅れるわよ、チャンドラ・ラル」と、ハバード夫人がきっぱりいった。

「ぼくの教授はしょっちゅう遅刻してくるんですよ」と、チャンドラ・ラルはふてくさっていいかえしたが、あきらめてドアの方へ歩いていった。「しかも、ぼくが鋭い質問をすると、いやな顔をするんでね――」

「とにかく、あたしのコンパクトを返してほしいわ《メ・イル・フオ・ケル・ム・ル・ランド・ス・コンパクト》」とジュヌヴィエーヴがいった。

「ちゃんと英語でおっしゃい――興奮するとすぐフランス語を使うようじゃ、いつまでたっても英語は上達しませんよ。それから、あなたは今週の日曜日の昼食代を、まだ払ってませんね」

「あら、そうね。いま財布を持ってませんから、今晩払いますわ――さあ行きましょう《ヴィアン》、ルネ。あたしたちも遅刻するわよ《ヌー・スロン・ザン・ルタール》」

「いったいどうなったの」アキボンボは頼みこむような目であたりを見まわした。「ぼくはさっぱりわからないんだよ」

「いっしょに行きましょう、アキボンボ」と、サリーがいった。「病院へ行く途中で、説明してあげるわ」

彼女はハバード夫人を安心させるようにうなずいてから、ためらうアキボンボを部屋から連れだした。

「ああ、いやになっちゃうわ」ハバード夫人は深いため息をついた。「こんな仕事なんか、引き受けなきゃよかった」

ただ一人残ったヴァレリが、親しげな微笑を投げた。

「心配することないわよ、ママさん」と、彼女はいった。「すべてが明るみに出されたことは、いいことよ。みんながいらいらしていたのだから」

「驚いたわ、まったく」

「犯人がシーリアだとわかって？」

「そう。あなたは気がついていたの？」

ヴァレリはややぼんやりした声でいった。

「ま、かなり見えすいていることだもの」

「はじめっから、そう思っていたの？」

「まあね。そう思われるふしがあったものだから。とにかく彼女は、望みどおりにコリンをものにしたわけね」

「そう。でも、こんなやり方は、ちょっとどうかと思うわ」

「男を拳銃で捕まえるわけにはいかないのよ」ヴァレリは笑った。「ほんとに盗癖が目的を達したような恰好ね。ま、そんなことはどうでもいいじゃない。それより、シーリアが早くジュヌヴィエーヴにコンパクトを返してやるようにしてほしいわ。でないと、落ち着いてご飯も食べられないわ」

ハバード夫人はまたため息をついた。

「ナイジェルは受け皿を割るし、マーマレードのポットは壊れるし……」

「めちゃくちゃね、今朝は」ヴァレリはそういいながら、部屋を出ていった。やがてホールの方から快活な彼女の声が聞こえた。

「おはよう、シーリア。もうだれもいないわ。あなたのことはみんなに知れたけど、大目に見てくれそうよ――敬虔《けいけん》なジーンの命令でね。コリンについていえば、彼はあなたをかばおうとしてライオンみたいにどなってたわ」

シーリアが食堂に入ってきた。目を赤く泣きはらしていた。

「ああっ、ハバード夫人」

「ずいぶん遅いのね、シーリア。コーヒーは冷たくなってるし、食べるものもあまり残ってないのよ」

「あたし、ほかの人たちに会いたくなかったの」

「わかるわ。でも、遅かれ早かれみんなに会わなきゃならないのよ」

「そりゃそうだけど。でも、夕方にはずっと楽な気持ちになれると思うの。それに、もちろんあたしもうここにいられないわ。今週末に出ていくつもりなの」

ハバード夫人は眉を寄せた。

「そんな必要はないわ。そりゃ、少しは不愉快な気持ちを味わわなければならないでしょう――それは当然だけど――でも、みんな寛大な人たちばかりだから、心配はいらないわ。もちろんあなたはできるだけの弁償はしなければ――」

シーリアは熱心にさえぎった。

「ええ、それはわかってるわ。そのためにここへ小切手帳も持ってきたのよ。あなたにそのことを相談しようと思って」彼女は手もとを見つめた。小切手帳と封筒を持っていた。「あたし、階下へ降りてくるときに、もしかしてあなたがいらっしゃらない場合を考えて、あなたあての手紙を書いてきたのよ。みんなに迷惑をかけて申しわけないということや、同封の小切手であなたからみんなにお金を払っていただきたいということを書いてね――でも、あいにく途中で万年筆のインクがきれちゃったの」

「リストを作ってみなきゃならないわね」

「あたしはだいたい憶えているけど。でも、新しいものを買った方がいいのか、お金で返した方がいいのか、わからないものだから」

「その点はよく考えてみるわ。即答しかねるから」

「それはそうでしょうね。でも、小切手はいまあなたにお渡ししておきたいわ。その方が気が楽だから」

ハバード夫人は、「どうしてその方が気が楽なの」と訊きかえそうとしたが、学生たちはいつも金が不足しがちなので、そうしてもらった方が事件を円満に解決しやすくなるだろうと思いなおした。そうでもしてジュヌヴィエーヴをなだめなければ、彼女はニコレティス夫人といざこざを起こしかねなかった（どっちみちかなりのいざこざは覚悟しなければならないだろうが）。

「ええ、いいわ」と、ハバード夫人は答えた。そして手帳に書いた盗難品のリストに目を走らせた。「でも、いますぐはっきりした金額を計算するのは、難しいわね――」

シーリアは熱心にいった。「とりあえずおおよその見当でお払いしたいわ。後でみんなと話しあって、それでたりなければもっと払うし、余ったら返してもらうことにして」

「そうね、そうしましょうか」ハバード夫人はかなりの余裕を見込んだ計算をして、シーリアにその額を告げた。シーリアはすぐ承諾して小切手帳を開いた。

「ああ、そうだ、万年筆のインクがきれていたんだったわ」彼女は学生たちの持ちものが雑多に並べられてある棚の上をのぞいた。「ここにはナイジェルのいやらしい緑色のインクしかないみたい。仕方がないから、あれを使うわ。彼はべつに文句をいわないでしょう。外出したときに新しいインクを買うことを、忘れないようにしなきゃ」

彼女は万年筆にインクを入れてもどってきて、小切手を書いた。

それをハバード夫人に渡してから、腕時計をのぞいた。

「遅刻しそうだわ。朝食はよして、すぐ出かけることにするわ」

「でも、ひときれのパンとバターでもいいから、食べていった方がいいわ。お腹をすかせたまま外出するのは、体に悪いわよ……。はい、なんのご用？」

イタリア人の召使のジェロニモが部屋に入ってきて、しなびた猿のような顔をおどけてしかめてみせながら、両手で大げさな身ぶりをしていた。

「寮長《パドローナ》さんがいらっしゃいましたよ。あなたにすぐ会いたいそうで」彼は絶望的な身ぶりでつけ加えた。「ものすごい剣幕ですぜ」

「すぐ行きます」

ハバード夫人は急いでパンを切りはじめているシーリアを残して部屋を出た。

ニコレティス夫人はまるで食事時間前の動物園の虎をまねたような恰好で、部屋の中をせっかちに歩きまわっていた。

「いったいこれはどういうことなの。あなたは警察を呼ぶそうですね」と、彼女はいきなりわめいた。「あたしに一言もいわずに、そんなことをするつもりなの。いったいあんたはなんになったつもり？　まったく驚いたわ、この人には！」

「わたしは警察なんか呼びませんわ」

「嘘です。とんでもない嘘つきだ、あんたは」

「そんな調子では、わたしはお話もできませんわ、ニコレティス夫人」

「そうでしょうよ！　悪いのはいつもあたしなんだから。あんたのすることはなんでも正しいんですからね。あたしのりっぱなホステルに警察を入れるなんて、思っただけでぞっとするわ！」

「かりにそうしたとしても、それははじめてじゃありませんでしょ」と、ハバード夫人は過去のさまざまな不愉快な事件を思いだしながらいった。「背徳的なことをして生活費を稼ごうとした西インドの留学生や、偽名で宿泊していた若い有名な共産党の宣伝活動家や、それから――」

「もうよして！　あなたはそんなことを引きあいに出して、あたしを責めるつもりなの。さまざまな人がここに下宿して、あたしに嘘をついたり、書類を偽造したり、殺人事件で警察に助力を求められたりしたことまで、あたしが悪いからだというんですか。あんたはあたしがさんざん苦労したことを非難するつもり？」

「そんなつもりはありませんわ。ただ、警察を呼ぶのは、かならずしも珍しいことではないといってるだけです――さまざまな学生が大勢いるのですから、それは避けられないことですわ。しかし、ほんとうの話だれも警察を呼んじゃいませんよ。じつは昨晩、非常に有名なある私立探偵がたまたまわたしの客としてここへいらっしゃって、夕食後、学生たちにとても面白い犯罪学の話をしてくださいましたの」

「まるで学生たちに犯罪学の話をする必要があったといわんばかりね！　彼らはそんなことはもうよく知ってますよ。あのとおり人のものを盗んだり、切り裂いたり、悪質な破壊行為をやってるんですからね！　しかも、何一つ手を打たないでいる――ほったらかしたままでね！」

「できるだけのことはやっていますわ」

「そうでしょうよ。探偵とかいうあなたの友だちに、あたしたちの内輪の事件をぜんぶしゃべったわけでしょ。守秘義務に対する重大な違反行為だわ」

「そんなご心配はいりません。わたしは責任をもってやりますから。じつは、事件はもうすっかり片づいてしまったんですの。ある女の学生が、事件の大部分の責任が自分にあることを告白したのです」

「まあ、そんな卑劣なやつは、外へほうり出してしまいなさい」と、ニコレティス夫人はいった。

「彼女は自発的に寮を出るといってますし、充分な弁償をするつもりでもいます」

「いまさらそんなことで、とりかえしがつくと思ってるんですか。あたしの美しい学生ホームは、いまや汚名をこうむってしまったのですよ。もうだれも来ませんよ」ニコレティス夫人はソファに腰をおろして、泣きくずれた。「あたしの気持ちなんか、だれも考えてくれないのね」と、彼女は涙声でいった。「あたしをこんな目にあわせるなんて、ひどいじゃないの。あたしを無視しているんだわ。のけものにしてるのよ！　あたしが明日死んだって、だれも気にもとめないでしょうよ」

こんな質問には答えない方が賢明だと思い決めて、ハバード夫人は部屋を出た。

〝全能の神よ、わたしに忍耐心を与えたまえ〟と、彼女は心の中で祈りながら、マリアと打ちあわせるために調理場へ降りていった。

マリアは妙に黙りこくって、よそよそしい態度を見せた。〝警察〟という言葉が、暗黙のうちにそこにただよっていた。

「罪を着せられるのは、あたしでしょうよ。あたしとジェロニモがね——どうせ貧民《ポヴェロ》ですから。外国じゃ、どんな正義も期待できませんよ。ところで、あなたがおっしゃったリゾットはできませんよ——店の者がまちがえて、ちがう米を持ってきたのです。代わりにスパゲッティにしましょう」

「ゆうべもスパゲッティだったわ」

「いいじゃありませんか。あたしの国じゃ毎日スパゲッティを食べるんですよ——一日もかかさず。パスタは一年じゅうもちますからね」

「それはそうだけど、でも、ここはイギリスよ」

「じゃ、シチューにしましょう。イギリス式のシチューに。あなたは好きじゃないかもしれないけど、たまねぎを油でいためないで、水をたっぷりにしてゆでて、薄くするのです——そしてそれに鶏の骨つきの肉を入れて」

マリアが脅迫するような調子でしゃべるので、ハバード夫人は殺人事件の説明を聞かされているような思いがした。

「それじゃ、好きなように料理して」彼女は腹立たしげにいって調理場を出た。

それから夕方の六時まで、ハバード夫人はふたたび能率的な自分自身を取りもどした。彼女は相談したいことがあるので今日の夕食前に彼女の部屋へ来るようにという通知書を、各部屋に入れてまわった。やがてそれを見てやってきた学生たちに、彼女はシーリアから弁償の件をいっさいまかせられていることを説明した。彼らはみんなそれをこころよく承諾した。ジュヌヴィエーヴさえも、コンパクトの弁償額が高く見積もられているのに気をよくして、これですぎたことはさっぱりと水に《サン・ランキューヌ》流そうと陽気にいって、さらに物知り顔でこうつけ加えた。

「これはやっぱり例の情緒的危機のせいだったのね。あのシーリアは金持ちだから、泥棒をする必要はまったくないわけだもの。つまり彼女は、頭脳の嵐に襲われたわけね。マックナブのいったとおりだわ」

夕食のベルが鳴って、ハバード夫人が階下へ降りていくと、レン・ベイトソンが彼女をそばに呼んだ。

「ぼくはホールでシーリアを待って、彼女をここへ連れてきましょう。うまく片づいたことを彼女に知らせてからね」

「そうしていただくと、ありがたいわ、レン」

「おやすいご用ですよ、ママさん」

やがてスープが順にまわされはじめたころ、ホールの方からレンのはしゃいだ声が聞こえた。

「さあ、行こう、シーリア、みんな待ってるぜ」

ナイジェルが彼のスープ皿に向かって悪口をたたいた。

「あいつ今日にかぎって、やけに行ないがいいね！」しかし、彼はそれ以外は口を慎み、シーリアがレンの大きな腕に肩を抱かれるようにして入ってくると、手を振って、彼女を歓迎した。

食堂はさまざまな話題の陽気な会話でわきかえり、シーリアはすっかり人気者になったような状態がつづいた。

しかし、この善意の表明の状態は、やがてほとんど必然的にとだえて、懐疑的な沈黙にとざされた。ちょうどそのときアキボンボが、にこやかな顔をシーリアにふりむけ、テーブルの上に身を乗りだしていった。

「ぼくがわからなかったことを、みんなによく説明してもらったんだけど、あなたはものを盗むのがすばらしくうまいんですね。長い間だれも知らなかったそうだから、大したもんだ」

それを聞いて、サリー・フィンチははっと息をつまらせ、あえぎながら叫んだ――「アキボンボ。あなたのために、あたしは殺されちゃいそう！」――そして、息が苦しくなった彼女は、呼吸を取りもどすためにホールへ飛びださなければならなかった。みんながそれを見てどっと笑った。

コリン・マックナブが遅れてやってきた。彼はいつもよりずっと無口で、よそよそしく構えていたが、やがて食事が終わりかけたころ、彼はやおら立ちあがって、きまり悪そうに口ごもりながらいった。

「ぼくはこれからある人に会うために出かけなければならないのだけど、その前にみなさんに報告したいことがあるんだ。じつは、ぼくとシーリアは婚約した――来年ぼくがコースを終えたら、結婚したいと思っている」

彼は惨めなほど顔を赤らめながら、友人たちのお祝いの言葉やひやかしに応じていたが、やがて恥ずかしそうに部屋から逃げだしてしまった。それに反してシーリアは、顔がほんのりと上気した程度で、落ち着きはらっていた。

「またいい男が一人、墓穴を掘ったか」といって、レン・ベイトソンはため息した。

「おめでとう、シーリア」と、パトリシアがいった。「幸せになってね」

「これですべてが円満に解決したわけだ」と、ナイジェルがいった。「明日はキャンティを買って、きみたちのために乾杯しよう。おや、ジーンはなぜあんな深刻な顔をしているんだろ。ジーン、きみは結婚に不賛成なのかい」

「いいえ、もちろん賛成だわ」

「ぼくは自由恋愛よりも結婚の方がずっといいと思うよ。子供の幸せのためにもいいし、パスポートも見ばえがするし」

「でも、母親があんまり若すぎるのは、よくないわよ」と、ジュヌヴィエーヴがいった。

「生理学の講義でそんなこと聞いたわ」

「きみはシーリアが未成年だと思ってるわけじゃないだろうね」と、ナイジェルは訊きかえした。

「彼女は自由で純潔な二十一歳の生娘なんだぞ」

「なんだい、それは。いやらしいいい方だね」と、チャンドラ・ラルがいった。

「いいえ、そうじゃないのよ、チャンドラ・ラル」と、パトリシアがいった。「一種の慣用句なの。べつになんの意味もないのよ」

「わからないな」アキボンボが首をかしげた。「なんの意味もないのなら、どうしていう必要があるんだろ」

エリザベス・ジョンストンがだしぬけにやや大きな声でいった。

「なんの意味もないようないい方をされたことがらが、大きな意味をもっている場合もあるものだわ。といっても、あたしはアメリカの諺の話をしてるんじゃないのよ。ほかのことを話そうとしているの」彼女はテーブルを見まわした。「昨日起こったことを問題にしてるわけなのよ」

ヴァレリが鋭く叫んだ。

「何が起きたの、ベス」

「ちょっと待って」と、シーリアがさえぎった。「たぶん――いや、きっと明日までには、すべてがはっきりすると思うわ。ほんとよ。あなたのノートのことや、例のリュックサックのいたずらなんかも。やった本人が、あたしみたいにそのことを告白したら、すべてがはっきりするでしょう」

彼女は顔を紅潮させて熱心にいったので、二、三人がけげんな顔で彼女を見つめた。

ヴァレリが短く笑っていった。

「そしてその後は、あたしたちはみんな楽しく暮らせるってわけね」

それから彼らは立ちあがって社交室へ行った。シーリアにコーヒーを注いでやろうとして、ちょっとした競争が行なわれた。それからラジオにスイッチが入れられ、数人の学生は約束や勉強のために部屋を出ていき、やがてヒッコリー・ロード二十四番地と二十六番地の住人たちは就寝した。

ハバード夫人はほっとしながらベッドのシーツの間に身を横たえたとき、長い苦労の多い一日だったと思った。

「でも、よかったわ」と、彼女は心の中でつぶやいた。「もうぜんぶ片づいたのだから」

7

ミス・レモンはめったに遅刻したことがなかった。霧も嵐も風邪の流行も、交通機関の故障も、何一つとしてこの驚異的な女に影響を与えることができなかったのだ。しかし今朝は、彼女が息を切らして駆けこんできたときは十時を五分すぎていた。彼女はすっかり恐縮し、自分自身に腹を立てていた。

「ごめんなさい、ポアロさん――ほんとに申しわけありません。アパートを出ようとしたときに、姉から電話がかかってきたんですの」

「彼女は元気にやってるんだろうね」

「いいえ、そうじゃないんです」ポアロはけげんな顔をした。「姉はすっかり困ってしまっているようでした。寮の学生の一人が自殺したのです」

ポアロは目を見張った。そしてかすかなつぶやきを洩らした。

「えっ、何かおっしゃいましたか、ポアロさん」

「その学生の名前は？」

「シーリア・オースティンという女です」

「どんな方法で？」

「モルヒネじゃないかといってました」

「事故死の可能性は？」

「いいえ、遺書を残してあるようです」

ポアロは静かにいった。「わたしの予想していたのは、そんなことじゃなかった。たしかにあることは予想していたのだがね……」

ポアロは顔をあげて、筆記用紙綴りの上に鉛筆をおいて待機しているミス・レモンを見てから、ため息をつき、首を振った。

「いや、今朝の郵便物がここにあるから、整理して、きみにできるものには返事を書いて出してくれ。わたしはヒッコリー・ロードへ行ってみよう」

ジェロニモはポアロを中へ通してから、彼が二日前の晩の著名な賓客であることに気がつくと、陰謀を打ちあけるようなひそひそ声で、ぺらぺらしゃべりはじめた。

「ああ、こないだのお客さまですね、シニョーレ。じつは大変なことが——大事件が起こったんですよ。若いシニョリーナが今朝ベッドの中で死んでたんです。すぐ医者が来ました。そして首を振りました。それからこんどは警部がやってきましてね。いま二階で寮母さんと話してますよ。しかし、なんだって自殺なんかしたんでしょうかねえ、かわいそうに。昨晩はみなさんがとても陽気で、婚約も発表されたのに」

「婚約?」

「そうですとも、コリンさんとです——ご存じでしょ——体格のいい、色の黒い、いつもパイプを吸っている」

「ああ、知ってる」

ジェロニモは社交室のドアを開け、陰謀者のような態度でポアロを招きいれた。

「ここでお待ちくださいませんか。まもなく警察のかたが帰るでしょうから、そしたら寮母さんにあなたがいらっしゃっていることを、お知らせいたします。それでよろしゅうございますね」

ポアロはそれで結構だと答え、ジェロニモはひきさがった。ひとりになると、彼は部屋の中にある学生たちの持ちものを一つ一つ、遠慮会釈なく、できるだけ綿密にしかもすばやく調べはじめた。その収穫はあまりぱっとしなかった。学生たちは自分の持ちものやノート類の大部分を、自分の寝室においていたからだった。

二階では、ハバード夫人がシャープ警部と向きあって座って、警部はおだやかな口ぶりで質問をつづけていた。体の大きな温和な顔立ちの男で、わざとらしいざっくばらんな態度を見せていた。

「あなたにとってははなはだ迷惑な、不愉快なことでしょうが」と、彼は慰めるようにいった。「しかし、コールズ医師がすでにあなたにお話ししたように、検死審問を開かなければならないでしょうから、わたしたちとしては事情をはっきりさせておく必要があるのです。あの女性は最近何か思い悩んでいたようでしたか」

「はい」

「恋愛問題で？」

「さあ、その点は……」ハバード夫人はためらった。

「正直におっしゃった方がいいですよ」と、シャープ警部はすすめた。「さっき申しあげたとおり、われわれは事情をはっきり調べる必要があるのです。自殺するにはそれだけの理由が——あるいは彼女の主観的な理由が——あるはずです。妊娠していた可能性はありませんか」

「いいえ、ぜんぜんそんなことではないのです。わたしがいうのをためらったのは、あの子は最近とてもばかげたことをしましてね——それを外部に洩らす必要はないのじゃないかと思ったからなんです」

シャープ警部は咳ばらいした。

「われわれはつねに慎重であるように心がけていますし、検死官も経験の豊かな男です。しかし、われわれは知っている必要があるのです」

「はい、わかりました。わたしの考えがあさはかでしたわ。じつはかなり前から――三カ月以上も前から、つぎつぎにさまざまなものが紛失したのです。小さなもの――というか、あまり大切でないものばかりなんですけど」

「細かな装身具とか、小物類、ナイロンのストッキングといったようなものですね。お金もですか」

「いいえ、わたしの知ってるかぎりでは、お金は盗まれませんでした」

「なるほど。で、あの女性が犯人だったのですか」

「そうです」

「それで、あなたは彼女を捕えたわけですな」

「そうじゃありません。じつは一昨夜のことですが、わたしの知っているある人を夕食に招待したのです。ご存じかどうかわかりませんけど、エルキュール・ポアロという人なんです」

シャープ警部は手帳から顔をあげた。彼の目は大きく見張られていた。その名前を知っていたのだ。

「ほう、エルキュール・ポアロさんが？」と、彼はいった。「ほんとですか。それは面白い！」

「彼は夕食後、短い講演をなさったんです。それからさっきいった盗難事件が話題になりましてね。彼はみんなの前でわたしに、警察をお呼びなさいと忠告なさったのですよ」

「そうでしょうとも」

「すると、その後でシーリアがわたしの部屋へやってきて、告白したわけなんです。彼女はとても悩んでいました」

「告発の問題にはならなかったのですか」

「はい。彼女はすすんで充分な弁償をすることを申しでましたので、みんなはそれで納得したようでした」

「彼女は金に困っていたのでしょうか」

「いいえ、彼女はセント・キャサリン病院の薬剤師で、かなりの給料をもらっていましたし、それに預金も多少あったようです。ですから、大部分の学生よりもずっと楽な暮らしをしていましたわ」

「すると、ものを盗む必要はなかったわけですな——しかし、盗んだ」と、警部は手帳に書きこみながらいった。

「盗癖のせいじゃないかと思いますけど」と、ハバード夫人がいった。

「レッテルはそういうことになるでしょうな。他人のものを盗む必要のない人が盗んだ場合のね」

「あなたはちょっと彼女を誤解しているんじゃないかしら。じつはある青年がいましてね」

「その青年が彼女を裏切ったわけですか」

「いいえ、ぜんぜん逆ですわ。彼は非常に熱心に彼女を弁護したのです。しかも彼は昨晩、夕食後に、シーリアと婚約したことを発表したのです」

警部の眉がびっくりしたようにひたいへはねあがった。

「それから、彼女はベッドに入ってモルヒネを飲んだわけですかな。これはちょっと驚きましたね」

「ええ、わたしは理解できませんわ」

ハバード夫人の顔に当惑と苦悩のしわが刻まれた。

「しかし、事実は明白です」シャープ警部は二人の間のテーブルの上にある小さく裂いた紙きれへ、うなずいて見せた。

それにはこう走り書きされていた――

尊敬するハバード夫人へ――ほんとに残念ですが、これがわたしのできる最善のことなのです。

「署名されていませんが、彼女の筆跡であることはまちがいありませんね」

「はあ……」

ハバード夫人はその紙きれを見ながらややあやふやに答えて、眉を寄せた。これはどうもおかしいという気がしてならないのは、なぜだろう……？

「たしかに彼女のものだと思われる指紋が、それにはっきりついています」と、警部はいった。

「モルヒネはセント・キャサリン病院のラベルを貼った小さな瓶の中にありましたし、あなたのお話によると、彼女はその病院の薬剤師だったわけですから、劇薬を入れている戸棚からそれを持ちだすのは容易だったでしょう。おそらく彼女は昨日、自殺するつもりでそれを持って帰ったのでしょうな」

「しかし、わたしはどうしても信じられませんわ。どうもおかしいような気がするのです。彼女はゆうべはとても幸せそうでしたわ」

「それじゃ、彼女はベッドに入ったときに、何か反作用的な衝動にかられたのだと考えざるを得ませんな。たぶん彼女の過去に、あなたの知らない重大な過失か何かがあって、それがばれることが怖くなったのかもしれません。あなたは彼女がその青年を非常に愛していたと思っていらっしゃるようですが——その青年の名前は？」

「コリン・マックナブです。セント・キャサリン病院の研究生なんです」

「お医者さんですか。なるほど。しかもセント・キャサリン病院のね」

「どちらかといえば、彼以上にシーリアの方が彼に夢中になっていたようでしたわ。コリンはかなり自己中心的な青年なんです」

「すると、それで説明がつきそうですね。つまり、女は彼から愛される資格がないと思ったか、あるいは、当然彼にいうべきことをいえないで苦しんでいたのかもしれません。彼女はまだ若いんでしょ」

「二十一歳です」

「その年ごろは理想主義的になりがちで、恋愛を難しく考えたりするものです。そう、たぶんそれが原因でしょう。かわいそうに」

彼は立ちあがった。「また何か新しい事実が判明するかもしれませんが、そのときはまた改めて考えなおしてみましょう。いや、どうもありがとうございました、ハバード夫人。おかげさまで必要な情報はすべて手に入れることができました。彼女の母親は二年前に死んで、あなたの知っているかぎりでは、彼女の身寄りはヨークシャーに住んでいる伯母だけだということでしたな——さっそく連絡してみましょう」

彼はシーリアが走り書きした小さな紙きれを拾いあげた。

「それはやはり、どこかおかしいわ」と、ハバード夫人はだしぬけにいった。

「おかしい？　どこが？」

「それはわからないのですけど——でも、なんとなくそんな気がするのです。どうしてかしら」

「彼女の筆跡であることは確かなんでしょ」

「ええ、そうです。でも、問題はそんなことじゃないんですよ」ハバード夫人は両手で目をおさえた。

「今朝は頭がまるっきり冴《さ》えない感じで」と、彼女は申しわけのようにいった。

「大変な気苦労をなさっていらっしゃるからですよ」と、警部はやさしい思いやりをこめていった。「いまのところはもうこれ以上あなたをわずらわせる必要がないようですから、失礼いたしましょう」

シャープ警部がドアを開けたとき、外側でドアに耳を寄せていたジェロニモとあやうく衝突しそうになった。

「やあ、きみか」と、警部は愛想よくいった。「立ち聞きしていたのかい」

「いいえ、とんでもない」ジェロニモは憤慨したような調子で答えた。「立ち聞きだなんて——ひどいですよ、それは！　わたしはただ、ことづてにきただけです」

「なるほど。どんなことづて？」

ジェロニモはふくれっつらでいった。

「ラ・シニョーラ・ハバードに会いたいというお客さまが、階下で待っていらっしゃるということだけです」

「そうか、じゃ中へ入って、彼女に伝えなさい」

彼はジェロニモの前をすり抜けて廊下に出てから、くるりときびすを返し、そのイタリア人の例にならって、足音を忍ばせてひきかえした。あの猿のような顔をしたイタリア人が、真実をいっていたのかどうかを、確かめようとしたのだった。

彼がドアの前に到着した瞬間、ジェロニモがこういうのが聞こえた——

「こないだの夕食に見えられたお客さまが——あの口ひげを生やした紳士が、階下でお待ちになってますよ」

「あら、そう」ハバード夫人はぼんやりしているような声だった。「ありがとう。すぐ行くわ」

「口ひげの紳士か」シャープはにやっと笑いながら心の中でつぶやいた。「そうか、わかったぞ」

彼は急ぎ足で階下に降りて、社交室に入った。

「やあ、ポアロさん」と、声をかけた。「おひさしぶりですな」

ポアロは暖炉の横の腰戸棚の前にひざまずいている姿勢から、ゆっくり体を起こした。

「おう、そうそう、あんたはシャープ警部だね、しかし以前はこの管区の担当じゃなかったな」

「二年前に転任したのです。クレイズ・ヒルの事件を憶えていらっしゃいますか」

「ああ、憶えているとも。いまじゃあれもずいぶん昔のことになっちゃったが、しかし、あんたはまだ若いね」

「いや、もういい年ですよ」

「あんたがいい年じゃ、わたしは老人か、ああ!」ポアロはため息をついた。

「しかし、まだずいぶん活躍なさっているじゃありませんか。ある意味じゃ、積極的にね」

「それはどういう意味かね」

「あなたは一昨夜ここで学生たちに犯罪学の講義をなさったそうですが、なぜそんなことをしたのか知りたいと思いましてね」

ポアロは微笑した。

「いや、説明するほどのことじゃないんだ。この寮にいるハバード夫人というのが、じつはわたしの貴重な秘書のミス・レモンの姉でね。で、そんなことから、彼女はわたしに相談をもちかけてきたので――」

「つまり、ハバード夫人から、最近ここで起こっている事件を調べてほしいという依頼を受けて、あなたが乗りこんできたというわけですね」

「そうそう、そのとおり」

「しかし、なぜですか。そこがわたしの知りたいところなんですよ。その事件はあなたにとって、いったい何があったのですか」

「わたしの興味をひくようなものが、という意味?」

「そういうことです。つまらないものをつぎつぎに盗んだ頭のおかしい娘がいたというようなことは、しょっちゅうあることで、あなたにとってはまったくとるにたらない事件でしょう」

ポアロは首を振った。

「それがね、そう単純なことじゃないんだ」

「ほう。どういう点が単純じゃないのですか」

ポアロは椅子に腰をおろした。そしてちょっと眉をしかめながらズボンの膝のほこりを払い落とした。

「それがわかっていればいいんだが」と、彼はあっさりいった。

シャープは眉を寄せた。

「どうも意味がわかりませんね」

「そう、わたしも意味がわからんのだよ。盗まれたものが、ぜんぜん——」彼は首を振った——「一貫性がない。意味をなさないのだ。一連の足跡がありながら、それがすべて同じ足によって作られたわけじゃない。あんたのいう頭のおかしい娘の足跡は、きわめてはっきりしている——しかし、ほかの足跡もある。シーリア・オースティンの型にはめるつもりで、ほかのいくつかの出来事が起こったのだが、それらが彼女の型にはまっていないのだ。それらのことは無意味で、明らかに目的もない。悪意の形跡もあるが、シーリアは悪意はなかったのだ」

「彼女は、盗癖をもっていたのでしょうか」

「それは非常に疑わしいと思うね」

「では、普通のこそ泥ということになりますかな」

「あんたのいうような意味のこそ泥じゃないよ。彼女がくだらないものをくすねたのは、ある青年の関心をひくためだったらしい」

「コリン・マックナブの？」

「そう。彼女はコリン・マックナブにすっかり惚れこんでいたのだが、コリンの方は彼女を気にもとめていなかった。で、彼女はきれいで気立てのいい、おしとやかな女性としてふるまうよりも、彼にとって最も興味のある若い犯罪者になってみせる道を選んだわけだよ。その結果は大成功だった。コリン・マックナブはたちまち彼女に心をひかれ、俗ないい方をすれば、夢中になっちまった」

「それじゃ、コリンという青年は相当なばかなんですね」

「いや、とんでもない。頭の切れる心理学者だよ」

「ああ、あの連中の一人ですか！」と、シャープはうなった。「なるほど。やっとわかりましたよ」彼の顔にかすかな嘲笑が浮かんだ。「なかなか抜け目のない女だったわけですな」

「そう、驚くほどね」

ポアロは面白がっているような口ぶりでくりかえした。「そう、驚くほどだよ、まったく」

シャープ警部は警戒するような表情になった。

「それはどういう意味です、ポアロさん」

「それでわたしは不審に思ったわけさ――いまでも不審に思っているがね――ほかのだれかが、彼女にそんな知恵をつけたのじゃなかろうかと」

「どういう理由で？」

「いくらわたしでも、そこまではわからないよ。愛他主義か、何か秘められた動機があったのか。それはまったく五里霧中だ」

「彼女に入れ知恵したのはだれなのか、見当がつきませんか」

「さあね、よくわからんな」

「それにしても、おかしいですな」警部は首をひねった。「もし彼女が盗癖の芝居を打っただけなのなら――しかもそれは成功したのですから――何も自殺する必要はないはずですがね」

「その答えは、彼女は自殺するはずがなかったということになるだろうね」

二人は顔を見あわせた。

ポアロがつぶやくようにいった——

「自殺だというのは、確かなのかな」

「火を見るより明らかですよ、ポアロさん。自殺でないと考えるべき根拠も、まったくありませんし、しかも——」

ドアが開いて、ハバード夫人が入ってきた。彼女の上気した顔に勝ち誇ったような表情が輝いていた。あごは攻撃的につきだされていた。

「わかりましたよ」と、彼女はいきなり誇らしげにいった。「おはようございます、ポアロさん。わかりましたわ、シャープ警部。まったく突然頭に浮かんだのです。あの遺書がおかしいと思ったわけが、わかったのです。シーリアはあれを書いたはずがありません」

「なぜ」

「なぜなら、あれは普通のブルー・ブラックのインクで書かれていたからですわ。シーリアの万年筆は緑色のインクが入っていました——あそこにあるインクです」ハバード夫人は棚の上をあごで示した。「昨日の朝食のとき、彼女はわたしの目の前でそれを入れたのです」

シャープ警部はそれを聞くとすぐさま部屋から飛びだしていったが、まもなく、いままでとはどこかちがう感じになってもどってきた。

「おっしゃるとおりです」と、彼はいった。「調べてきましたが、彼女の部屋には万年筆が一本しかなく、しかもベッドのわきにあったその万年筆のインクは、緑色でした。いまその緑色のインクは——」

ハバード夫人はほとんど空に近いインク瓶を手に取り、上にかざして見た。

それから彼女は、昨日の朝食のときの情況を詳しく明確に説明した。

「あの紙きれは——」と、彼女は最後にいった——「彼女が昨日わたしにあてて書いた手紙を引き裂いたものであることは確かだと思いますわ——わたしはその手紙を一度も開いて見なかったのですけど」

「彼女はその手紙をどうしたんでしょうな。あなたは思いだせませんか」

ハバード夫人は首を振った。

「わたしは寮の仕事があって、彼女をここにひとりおいたまま、部屋を出ました。ですから、もしかしたら彼女はその手紙をこの部屋のどこかにおきわすれたのかもしれませんね」

「すると、だれかがそれを見つけて……開けた。そして……そのだれかは——」

警部は急に言葉を切った。

「これは何を意味するか、おわかりでしょうな」と、彼はいった。「あの引き裂かれた紙きれについては、わたしも最初からあまりいい感じがしなかったんです。彼女の部屋には講義の筆記用紙がどっさりありました――それに遺書を書くのが、ごく当然でしょう。するとこれは、だれかがあなたにあてた彼女の手紙を見て、冒頭の文句を利用できることを思いついたのだということを意味しているわけです――それをぜんぜんちがった意味に、つまり自殺を暗示するように利用できることをね」

彼は間をおいて、ゆっくりいった。

「そうなると、これは――」

「殺人事件ですな」と、エルキュール・ポアロがいった。

8

五時の間食は、一日のうちの最高の食事である夕食の味覚を減殺するという理由で反対を唱えていたポアロも、このごろではすっかりそれに慣れてしまっていた。臨機応変の才のあるジョージは、この際は濃いインド茶と大きなカップに加えて、バターをたっぷり使った四角な熱いホットケーキと、パンとジャムと、干しブドウのどっさり入った大きな角切りのケーキを給仕した。

そのすべてがシャープ警部を満悦させた。彼はすっかりくつろいで、三杯目のお茶をおいしそうにすすっていた。

「お邪魔して、どうもすみません。学生たちが帰ってくるまで、まだ一時間ほど暇がありますので。わたしはいちおうすべての学生を洗ってみたいと思いますが——正直にいって、これはまったく予期していない事件でした。あなたは一昨夜、大半の学生にお会いになったわけですが、何か有益な情報をもっておられたら、教えていただけませんか

——特に外国の学生たちのことで」

「あんたはわたしが外国人のことに詳しいと思っておられるようだが、しかし、残念ながら、あそこにはベルギー人が一人もいないんだよ」

「いいえ、べつにベルギー人のことを——ああ、そういうわけですか！　わかりました。あなたはベルギー人だから、ほかの国の人についてはわたしと同じようになじみがないという意味ですね。しかし、かならずしもそうじゃないでしょう。インドや西アフリカなどはべつとして、少なくともヨーロッパ人については、わたしよりもよく知っておられるはずですよ」

「とにかく、あんたの最良の助言者はハバード夫人だろう。彼女はあの若者たちと何カ月もつきあってきたのだし、しかも彼女は人の性格を見抜くのがうまいからね」

「ええ、じつに有能な女性ですね。わたしは彼女をたよりにしています。いずれあの寮の経営者にも会わなきゃならないでしょうからね。彼女は今朝はあそこにいなかったのです。聞くところによると、あのような寮をほかにもいくつか持っているばかりでなく、学生クラブも経営しているそうですが、あんまり評判はよくないようですな」

　ポアロはしばらく黙っていたが、やがて思いついたようにたずねた。

「あんたはセント・キャサリン病院へ行ってみた？」

「はい、薬局の主任がよく協力してくれました。彼は彼女の死の知らせを聞いて、非常に驚き、悲しんでいました」

「彼はシーリアについて、どんな話をしたの？」

「まる一年あそこで働いていて、みんなからとても好かれていたそうです。彼女は頭は少し鈍いけれども、非常に良心的だったといってました」彼は少し間をおいてからつけ加えた。「例のモルヒネは、確かにその薬局から持ちだしたものでした」

「ほう、それは面白い。ちょっとした謎だね」

「酒石酸モルヒネは薬室の劇薬棚に——いちばん上の棚に——たまにしか使わないような薬品といっしょに保管されていたのだそうです。もちろん普通は注射用のものが多く使われるわけですし、しかも、酒石酸モルヒネより塩酸モルヒネの方が多く使われているらしいのです。薬にも流行みたいなものがあるようですね。つまり、医者はまるで牧場の羊みたいに仲間をみならって処方箋を書くわけですよ。しかしこれは、彼がそういったのじゃなくて、わたしだけの考えですよ。実際あの薬室のいちばん上の棚にある薬品の中には、かつては広く使われていたのに、数年前からほとんど使われなくなったものがいくつかありましたからね」

「そうすると、ほこりをかぶった小瓶が一つくらいなくなっても、すぐには気づかれないかもしれないね」

「そうです。在庫調査は一定の期間をおいてやるものですからね。それに、酒石酸モルヒネを使う処方は、もうずっと以前から忘れられているのですよ。必要なときか、あるいは在庫を調べるときでなきゃ、その瓶がなくなっていることに気がつかないわけです。三人の薬剤師がめいめい劇薬や危険な薬品の戸棚の鍵を持っていました。しかし、いちいち戸棚に鍵をかけていたわけではなくて、忙しい日には――実際毎日のように忙しいようですが――ひっきりなしに戸棚から薬品を出したりもどしたりするために、週末まで鍵をかけないでおくようなことが多いそうです」

「その戸棚に近づく資格があったのは、シーリアのほかにだれがいたの」

「女の薬剤師が二人いますが、二人ともヒッコリー・ロードとはぜんぜん関係がありません。一人は四年もそこに勤めていますし、一人はつい二、三週間前に来たばかりで、その前はデヴォンのある病院に勤めていて、経歴もりっぱな女性です。それから、先任の薬局員が三人いますが、いずれも何年も前からセント・キャサリン病院に勤務しているものばかりです。彼らも問題の戸棚に近づく資格はあるわけですがね。それから床掃除のおばあさんがいます。彼女は朝の九時から十時までそこにいるわけで、薬剤師や薬局員が外来患者の窓口や調剤室でてんてこまいをしているときなら、彼らの目をぬすんで、戸棚の薬品をとることができるかもしれませんが、彼女も長い間勤続していて、そんなことをしそうには思えません。研究室の助手も薬品をとりにやってきますし、ごまかして盗もうと思えば盗めるでしょうが――しかし、いま並べあげた人たちはいずれも、疑いをかける余地はなさそうです」

「薬局へ入ってくる外部のものは？」

「それはもう、いろいろさまざまです。たとえば薬局主任の事務室へ行く人たちが薬局を通りぬけたり――大きな薬品問屋の外交員が、そこを通って仕入係の部屋へ行くといったふうでしてね。もちろん薬剤師の友人がときたま訪ねてくることもあるでしょう――しょっちゅうじゃないでしょうがね。実際訪ねてきてるんですよ」

「ほう、それは耳よりな話だね。最近シーリア・オースティンに会いにきたのは、だれなの」

シャープ警部は手帳を調べた。

「パトリシア・レインという女性が、先週の火曜日に来ています。薬局がしまってから映画に行こうと、シーリアを誘いにきたのです」

「パトリシア・レインか」と、ポアロは思案しながらいった。

「彼女は五分くらいしかいませんでしたし、劇薬棚の方へは近寄らず、外来患者の窓口のそばで、シーリアやほかの女たちと話をしていたそうです。それから、黒人の女が一人来ました――二週間ばかり前ですが――局員の話によれば、ひどく高慢な女だったそうです。薬品の調合などにも関心をもっているらしく、いろいろ質問してはノートをとっていたそうです。完璧な英語を話していたということですが」

「それはエリザベス・ジョンストンだろう。彼女はそんなことに関心をもっていたわけだね」

「医療福祉記念日の午後のことです。彼女は福祉制度にも関心を寄せていたようですし、また、小児性下痢や皮膚病に対してどんな処方をするのかといったことにも興味をもっていたらしいですよ」

ポアロはうなずいた。

「それから、彼女のほかには？」

「あとは思いだせないといっていました」

「医者は薬局へ来るのかね」

シャープは苦笑した。

「しょっちゅうですよ、それは。職務上やその他の用件で。たとえば特殊な処方について訊きにきたり、在庫に何があるかを調べにきたりするわけです」

「在庫にどんな薬品があるかを？」

「そう、そういうことです。ときには患者の皮膚を刺激しないようにするための、あるいは消化を妨げないようにするために添加する薬品を訊きにくるでしょう。医者が暇なときには、雑談をするためにぶらっとやってくることもあるでしょう。二日酔いになって、ベジニンやアスピリンをもらいにくる若い医者もかなりいるそうですし、ときには薬局の若い女に目をつけてくどきにくるやつもいるでしょう。医者も人間ですからな。どうしようもないことですわ」

ポアロはいった。「ヒッコリー・ロードの学生でセント・キャサリン病院に関係しているものが、たしか一人か二人いたはずだが——体の大きい赤毛の青年で——ベイツとか、ベイトマンとかいう——」

「レナード・ベイトソンですよ。それから、コリン・マックナブが大学院の研究生としてあの病院に行っています。それから、ジーン・トムリンソンという若い女が物理療法科で働いていますね」

「そうすると、彼らはみんな薬局にたびたび出入りしているわけかね」

「そうです。しかも、薬局の連中は彼らを見馴れていて、入ってきても気にとめないために、それがいつのことだったか、だれも憶えていないのが実状です。ジーン・トムリンソンは先任の薬剤師の友人のような状態になっていましたし――」

「ちゃっかりしてるね」と、ポアロはいった。

「まったくですな。とにかくあの病院の職員ならだれでも、劇薬棚の中をのぞきこんで、〝こんなにたくさんの砒酸を、いったいなんに使うの〟とか、〝いまどきこんなものを使うやつがいるのかね〟などといって、暇つぶしにひやかしたりすることができるのです。しかも、だれもそんなことに気をとめてないし、憶えてもいないわけですよ」

シャープは間をおいてまた話しつづけた。

「だれかがシーリア・オースティンにモルヒネを飲まして、その後でモルヒネの瓶や引き裂いた彼女の手紙の断片を部屋におき、自殺に見せかけようとしたことは、もはや明白です。しかし、ポアロさん、なぜでしょうか」

ポアロは首を振った。シャープは話をつづけた。

「あなたは今朝、だれかがシーリア・オースティンに盗癖の芝居を打つように入れ知恵したのかもしれないといいましたね」

ポアロはそわそわと身動きした。

「あれは漠然とした思いつきにすぎないよ。彼女自身でそんなことを考えだすほどの才知があるようには思えなかったからさ」

「すると、それはだれなんです？」

「わたしの知っているかぎりでは、そんな筋書きを考えだせそうな学生は、三人しかいないね。まず、レナード・ベイトソンは必要な知識をもっていたはずだ。彼はコリンが〝適応不全の人格〟に熱狂的な関心を寄せていることを知っていた。そして冗談半分にシーリアにそんな入れ知恵をして、彼女の芝居をコーチしていたかもしれない。しかし、正直にいって、彼がそんなことを何カ月も共謀していたとは思えないね——もっとも、彼が何か隠された動機をもっていたか、あるいは、見かけとはまったくちがう人物であったら、話はべつだがね（そうした点をいつも勘定に入れておく必要があるんだ）。つぎに、ナイジェル・チャプマンはいたずら好きで、ちょっと意地の悪い気性だ。彼なら面白がってやって、少しも良心のとがめを感じないだろう。彼はおとなになった〝恐る《アンフ》べき子供《アン・テリブル》〟なんだ。三番目に考えられるのは、ヴァレリ・ホッブハウスという若い女だ。すぐれた頭脳を持っていて、外見も教養の面でも現代的で、コリンの反応を充分予測できる程度の心理学の知識はありそうだ。もし彼女がシーリアに好意を抱いていたら、コリンをだますのは正当ないたずらだと思うかもしれないよ」

「レナード・ベイトソン、ナイジェル・チャプマン。それからヴァレリ・ホッブハウスですな」と、シャープは手帳に書きこみながらいった。「どうもありがとうございます。

頭に入れておいて、彼らにあたってみましょう。それから、インド人はどうなんです。医学生がいますが」

「彼は政治と迫害妄想で頭がいっぱいだ」と、ポアロはいった。「彼がシーリア・オースティンに盗癖芝居の入れ知恵をすることに興味をもつとは考えられないね。彼女も彼からそんな助言を受けいれようとはしないだろう」

「あなたが助言できることは、こんなところでしょうか、ポアロさん」シャープ警部は腰をあげて、手帳をポケットに入れながらいった。

「まあね。ただし、わたし自身も個人的に大変関心をもっているんだよ——もしあんたが反対しなければの話だがね」

「いいえ、とんでもない。わたしが反対するわけがないでしょう」

「わたしはわたし自身のしろうと流儀で、できるだけのことをしたいと思っている。わたしには活動方針は一つしかないんだ」

「で、それは？」

ポアロはため息した。

「会話だよ。会話を重ねることだ！　わたしがめぐりあった殺人犯はすべて話好きだった。わたしの経験では、がんとして無口な男はめったに罪をおかさない——たとえやったとしても、それは単純で、暴力的で、見えすいている。ところが、利口で巧妙な殺人犯は、得意になりすぎて、遅かれ早かれまずいことをしゃべって、自分自身につまずいてしまう。そういうやつらと話すときは、尋問ばかりしていてはいけない。彼らの意見をよく聞き、彼らの助力を求め、彼らの直感のひらめきに耳を傾けることだ――いや、これはどうも失礼《ボン・デュー》！　よけいなことだったね。あんたの腕前のほどは、よく憶えてるよ」

シャープはにっこり笑った。

「ま、要するに人づきあいをよくすることでしょうな」

二人はたがいに顔を見あわせて微笑した。シャープは立ちあがった。

「彼らの一人一人が、殺人犯であり得るということになりますかな」と、彼はゆっくりいった。

「そうもいえるだろうね」と、ポアロは無造作にいった。「たとえばレナード・ベイトソンは短気だから、かっとなって前後の見さかいがなくなるかもしれない。ヴァレリ・ホップハウスは頭がいいだけに、抜け目のない計略を企てる可能性がある。ナイジェル・チャプマンは子供じみていて、均衡《きんこう》のとれないタイプだ。それから、金の問題がからむと人殺しをしかねないフランス娘もいる。パトリシア・レインは母性型だが、母性型というのはたいがい情け容赦のないものだ。アメリカ娘のサリー・フィンチ、これは快活でのんきだが、しかし彼女のようなやつは非常に芝居がうまいものだよ。ジーン・トムリンソンは善意に満ちた正義派だが、しかし日曜学校にきまじめに通っていた殺人犯の例は、数多くあるからね。西インド諸島人のエリザベス・ジョンストンは、おそらくあの寮ではいちばん優秀な頭脳の持ち主だろう。彼女は情緒を頭脳に従わせている——これは危険なことだ。それから、われわれには推測できないような動機で人殺しをやりそうなアフリカの美青年もいる。それに心理学者のコリン・マックナブだが、自分の病気を自分で直せるような心理学者は、そうざらにいないだろう」

「いやはやもう、あなたの話で頭がくらくらしてきた。結局人殺しのできないやつはいないということですか」

「わたしはしばしば、そうじゃないかと思うことがある」と、ポアロはいった。

9

シャープ警部は椅子の背に上体をもたれかけて、ハンカチでひたいをふきながらため息をついた。彼は怒りっぽくて泣き虫のフランス娘や、生意気で非協力的なフランスの青年や、鈍感で疑り深いオランダ人や、饒舌《じょうぜつ》で好戦的なエジプト人らと会談した。それからまた、彼の話がよく通じない二人の神経質な若いトルコ人と短い言葉を交わした。若い魅力的なイラク人の場合も同様だった。これらのものたちがシーリア・オースティンの死となんらのかかわりもないことを、彼はほぼ確信できたが、彼らは事件の捜査にはまったく役立たなかった。彼はつぎつぎに愛想よく相手を追いかえし、いまこれからアキボンボに同じことをしようとしていた。

その若い西アフリカ人は、白い歯を微笑させながら、子供っぽい悲しげな目で彼を見た。

「はい、ぜひお役に立ちたいと思います」と、彼がいった。「彼女は、ミス・シーリアは、ぼくにとても親切にしてくれました。いつか彼女からエディンバラの氷砂糖を一箱もらったこともあります——ぼくがそれまで見たことのない、とてもおいしいお菓子でした。殺されたなんて、ほんとに彼女がかわいそうでなりません。ひょっとしたら、部族間の血の恨みだったのじゃないでしょうか。でなかったら、彼女の父親か叔父たちが、彼女がよこしまなことをしているというまちがった噂を聞いて、殺しにきたのですよ、きっと」

シャープ警部はそんなことはまったく起こり得ないといった。その青年はがっかりして首を振った。

「それじゃ、ぼくはどうしてこんなことが起きたのか、ぜんぜんわかりませんね。彼女を殺そうと思うような人が、この寮にいるとは思えませんからね。なんなら、彼女の髪の毛と爪の切りくずを少しください。昔の方法で試してみます。それは、科学的でも近代的でもありませんけど、ぼくの国ではよく利用されてるんですよ」

「いや、ありがとう、アキボンボ君。しかし、その必要はなさそうだ。そういう方法は、わが国では採用されていないしね」

「はあ、よくわかります。近代的じゃありませんからね。原子力時代にはむきませんよ。国でも、最近の警官はもうそんなことはしません——田舎の老人ぐらいなものです。新しい方法の方が優秀で、確実な成功をおさめるだろうと思いますよ、ほんとに」アキボンボは礼儀正しくお辞儀をして、ひきさがった。シャープは心の中でつぶやいた——「われわれの威信にかけても、ぜひ成功をおさめなくちゃならんことになってきたぞ」

つぎの相手はナイジェル・チャプマンだった。彼は会談の主導権を握ろうとした。

「これはきわめて異例な事件だと、ぼくは思います」と、彼はいった。「じつはね、あなたが自殺を主張していたとき、ぼくは見当ちがいじゃないかなと思っていたんですよ。とにかく、彼女が万年筆にぼくの緑色のインクを入れておいたことによって自殺説がくつがえされて、ぼくは大いに満足です。犯人はそこまでは読めなかったわけですね。ところで、犯行の動機についてはもうかなり調査がすすめられているだろうと思いますが、どんなふうにお考えですか」

「わたしの方が質問する立場にあるんだよ、チャプマン君」と、警部はそっけなくいった。

「そりゃ、もちろんそうでしょう」ナイジェルは手を振りながら快活にいった。「ぼくはただ、ちょっと近道をしようと思っただけなんだけど、しかし、例によってお役所流にやらなければならないようですね。ええと、氏名はナイジェル・チャプマン、年齢二十五歳。出生地は長崎だということです——われながらまったく妙なところで生まれたもんで。おやじとおふくろがそこで何をしていたのか、想像もつきません。世界一周旅行でしょうかね。しかし、そこで生まれたからといって、日本人だということにはならないそうですね。ぼくはいまロンドン大学で、青銅器時代と中世史を専攻しています。ほかに質問はありませんか」

「実家の住所は？」

「実家の住所なんかありませんよ。おやじは生きているけど、ぼくは喧嘩して出てしまったから。ヒッコリー・ロード二十六番地かラーツ銀行のレデンホール街支店なら、いつでも連絡はつけられますよ。まるで二度と会いたくない旅の知りあいにいうみたいないいぐさですがね」

シャープ警部はナイジェルの気どった生意気な話しぶりに、まったく反応を示さなかった。彼はこれまで何度も〝ナイジェル的な男〟に会ったことがあるので、ナイジェルの横柄な態度は、殺人事件に関連した取り調べを受けていることによる当然の不安を隠すための仮面であることを、見抜いていたのだ。

「きみはシーリア・オースティンをどの程度知っていたの」と、彼はたずねた。

「それはかなり難しい質問ですね。実際彼女に毎日会っていたことや、彼女ととても仲よくしていたことからすれば、彼女をよく知っていたことになるでしょうが、しかし、ほんとうのところ、ぼくはぜんぜん何も知りませんでしたよ。もちろんぼくは彼女にちっとも興味がなかったし、彼女は内心では、ぼくをいやなやつだと思っていたかもしれません」

「何か特別なわけがあったの？」

「彼女はぼくのユーモアのセンスが気に入らなかったのですよ。それに、ぼくはコリン・マックナブのように深刻ぶった、やぼな男じゃないもんですからね。ああいうやぼくささは、女を魅惑するのに好都合なんですよ」

「きみがシーリア・オースティンと最後に会ったのは、いつ？」

「昨日の夕食のときです。ご存じのとおり、みんなで彼女を歓待したわけですよ。コリンは立ちあがって、もったいぶってみせてから、てれくさそうにしてやっと婚約を発表したのです。で、われわれはみんなで彼女をからかったというわけです」

「それは、食堂で？　それとも社交室で？」

「食堂です。それからぼくたちが社交室へ行くとき、コリンはどっかへ出かけました」

「で、ほかの人はぜんぶ社交室でコーヒーを飲んだわけだ」

「あの液体がコーヒーというなら、そういうことになりますね」と、ナイジェルはいった。

「シーリア・オースティンもコーヒーを飲んだの？」

「たぶんそうでしょうね。ぼくは彼女がコーヒーを飲むのを見ていたわけじゃありませんが、飲んだんじゃないですか」

「きみはたとえば、自分で彼女にコーヒーを注いでやるといったようなことは、しなかったの？」

「それはひどい誘導尋問ですよ！　あなたがそんなことをいって、じろりとぼくを見ると、ぼくはなんとなくシーリアにコーヒーを注いでやって、ストリキニーネか何かをそれにぶっこんだような気がしてきますよ。催眠術的な暗示ですかな。しかし、実際のぼくは彼女に近づきもしなかったんですよ、シャープさん。正直にいって、ぼくは彼女がコーヒーを飲むのを見てもいなかったし、あなたはぼくを信ずるかどうか知らないけど、ぼくはシーリアになんらの愛情も抱いていませんでしたから、コリン・マックナブが彼女との婚約を発表しても、ぼくは復讐的な殺意なんか起きようはずもなかったんですよ」

「わたしはそんなことを訊いているんじゃないんだよ、チャプマン君」と、シャープはおだやかにいった。「わたしの見方がまちがっていないとすれば、この事件は恋愛がからんでいるような形跡はない。しかし、だれかがシーリア・オースティンを抹殺したかったわけだ。なぜだろう」

「なぜだろうって、ぼくは想像もつきませんよ、警部。シーリアはいわば最も無害な女でしたからね。まったくわけがわかりませんよ。彼女は理解が遅くて、退屈なくらい内気で、しかも非常に気立てがよくて、どうみたって殺されるような女じゃなかったんです」

「ここで起きたさまざまな紛失事件、つまり盗難事件の犯人がシーリア・オースティンだとわかったとき、きみはびっくりしたろうね」

「そりゃ、もう少しで気絶するところでしたよ！　まったく意外でしたからね」

「まさかきみが彼女をそそのかしてそんなことをさせたのじゃあるまいね」

愕然と目を見張ったナイジェルの表情は、いつわりないように見えた。

「ぼくが？　彼女をそそのかした？　なんの必要あって？」

「ちょっと訊いてみたくなっただけさ。世間には妙なユーモアのセンスの持ち主がいるからな」

「しかし、ぼくは勘が鈍いのかもしれませんが、あんなばかげたこそ泥のどこが面白いのか、さっぱりわかりませんがね」

「きみが考えだしたいたずらじゃないわけかい」

「あれがふざけたいたずらだとは、思ってもみませんでしたよ。しかし、あの盗みは純粋に心理学的なものだと思いますね」

「きみはシーリア・オースティンが盗癖をもっていたのだと確信しているの？」

「しかし、ほかに説明のしようがないじゃありませんか」

「どうやらきみは盗癖について、あまり知らないらしいね、チャプマン君」

「とにかくぼくは、ほかの説明が考えられないのですよ」

「こうは考えられないかな――つまり、マックナブ君の関心をひく方法として、そんな手を使えと、だれかがミス・オースティンをそそのかしたのではなかろうか」

ナイジェルの目が悪意をこめてぎらりと光った。

「なるほど、そいつは面白い解釈ですね、警部」と、彼がいった。「たしかにそうかもしれませんよ。もちろんコリンのやつはそれをうのみにして、まんまとひっかかってしまうでしょう」彼はしばらく悦に入っていた。しかし、やがて悲しげに首を振った。

「しかし、シーリアはそんな芝居を打とうとはしなかったでしょう」と、彼はいった。

「彼女はまじめな女でした。コリンをだますようなことをするはずがありませんよ。べた惚れに惚れていたんですからね」

「それじゃ、この寮で起こったいくつかの出来事を、きみ自身はどう見てるのかね。たとえば、ミス・ジョンストンのノートにインクをかけた事件については?」

「もしあなたがそれをぼくのしわざだと思っているのなら、とんでもないまちがいですよ。もちろん緑色のインクだったということから、いかにもぼくがやったように見えるでしょうが、しかし、あれは単なる仕返しですよ」

「仕返しとは?」

「ぼくのインクを使ったことです。だれかがわざとそれを使って、ぼくがやったように見せかけようとしたわけですよ。この寮には、さまざまな恨みがうず巻いていますからね」

警部は彼を鋭く見つめた。

「恨みがうず巻いているというのは、どういう意味?」

しかし、ナイジェルはすばやく自分の殻の中に身をすくめて、返事を濁した。

「べつに大したことじゃありません――ただ、大勢の人が狭いところにいっしょに閉じこめられると、卑劣な根性になるものだという意味です」

シャープ警部のリストの順番に従って、つぎはレナード・ベイトソンが呼ばれた。レン・ベイトソンの態度はナイジェルとちがってはいたが、ナイジェル以上に神経がたかぶっていた。彼は疑り深く、喧嘩腰だった。

「ええ、そうですとも！」いままでと同じ質問がくりかえされた後、彼はつぎの質問に対して咬みつくようにどなった。「そう、シーリアにコーヒーを注いで渡したのは、ぼくですよ。それがどうしたというんですか」

「きみが、彼女の夕食後のコーヒーを注いだ——というわけだね、ベイトソン君」

「そう。ぼくは彼女のカップにコーヒー沸かしに入っているやつを注いでやって、それを彼女の前におきました。あんたが信用するかどうか知らないけど、とにかくその中にモルヒネなんか入っていませんでしたよ」

「きみは彼女がそれを飲むのを見たの？」

「いや、彼女がそれを飲むところなんか見ちゃいませんでしたよ。ぼくたちはみんな動きまわっていましたし、ぼくはそれからすぐある人と議論をはじめたんです。ですから、そんなことは目にとまらなかったんです。ほかの人たちが彼女をとり囲んでいましたしね」

「なるほど。要するにきみのいおうとしていることは、彼女のカップにモルヒネを入れようと思えば、だれでもできたということだね」

「試しにあんたが他人のカップに何か入れてみたらいいでしょ！　きっとみんなにわかっちゃいますよ」

「そうともかぎらんだろう」と、シャープがいった。

レンは挑戦的にどなった。

「いったいなんのためにぼくが彼女を毒殺しようとしたというの！　ぼくは彼女になんの恨みもありませんよ」

「いや、きみが彼女を毒殺しようとしたとはいっていないよ」

「彼女は自分でその薬を飲んだんですよ。きっとそうなんだ。それ以外に説明がつかないもの」

「われわれもそう思ったかもしれない——あのごまかしの遺書がなければね」

「ごまかしの？　それは彼女自身が書いたんでしょ」

「あれは、あの朝彼女が書いた手紙の一部なんだ」

「だったら——きっと彼女はそれを引き裂いて、遺書に使ったんですよ」

「ベイトソン君、ちょっと考えてもみたまえ。もしきみが遺書を残そうとしたら、そのつもりでちゃんとした遺書を書くだろう。だれかにあてた手紙を取りだして、特別な文句だけを注意深く抜き裂くようなことはしないだろう」

「ぼくはするかもしれないな。人間は奇妙なことをいろいろやりますからね」

「そうだとしたら、彼女は手紙の残りの部分をどこへやったんだろう」

「ぼくが知ってるわけはないでしょ。それはぼくじゃなくてあんたの仕事ですよ」

「それはそうだが、しかし、ベイトソン君、もう少しおだやかにわたしの質問に答えたらどうかね」

「いったいあんたは何を知りたいの。ぼくは彼女を殺しませんよ。殺す動機がないのだから」

「きみは彼女が好きだったんだね」

レンの攻撃的な態度がいくぶんやわらいだ。

「とても好きでしたよ。ほんとにいい子でした。ちょっとおつむは弱かったけど、感じのいいやつでね」

「彼女がずっと前からみんなを悩ませていた盗難事件の犯行を自白したとき、きみはそれを信じたの？」

「彼女がそういうんだから、もちろんぼくはそれを信じましたよ。しかし、ちょっと奇妙な感じはしましたね」

「彼女のやりそうなことだとは思えなかったわけだな」

「そう、そうですとも」

彼の横柄な態度は次第に消えて、彼は自分を弁解することよりも、好奇心をそそられる問題に頭を使いはじめた。

「彼女は、盗癖のあるようなタイプではなかったような気がするんですがね」と、彼はいった。「もちろん泥棒のタイプでもないし」

「彼女があんなことをしたほかの理由を、考えられないかね」

「ほかの理由？　ほかにどんな理由があり得るんですか」

「彼女はコリン・マックナブの関心をひこうとしてやったのかもしれんよ」

「それはこじつけじゃないかな」

「しかし、実際に彼の関心をひいたんだよ」

「ええ、そうです。コリンのやつは、どんな精神的異常にも夢中でとびついてしまうんですよ」

「それだよ。もしシーリア・オースティンがそれを知っていて――」

レンは首を振った。

「そりゃまちがってますよ。彼女はそんなことを考えだせるはずがありません。そんな知識ももってませんでしたよ」

「しかし、きみはその知識があったわけだよ」

「えっ、それはどういう意味？」

「つまりね、これは純粋に親切な意図によるものだろうが、きみは彼女のためにそんな知恵をつけてやったのかもしれないということだ」

レンは短く笑った。

「ぼくがそんなばかばかしいことをやると思ってるの。あんたは気が狂ってるよ」

警部は話題を変えた。

「エリザベス・ジョンストンのノートにインクをかけたのは、シーリア・オースティンだと思うかい。それともほかのだれかのしわざだと思う？」

「ほかのだれかですよ。シーリアはそんなことをしなかったといってましたし、ぼくもそれを信じますね。シーリアはベスに腹の立つようなことをされるわけがありませんよ。ほかの連中とはちがってね」

「すると、だれが、なぜ彼女を恨んでいたのだろう」

「ベスは他人の過ちをずけずけ指摘する癖があるんです」レンはしばらくそれについて考えた。

「たとえば、だれかが軽率な発言をした場合なんかね。彼女はテーブルごしにじろりと相手を見て、彼女独特のきちょうめんないい方でこきおろすのです――〝それはまったく事実の裏づけのないことじゃないかしら。統計で明らかなとおり――〟といった調子でね。これはだれでもしゃくに触りますよ――特にそそっかしいことをいいがちなやつ、たとえばナイジェル・チャプマンなんかは、なおさらでしょう」

「ああ、なるほど。ナイジェル・チャプマンか」

「しかも、あれは緑色のインクですよ」

「すると、あれをやったのはナイジェルだときみは思っているわけだな」

「少なくともその可能性はかなりありますよ。彼は執念深いやつですからね。しかも彼は少々、人種的な偏見をもっています。そんなものをもっているのは、われわれの中じゃ彼だけじゃないかな」

「ミス・ジョンストンが口うるさいために、ひどく腹立たしい思いをさせられたのは、ほかにだれなの」

「ま、コリン・マックナブもときどきやられていますし、ジーン・トムリンソンも二、三度頭にきてましたよ」

シャープはそれからさらにいくつかのとりとめのない質問を投げたが、レン・ベイトソンはつけ加えていうほどの有益な情報は何ももっていなかった。警部はつぎにヴァレリ・ホッブハウスに会った。

ヴァレリは冷静で、上品で、用心深かった。前の二人の男が示したような神経のいらだちは、ほとんど見せなかった。彼女はシーリアが好きだったといった。シーリアは頭はそれほどよくなかったけれども、コリン・マックナブへの恋のせつなさは、はた目に痛ましいほどだったといった。

「彼女は盗癖があったと思いますか、ミス・ホッブハウス」

「そうかもしれません。でも、あたしはそういうことをあまりよく知らないんですの」

「だれかが彼女に入れ知恵してあんなことをやらせたのだと思いませんか」

ヴァレリは肩をすくめた。

「あの思いあがった強情者のコリンの気をひくために？」

「あなたは勘がいいね。そう、そういう意味です。まさかあなたが彼女をそそのかしたのじゃないでしょうな」

ヴァレリはくすりと笑った。

「そりゃそうですよ——だって、あたしのだいじなスカーフをめちゃくちゃに切られたんですもの。あたしはそれほどの愛他主義者じゃありませんわ」

「でも、だれかが彼女をそそのかしたと思いませんか」

「さあ、そうは思えませんわ。彼女にすれば、それは当然だったんじゃないかしら」

「当然とは？」

「じつは、サリーの靴騒動が起こったとき、これはシーリアのしわざにちがいないという考えが、あたしの頭にぴんときたんですの。シーリアはサリーをねたんでいました。サリー・フィンチのことですわ。サリーはこの寮のだれよりもとびぬけて魅力的だから、コリンもかなり注目していたんですよ。あのパーティの晩、サリーは夜会靴を盗まれたので、古い黒のドレスに黒の靴をはいていかなくちゃならなかったんです。そのとき、シーリアは、まるでクリームをこっそりなめた猫のように、やけにすました顔をしてましたわ。ただ、ブレスレットとかコンパクトのようなくだらないものを盗んだのは、彼女だとは思いませんでしたよ」

「だれがやったと思ったのですか」

ヴァレリは肩をすくめた。

「それは知りませんけど、掃除婦の一人じゃないかと思いました」

「リュックサックをずたずたに裂いたのも？」

「リュックサックですって？ 忘れましたわ。問題にするほどのことじゃないでしょ」

「あなたはこの寮にかなり前からいるんですね、ミス・ホップハウス」

「ええ、いちばん古いんじゃないかしら。もうかれこれ二年半くらいになりますわ」

「すると、この寮のことは、ほかのだれよりも詳しいわけですな」

「そういうことになるでしょうね」

「シーリア・オースティンがなぜ殺されたか、思いあたることはありませんか。犯行の動機といったようなものについてですね」

ヴァレリは首を振ると、真剣な顔つきになった。

「いいえ、ありません」と、彼女はいった。「ほんとに恐ろしいことになったものですわ。シーリアを殺すなんて、あたしは理解ができません。彼女は感じのいい、おとなしい人で、しかも、やっと婚約したばかりで……。それかしら」

「それとは？」と、警部は訊きかえした。

「そのせいじゃないかと思ったんです」と、ヴァレリはゆっくりいった。「彼女が婚約したためだったんじゃないかと。彼女が幸せになろうとしていたためじゃないかと。でも、そうすると、彼女を殺した人は——たぶん——気が狂っていたのだということになりますね」

彼女の声はかすかに震えていた。シャープ警部は考え深げに彼女を見つめた。

「そう。狂気の犯行という線は除外することはできません」彼はさらに質問をつづけた。「エリザベス・ジョンストンのノートがめちゃくちゃにされた事件について、なにか意見がありませんか」

「いいえ。あれもずいぶん意地の悪いことをしたものですね。シーリアは絶対あんなことをしないと思いますわ」

「だれがやったのか、心あたりはありませんか」

「さあ……理屈に合ってるようなことは、何も思いつきませんわ」

「しかし、理屈に合わないことはあるわけですか」

「だけど、単なる直感にすぎないことじゃ、お話にならないでしょ」

「いや、直感は大いに結構ですよ。喜んで聞きましょう。ここだけの話にしてね」

「そうですか。もしかしたら、とんでもない思いちがいかもしれませんけど、あれはパトリシア・レインのしわざじゃないかという気がするんですの」

「ほう！　いや、これは驚きました。まさか、パトリシア・レインとはね——思いもよりませんでしたよ。彼女は非常に落ち着きのある、愛想のいいお嬢さんですからね」

「あたしは彼女がやったとはいってませんよ。ただ、彼女がやったのかもしれないと、ふと思っただけなんです」

「強いて理由をあげれば？」

「ま、パトリシアがブラック・ベスを嫌っていたことです。ベスがいつも、パトリシアの恋人のナイジェルをやりこめるからですわ。彼はときどきそそっかしい発言をして、彼女にまちがいを指摘されるんですの」

「あなたはナイジェル自身よりも、パトリシア・レインの方がやりそうに思えるのですね」

「もちろんそうですわ。ナイジェルはそんなことをあまり気にしないたちですし、しかも彼自身の愛用のインクを使うようなへまはやらないだろうと思います。彼はとても頭がいいですからね。しかしパトリシアは、そんなばかなことをしたら大切な恋人に嫌疑がかかることを考えもせずに、やりかねませんわ」

「あるいは、だれかがナイジェルをひどい目にあわせてやろうとして、彼がやったように見せかけたのかもしれないな」

「はい、その可能性もあるでしょうね」

「ナイジェル・チャプマンを嫌っていたのは、だれですか」

「ま、ジーン・トムリンソンなんか、その一人ですね。それからレン・ベイトソンはしょっちゅう彼と言い争っていますわ」

「話はちがいますが、モルヒネがどのようにしてシーリア・オースティンに飲ませられたのかについて、何か意見はありませんか」

「あたしもずいぶん考えてみました。もちろん最も容易に思いつくことは、コーヒーを利用する方法です。あたしたちはみんな社交室の中を動きまわっていました。シーリアのコーヒーは彼女のそばの小さなテーブルの上にありました。彼女はいつもコーヒーを冷ましてから飲んでいたのです。ですから、だれかが充分な勇気さえあれば、彼女に見られないようにして錠剤か何かを彼女のカップに入れることはできたでしょうけど、これはかなり冒険です。すぐ気づかれるかもしれませんからね」

「使われたモルヒネは、錠剤じゃありません」と、警部はいった。

「じゃ、なんですか。粉末ですか」

「そうです」

ヴァレリは眉を寄せた。

「そうなると、もっと難しいでしょうね」

「コーヒーのほかに、何か考えられませんか」

「彼女はときどき寝る前にホット・ミルクを飲みますけど、でも、ゆうべは飲まなかったようですわ」

「昨晩社交室でどんなことがあったのかを、できるだけ正確に説明していただけませんかな」

「はい。さっきいったように、あたしたちはみんな動きまわったり腰をおろしたりして、しゃべっていました。だれかがラジオをかけました。そうこうしてるうちに、男たちはほとんど部屋を出ていったようでした。シーリアもかなり早く自分の部屋へ引きあげ、つづいてジーン・トムリンソンが出ていきました。サリーとあたしだけが、かなり遅くまでそこに残っていたのです。あたしは手紙を書いていましたし、サリーはノートを開いて、まじめに勉強していましたわ。で、いちばん最後に部屋へ引きあげたのは、あたしだったと思います」

「いつもの晩と変わりなかったわけですね」

「はい、そうですわ」

「ありがとう、ミス・ホッブハウス。すみませんが、こんどはミス・レインを呼んでください」

パトリシア・レインは当惑している様子だったが、何かを恐れているようなところはなかった。しばらく質問と応答が交わされたが、特に新しい事実は何一つ引きだせなかった。エリザベス・ジョンストンのノートの損傷事件について意見を求められると、パトリシアはシーリアがやったのにちがいないといった。

「しかし、ミス・レイン、彼女ははっきり否定したのですよ」

「ええ、もちろん否定するでしょうよ」と、パトリシアは答えた。「そんなことをしたのが恥ずかしかったのだろうと思いますわ。しかし、あれもやはりほかの事件と関連があるんじゃないですか」

「ところが、わたしが調べたかぎりでは、どの事件にも関連がないんですよ」

「たぶん、あなたは——」パトリシアは顔を赤らめながらいった——「ベスのノートをめちゃくちゃにしたのはナイジェルだと思っていらっしゃるんでしょ。インクが緑色だったから。でも、それはばかげた話だわ。もしナイジェルがあんなことをしたのなら、自分のインクを使うようなとんまなことはしなかったでしょう。彼はそんなばかじゃありませんよ。とにかく彼はあんないたずらをするはずがありませんわ」

「彼は日ごろからミス・ジョンストンとあまり仲がよくなかったそうですね」

「それは彼女がときどき彼の気分を害するようなことをするからですけど、でも、彼はそんなことをべつに気にしていませんよ」パトリシアは身を乗りだして熱心にいった。「ぜひあなたに理解してもらいたいことが、二、三あるんです——ナイジェル・チャプマンのことで。端的にいうと、ナイジェルは彼自身の最悪の敵なんですの。彼が非常に気むずかしい態度をとっていることは、わたしが真っ先に認めます。それがみんなに、彼に対する偏見を与えているのです。彼はぶしつけで、しょっちゅう皮肉をいったり、みんなをからかったりするので、みんなは怒って彼に背を向け、彼をこの上なくいやなやつだと思うわけです。しかし彼は、ほんとは外見とまったくちがうんですよ。いわゆる恥ずかしがり屋の一人で、人に好かれたいと思いながら、一種の反抗精神から、思っていることと反対のことをいったり、やったりする不幸な人間の一人なのです」

「なるほど。損なたちですな」と、シャープ警部はいった。

「ええ。でも、そんな自分をどうすることもできないのです。それは不幸な子供時代に起因しているからですわ。ナイジェルはとても不幸な家庭に育ちました。彼のお父さんはとても厳格で、冷酷で、彼に対する理解がまったくなかったのです。しかも彼のお母さんをさんざんいじめつけたそうです。で、お母さんが亡くなってから、彼はお父さんとものすごい喧嘩をして家を飛びだしました。おまえには一ペニーの金もやらないぞとお父さんにいわれて、彼は独力で生活しなければならなくなったのです。ナイジェルは『おやじの世話をいっさい受けたくないから、たとえ金を出されてもつっかえしてやる』といっていました。お母さんの遺言で、少しばかりの金が送られてきたことはありましたが、彼はお父さんには手紙一本出さず、そばに寄りつこうともしませんでした。もちろんわたしは、彼のお父さんもかわいそうだと思います。しかし、彼のお父さんはきっととても感じの悪い男にちがいありません。そんなことが彼を辛辣にし、人づきあいを悪くしてしまったんじゃないでしょうか。お母さんが亡くなってからは、親切に彼の面倒を見てくれる人は一人もいなかったんですものね。彼はすばらしい素質をもちながら、ずっと健康がすぐれません。結局彼は人生にハンディキャップを背負わされて、ほんとうの自分を、彼の真価を、発揮できないでいるのですわ」

パトリシア・レインは話をやめた。ながながと熱弁をふるったために、顔が上気し、呼吸が乱れていた。シャープ警部は考え深げに彼女を眺めた。彼はいままでに多くのパトリシア・レインに会ってきたのだった。〝彼に惚れすぎて、彼が彼女のことをこれっぽっちも気にかけていず、おそらく母親のようないたわりに甘えているだけだということに、気がつかないでいるらしい〟と彼は心の中でつぶやいた。〝たしかに彼のおやじは気むずかしいがんこじいだろうが、たぶんおふくろも愚かな女で、息子をだめにしたばかりでなく、むやみにかわいがったために、彼とおやじの間の溝をひろげてしまったのだろう。そんな家庭を、おれはいやというほど見てきた〟――彼は、もしかしたらナイジェル・チャプマンがシーリア・オースティンに惚れていたのではなかろうかと、ふと思った。とっぴな想像だが、しかし、そうであったのかもしれない。〝もしそうなら、パトリシア・レインはその事実にはげしい憤りを感ずるだろう〟と、彼は思った。憤りのあまり、彼女はシーリアを殺したのだろうか。その憤りはそれほどはげしかったのだろうか。いや、そうではあるまい――いずれにせよ、シーリアがコリン・マックナブと婚約したという事実が、そのような殺人の動機を抹消してしまったはずだ。彼はパトリシア・レインを放免して、ジーン・トムリンソンを呼んだ。

10

ミス・トムリンソンは顔立ちのととのった、口のすぼまった、近づきがたい容貌の金髪の女で、年は二十七歳だった。彼女は腰をおろすと、しかつめらしくたずねた。

「どんなご用でしょうか、警部さん」

「今度の悲劇的な事件について、もしできたらあなたのご助力をいただきたいと思いましてね」

「あれはショッキングでしたわ。ほんとに驚きました」と、ジーンはいった。「シーリアが自殺したと聞いたときでさえびっくりしたのに、それが他殺の疑いがあるなんて……」彼女は悲しげに首を振った。

「彼女がみずから毒薬を飲んだのでないことは、明らかなんです」と、シャープはいった。「あの毒薬の出所はどこなのか、ご存じですか」

ジーンはうなずいた。

「彼女の働いていたセント・キャサリン病院だろうと思います。しかし、そのことからすれば、むしろ自殺のように思えますけどね」

「そう見せかけようとしたのでしょう」と、警部はいった。

「でも、シーリア以外に、そんな劇薬を手に入れられる人がいるかしら」

「たくさんいますよ――もし、やろうと思えばね」と、シャープはいった。「ミス・トムリンソン、あなただって、それを手に入れようと思ったら、できないことはなかったでしょ」

「まあ、警部さん！」彼女は憤然として叫んだ。

「しかし、あなたはあの病院の薬局を、かなりひんぱんに訪ねていましたね」

「ええ、ミルドレッド・ケアリーに会いにいったのです。でも、劇薬を盗むなんて、夢にも思ったことはありませんわ」

「しかし、やろうと思えばできたでしょう」

「そんなことは絶対にできません！」

「まあまあ、そうむきにならないで、ミス・トムリンソン。たとえば、あなたの友だちは内患の薬を包装するのに忙しく、ほかの女の人たちは外来患者の窓口にいるとしましょう。そうすると、調合室に薬剤師が二人しかいないときが多いわけです。あなたはこういうときを選んで、あのフロアの中央に並んでいる薬品戸棚の後ろをぶらぶらしていたら、戸棚から目指す薬瓶をこっそり盗んですばやくポケットに入れることぐらいはできるでしょう。二人の薬剤師は、あなたがやったことにぜんぜん気がつかないでしょうからね」

「ひどいことをおっしゃるわね。め、名誉毀損《めいよきそん》ですよ！」

「いや、あなたにいいがかりをつけているのじゃありませんよ。誤解しないでください。わたしはただ、あなたが絶対できないとおっしゃるから、やればできるということを教えてあげただけの話です。あなたが実際にそれをやったとはいってませんよ。だいたい、あなたはやるわけがないでしょ」

「そうですとも。あなたはわたしがシーリアの親友だったことを、お忘れになっているんじゃないですか、警部さん」

「親友に毒殺された例はたくさんあります。わたしたちはときどき自分自身にこう問いただしてみる必要があると思いますよ――〝親友はどんなときに親友でなくなるのか〟とね」

「わたしとシーリアの間には、意見の対立も何もありませんでしたよ。わたしは彼女が大好きだったのです」

「あなたはこの寮の盗難事件の犯人が彼女であることを、なんらかの理由から、うすうす気づいていたんじゃないでしょうか」

「いいえ、ぜんぜん。生涯でこれほどびっくりしたことはありませんわ。わたしはつねにシーリアを模範にしていたのですもの。彼女があんなことをするとは、夢にも思いませんでした」

「しかし」シャープは注意深く彼女を見守りながらいった。「盗癖というのは、自分ではどうしようもないものなんですよ」

ジーン・トムリンソンの唇がいっそう小さくすぼめられた。やがて彼女はそれを開いていった。

「わたしはそういう考え方にはまったく賛成できませんわ。わたしの頭が古いのかもしれませんけど、やはり泥棒は泥棒だと思います」

「すると、はっきりいえば、シーリアは盗むつもりで盗んだということですな」

「そうですとも」

「つまり、正真正銘の不正行為だったわけですね」

「ま、そういうことになるでしょう」

「ほう!」シャープ警部は首を振りながらいった。「それは、がっかりですな」

「はい、親友に失望させられたときのショックは、気が動転するほどはげしいものです」

「たしか、われわれを――警察を呼ぶかどうかということが、問題になったそうですな」

「はい。わたしは呼ぶべきだと思いました」

「いずれはそんなことにならざるを得ないだろうと思ったわけですね」

「そうするのが正しいと思ったんですの。あんなことを見逃していいわけがありませんもの」

「という意味は、つまり、ほんとの泥棒を盗癖だということにして片づけてしまうことですね」

「ま、要するにそういうことです」

「うまくおさまって、しかも、ミス・オースティンが結婚式の鐘の音を目前にすることができてもですか」

「あのコリン・マックナブがどんなことをしようと、だれも驚きませんよ」と、ジーン・トムリンソンはにくにくしげにいった。「彼は無神論者で、ぜんぜん信用のおけない、いかさまな男なんです。だれにでもぶしつけな態度をとって。彼は共産党ですよ、きっと！」

「それはどうも始末が悪いですな」シャープは首を振った。

「彼がシーリアをかばったのは、彼が財産についての正当な感情をもっていないからですよ。おそらく彼は、すべての人が自分のほしいすべてのものを横取りすることを、許されるべきだと思っているのでしょうよ」

「しかし、とにかくミス・オースティンは自供したわけですね」と、シャープがいった。

「ばれてしまったから、そうしたのですよ」と、ジーンは手きびしくいった。

「だれにばれたのです？」

「あの――ええと、あの方のお名前は――そう、ここへやってきたポアロさんです」

「しかし、あなたはどうしてそんなことがわかるのかな。ポアロさんはそういってませんよ。警察を呼んだ方がいいと助言しただけでしょ」

「ポアロさんはきっとそのことを彼女に態度で示したのでしょうね。で、彼女は万事休したことを知って、あわてて自白したのですわ」

「あのエリザベスのノートにひっかけたインクについては、どうなんです。彼女はあれも自分の犯行だと認めたわけですか」

「さあ、よく知らないけど。認めたんじゃないかしら」

「じつはね、それはあなたの思いちがいです」と、シャープはいった。「彼女はあの事件とはまったくかかわりがないと、断乎として否定したのです」

「じゃ、そうかもしれませんね。わたしもおかしいと思っていましたわ」

「むしろナイジェル・チャプマンのやりそうなことだと思ったわけですか」

「いいえ、ナイジェルがそんなことをするとは思えませんわ。むしろアキボンボがくさいわ」

「ほう？　どうして彼が？」

「嫉妬からです。有色人種はみんなおたがい同士に対して嫉妬深く、それにとてもヒステリックですもの」

「それは面白い見方ですな、ミス・トムリンソン。あなたが最後にシーリア・オースティンに会ったのは、いつですか」

「金曜日の夜、夕食後ですわ」

「だれが最初に部屋へひきあげたの。彼女ですか、あなたですか？」

「わたしです」

「社交室を出てからは、彼女に会わなかったわけですね。彼女の部屋へ行きませんでしたか」

「いいえ」

「もしだれかが彼女のコーヒーにモルヒネを入れたとすれば——そんなことをしそうな人はだれだと思いますか」

「さあ、ぜんぜん見当がつきませんわ」

「あのモルヒネを、この寮のどこかで、あるいはだれかの部屋で見たことはありませんか」

「いいえ、べつに見たわけじゃないけど……」

「見たわけじゃない？——それはどういう意味です？」

「ちょっと変だなと思ったことがあるんですの。ばかげた賭けのことで」

「どんな賭け？」

「じつは男たちが二、三人で議論していたときに——」

「どんな議論ですか」

「殺人の方法についてです。特に毒殺の」

「だれがその議論に参加していたのですか」

「コリンとナイジェルが議論しはじめて、それにレン・ベイトソンが口を出し、パトリシアもそこにいましたし——」

「そのときの議論の内容や経過を、できるだけ正確に説明してください」

ジーン・トムリンソンはしばらく心の中で記憶をたどった。

「議論は、毒殺のことからはじまりました。それを成功させるためには、いかにして毒薬を手に入れるかが問題になる――なぜなら、たいがいそれを買った店や、入手するのに好都合な立場や機会などから足がついて、ばれてしまうからだというような話になったわけです。するとナイジェルは、そんな立場や機会なんか必要ない――どんな人でも、だれにも知られないようにして毒薬を手に入れる方法を、三種類思いついたといいました。それを聞いたレン・ベイトソンは、また大ぼらを吹いてるといってからかいました。ナイジェルはむきになって、嘘だと思うならそれを実証してみせてもいいぞといいかえしました。そこへパトリシアが口をはさんで、ナイジェルのいうとおりだ――レンもコリンも好きなときにいつでも病院からそれをくすねてこれるだろう――シーリアだってそうだといったのです。それに対してナイジェルはこういいました――ぼくはそんなことをいっているんじゃない。もしシーリアが薬局から何かを盗んだら、遅かれ早かれ薬局のものがそれを使おうとして、それがなくなっていることがわかってしまうだろうと。するとパトリシアは、それなら瓶から毒薬を少しあけて、何か代わりのものをその分だけ瓶に入れておけばいいじゃないのといいました。そしたらコリンが笑いだして、そんなことをしたら、いずれまもなく患者たちから苦情をいわれるぞといったんです。そこでナイジェルはこういいました——ぼくの考えているのは、そんな恵まれた条件にある人間にしかできないような方法じゃない。ぼくは薬剤師でも医者でもなく、特別な資格はまったくないけれども、お望みならだれにも気づかれないように、三つのちがった方法でそれぞれちがった薬品を手に入れてみせようかと。するとレン・ベイトソンがいいました——『ほう、そうかね。いったいそれはどういう方法なんだ』と。それに対してナイジェルは、『いまここでそれをきみに教えるのはごめんこうむりたいが、三週間以内に三種類の毒薬をそろえて、ここでお目にかけるということなら、賭けてもいいぞ』といいました。そしたらレン・ベイトソンは、その挑戦に応じて五ポンド賭けたのです」

「それから?」シャープ警部は話を切ったジーンをうながすようにしていった。

「それから、その話はしばらくそれっきりになっていたようでしたが、やがてある晩ナイジェルが、『さあ諸君、見てごらん。約束したとおり、ちゃんと持ってきたぞ』といいながら、テーブルの上に薬品を三つ出しました。それはガラス管に入ったスコポラミンの錠剤と、瓶入りのジギタリス・チンクと、それから小さな瓶に入った酒石酸モルヒネでしたわ」

警部が鋭く聞きなおした。

「酒石酸モルヒネ？　ラベルが貼ってあったわけですな」

「はい、セント・キャサリン病院のラベルが貼ってありました。わたしは当然それに目をひかれたのですから、まちがいありませんわ」

「ほかの二つは？」

「その方はよくわかりませんでしたが、病院の薬品ではないようでした」

「それで、どうなったんです」

「もちろんそれからまた、なんだかんだと議論がはじまりました。レン・ベイトソンがこういいました――『しかし、きみがもしこんなもので殺人をおかしたら、たちどころに足がついちまうだろうよ』と。ナイジェルが反論しました。『冗談じゃないよ。ぼくは専門家じゃないんだぜ。病院や薬局になんの関係もないんだから、ぼくとこの薬品を結びつけて疑ってみるやつは一人もいないさ。もちろん店で買ったんじゃないしね』するとコリン・マックナブが、くわえていたパイプを手にとってこういいました――『そりゃそうだよ。医者の処方箋がなくちゃ、こんな薬品はどこの店でも売ってくれないさ』と。それからまた少し議論がつづきましたが、結局レンは負けたことを認めて、金を払うことになったのです。そして彼はこういいました――『ぼくはいま現金がないんだけど、まちがいなく払う。ナイジェルにはかなわないよ』それから、こんなふうにいいました。『このぶっそうなしろものを、どうするんだ』と。ナイジェルはにやりと笑って、事故が起きないように始末しておこうといい、スコポラミンの錠剤と酒石酸モルヒネの粉末は暖炉に投げこんで燃やしてしまいました。ジギタリス・チンクはお手洗いへ捨てたのです」

「で、瓶は?」

「さあ、あの瓶はどうなったのかしら……。たぶん、くずかごへ捨てたんじゃないかと思いますけど」

「しかし、とにかく毒薬そのものはみんな始末しちゃったわけですな」

「はい、それは確かです。わたしはちゃんと見ていたんですから」

「それは――いつのことですか」

「二週間ほど前でしたわ」

「そうですか。いや、どうもありがとう」

しかし、ジーンはまだためらっていた。明らかにもっと話をしたいらしかった。

「わたしがいまお話ししたことは、重要なことなんでしょうか」

「そうかもしれません。まだはっきりはいえませんがね」

シャープ警部はしばらく考えこんでから、またナイジェル・チャプマンを呼んだ。

「さっきミス・ジーン・トムリンソンから面白い話を聞いたんだが」と、彼はいった。

「ほう！　ジーンはだれのことであなたの心に毒を盛《も》ったのですか。ぼくのこと？」

「毒薬に関する話でね。そう、きみと関係のあることだ」

「ぼくと毒薬？　いったい何ごとですか」

「きみは数週間前に、手がかりを残さないようにして毒薬を入手できるかどうかということで、ベイトソン君と賭けをしたそうだが、ほんとうかね」

「ああ、あれですか」ナイジェルはやっと思いだしたような顔だった。「そんなこととは思わなかった。ええ、しましたよ。ジーンがそこにいたことさえも思いだせませんが、しかし、それが何か重大な意味でもあるとおっしゃるんですか」

「それはわからん。とにかく、その事実は認めるわけだね」

「ええ、ぼくらはそんなことで議論していたんですよ。コリンとレンが知ったかぶりしていいはるもんですから、ぼくはだれでもちょっと知恵を働かせれば、適当な方法で毒薬を手に入れることができるといったのです――たしかにそのとき、三つの方法があるといいました。で、お望みなら、実際にそれをやってみせようかといったわけです」

「で、きみはいったとおりにやってみせたんだね」

「そうです」

「その三つの方法というのは、どういう方法だったの」

ナイジェルは首をちょっと横へかしげた。

「あなたはぼく自身を自分で罪におとしいれさせようとしているんじゃないでしょうな」と、彼はいった。「もしその危険があるなら、あなたはぼくに警告すべきですよ」

「いや、まだきみに警告するところまでいっていないが、しかしもちろん、きみのいうとおり、きみがきみ自身を罪におとしいれる必要はないよ。もしきみがそうしたかったら、わたしの質問に答えるのを拒否する権利はあるんだからね」

「さあ、拒否した方がいいのかどうか、そこがわからないんですよ」ナイジェルは口もとに軽い微笑をただよわせながら、しばらく考えこんだ。

「ぼくのやったことは、もちろん法律違反になるでしょうな。ですから、あなたがそのつもりなら、ぼくを捕まえることができるわけです。しかし、これは殺人事件という大問題なのだから、もしそれがあの気の毒なシーリアの死になんらかの関係があるとすれば、やはりあなたの質問に答えるべきでしょう」

「そう、それが賢明な態度だろうね」

「わかりました。話しましょう」

「三つの方法というのは、どんな方法だったのかということだ」

「はい」ナイジェルは椅子にふかぶかと座りなおした。

「医者が車の中においた危険な薬を盗まれたという記事が、よく新聞に出ますね。つまり、これは周知の知識です」

「そう」

「そのことから、ぼくは一つの簡単な方法を考えついたのです。つまり、地方の医者が往診にまわるあとをつけて、すきをねらって車の中のカバンからめぼしい薬を盗むという方法です。地方の医者はたいがい、患者の家へ入るときにカバンを持っていきませんからね。ただし、これは診察する患者にもよりますよ」

「なるほど」

「それだけのことですよ。要するにそれが第一の方法なんです。ぼくは三人の医者のあとをつけて、やっと不注意なやつに出くわしました。そして機会をうかがってやったんですが、じつに簡単そのものでした。その車はほとんど人通りのない村はずれのある農家の前に駐めていました。で、ぼくはドアを開けて、カバンの中を見て、ガラス管に入ったスコポラミンの錠剤をちょうだいしちゃったわけです」

「ほう！　それから、第二の方法は？」

「じつは、これはちょっとシーリアを丸めこむ必要がありました。彼女はまったく人がいいし、はっきりいえば鈍感な女でしたから、ぼくが何をしようとしているのか、ぜんぜんわからなかったのです。つまりぼくはただ、医者が処方箋に書くあのちんぷんかんぷんなラテン語のことをちょっと彼女と話してから、ジギタリス・チンクを投与する処方箋を、医者が書くように書いてくれと頼んだだけなんです。彼女はなんの疑いももたずに、ぼくのいうとおりにしました。その後に残されたぼくの仕事は、職業別電話帳でロンドンの町はずれに住んでいる医者を探し、処方箋に彼のかしら文字を――ちょっと読みにくい署名を――書き加えることだけでした。それからぼくは、その医者の署名になじみのなさそうなロンドンの繁華街の薬剤師のところへそれを持っていき、難なくその処方薬を手に入れたのです。ジギタリンは心臓病の場合はかなり多量に処方されますし、ぼくがその処方箋を書くのに使った用紙は、ホテルの便箋でした」

「なるほど、じつに巧妙だね」と、シャープ警部はそっけなくいった。

「いよいよぼくはぼく自身の首をくくりはじめたかな！　あなたの声はそういっているように聞こえますよ」

「で、三番目の方法は？」

ナイジェルはすぐには答えなかったが、やがて、こういった。

「ちょっと待ってください。正確にいって、ぼくはどんな法律違反を自供したことになるんでしょうか」

「駐車中の自動車の中から薬をかっぱらったのは、当然窃盗罪だ」と、警部はいった。

「処方箋を偽造したのは――」

ナイジェルが彼をさえぎった。

「それは偽造にはならんでしょう。ぼくはそれで金をもらったわけじゃないし、また実際に医者の署名をまねたわけでもないのですからね。つまり、たとえぼくが処方箋を書いてそれにH・R・ジェイムズと署名しても、実際に特定のジェイムズ医師の処方箋を偽造したことにはならないと思います」彼はややゆがんだ微笑を浮かべながら話をつづけた。「そうでしょ？　ぼくは首を差しだしているのですよ。もしあなたがこれで意地悪をしようとしたら――ま、ぼくはちょんでしょうね。しかし……」

「どうしたの。チャプマン君」

ナイジェルは突然熱情をこめていった。

「ぼくはね、人殺しなんか大嫌いですよ。野蛮すぎて、考えただけでもぞっとする。しかもあのかわいそうなシーリアは、なんの罪もない女でした。それを殺すなんて、もってのほかです！　ぼくはあなたの役に立ちたいのです。しかし、こんな話がはたして役に立つでしょうか。ぼくはそうは思えないんですがね――ぼくの軽犯罪を告白したところで」

「警察はかなり広い許容範囲をもっているのだよ、チャプマン君。ある程度のことは、気まぐれ者のたわいないいたずらだと、大目に見ることを許されているのだ。この殺人事件の解決に助力しようとしているきみの気持ちを、わたしは率直に受けいれよう。さあ、話をつづけて、きみの三番目の方法を説明してくれないかね」

「はい」と、ナイジェルはいった。「これからいよいよ本格的な話に入るわけです。これは前の二つにくらべてずっと冒険的で、しかも、はるかに面白い。じつは、ぼくは病院の薬局へ二、三度シーリアを訪ねたことがあるのです。ですから、あの部屋の様子をよく知っているわけですが――」

「だから、きみは薬品棚から劇薬の瓶をくすねることができたというわけかい」

「いやいや、そんな単純なことじゃありませんよ。そんなやり方は、ぼくの見地からすれば公正とはいえません。それに、もしかりにそれがほんとうの殺人だったら――つまり、ぼくがそんなふうにして盗んだ毒薬で人を殺したなら、おそらくぼくが薬局を訪れたことをだれかが憶えているでしょうから、これは完全にばれてしまいます。ところで、ぼくは六カ月ほどシーリアの薬局には入ったことがありませんでした。しかし、シーリアが十一時五十分になると、奥の部屋へ行って、一杯のコーヒーとビスケットだけの軽い食事をすることを知っていました。薬局の女たちが二人ずつ交代で行くのです。ところがその中に、最近あの病院に来たばかりで、ぼくの顔を知らない女が一人いました。そこでぼくは、白衣を着て、首に聴診器をかけて薬局へ入っていきました。そこにはその新顔の女が一人いるだけで、彼女は忙しそうに外来患者の薬を調合していました。ぼくはゆうゆうと劇薬棚の方へ行って、そこに並んでいる薬瓶を一つポケットに入れてから、仕切りの端をまわって彼女に近づき、『よく精が出るね』と声をかけました。彼女は答えてうなずき、それから、ぼくはひどい二日酔いで頭ががんがんするのでバガニンを二錠くれと彼女に頼みました。そしてそれを飲んでからまたゆうゆうと出ていったわけです。彼女はぼくを病院の職員か医学生だと思いこんでいたようです。まったく子供だましのようなものでした。シーリアはぼくが来たことをぜんぜん知らなかったわけです」

「聴診器といったね」と、シャープ警部はけげんな口ぶりで訊いた。「その聴診器はどこで手に入れたの」

ナイジェルは突然にやっと顔をくずした。

「レン・ベイトソンのやつです」と、彼は答えた。「ちょろまかしたのですよ」

「この寮で？」

「そうです」

「すると、聴診器を盗んだのはきみだったのか。シーリアがやったんじゃなかったわけだね」

「そりゃそうでしょう！　若い女がいくら盗癖があるといっても、聴診器を盗むとは考えられませんよ」

「用がすんでから、それをどうしたんだい？」

「はあ、じつは始末に困って、質屋へ持っていきました」と、ナイジェルは弁解するような口ぶりでいった。

「それは少し残酷じゃないかね、ベイトソンに対して」

「ええ、ひどいとは思いましたけど、かといってまともに借りようとしたら、どうしてもぼくの方法がばれてしまうので、やむを得なかったんです。しかし――」ナイジェルは陽気につけ加えた――「それからまもなく、彼を連れだして、一晩豪勢におごりましたよ」

「きみはかなり無責任な男だね」と、警部がいった。

「しかし、ぼくがみんなの目の前で三つの毒薬をテーブルの上に並べて、だれにも知れないようにして盗んできたのだといったときの連中の顔を、ぜひあなたに見せたかったですよ」と、ナイジェルは得意げな笑みを満面に浮かべながらいった。

「きみの話を要約すれば」と、警部はいった。「きみは三種類の毒薬で人を毒殺する三つの方法を用意し、しかもいずれの方法を利用しても、その犯行からきみを割りだすことはできないというわけだね」

ナイジェルはうなずいた。

「あれはかなりみごとなできばえでしたが、しかし、情況によっては、どうもまずいことになりそうな気がしますね。さいわい、盗んだ毒薬はもう二週間も前にぜんぶ始末しちゃってますから、問題にはならんでしょうけど」

「それはきみがそう思っているだけで、実際はそうじゃないかもしれんよ、チャプマン君」

ナイジェルははっと目を見張った。

「どういう意味です、それは」

「きみはその薬品をしばらく持っていたはずだ。どれくらい長い間しまってあったの」

ナイジェルは考えこんだ。

「ガラス管入りのスコポラミンは、十日ばかりだったでしょう。酒石酸モルヒネは四日間ほど。ジギタリス・チンクは、その日の午後手に入れたばかりでした」

「で、それらをどこにしまっておいたの――問題はスコポラミンと酒石酸モルヒネの二つだがね」

「ぼくの整理だんすの引き出しに入れて、靴下をかぶせておきました」

「そこにしまってあることを、だれも知らなかったの？」

「はあ、だれも知らなかったはずです」

しかし、彼の声にかすかな躊躇《ちゅうちょ》のひびきがあったのを、シャープ警部は聞きのがさなかった。しかし、彼はしばらくその点を追及しなかった。

「きみのやっていたことを、だれにも話さなかったのかい。きみの方法を――つまり、きみが毒薬をどのようにして手に入れるつもりなのかを」

「はい。少なくとも――いや、だれにもいいませんでした」

「しかし、きみはいま、少なくとももといったね、チャプマン君」

「でも、実際は何もしゃべらなかったんですよ。じつはパトリシアに話して聞かせようと思ったんですが、彼女が反対しそうな気がして、やめたのです。彼女はきまじめな女ですからね」

「すると、医者の自動車から盗むことも、処方箋のことも、病院からモルヒネを盗む話も、ぜんぜんしなかったわけだね」

「後になって、彼女にジギタリンの話はしました。処方箋を書いて、薬屋から薬を手に入れた話ですね。それに、病院で医者になりすました話も聞かせました。しかし、残念ながら、パトリシアはぜんぜん面白がりませんでしたよ。車から毒薬を盗んだことはしゃべりませんでした。どうせむなしい結果になるだろうと思ったのです」

「きみは賭けに勝ったあとで、薬をぜんぶ捨ててしまうつもりだと、彼女にいったのかい？」

「はい。彼女はひどく気をもんで、その薬をもとどおりに返さなきゃいけないといいだしたのです」

「きみはそこまでは予定していなかったろうな」

「冗談じゃありませんよ。そんなことをしたら、致命的なことになりますよ。たちまちお手あげになるでしょう。で、結局ぼくたちは三人だけで、それを火にくべたり、便所へ流したりして片づけちゃったんです。事故が起きないように」

「きみはそういうけど、しかし、それで事故が起きたのかもしれないよ、チャプマン君」

「そんなことはあり得ないでしょう。いまお話ししたとおり、あの薬品はぜんぶ始末したのですから」

「きみはこんなふうに考えてみたことはなかったのかい——つまりだね、ひょっとするとだれかが、それらの薬品の隠し場所をかぎつけて、あるいはたまたまそれを発見して、モルヒネを瓶からあけて、代わりに何かほかのものを入れておいたのではなかろうか、と」

「まさか！」ナイジェルは呆然と相手を見つめた。「そんなことは考えてもみなかったけど——しかし、信じられませんね」

「しかし、可能性はあるよ」

「でも、だれにも知れるはずがありませんよ」

「こんな場所では、きみ以外のだれも知らないはずなのにほかの人に知られていることが、たくさんあるものだよ」と、警部はそっけなくいった。

「つまり、のぞきですか」

「そう」

「なるほど……。そうかもしれませんね」

「きみの部屋にいつも出入りしている学生は、だれなの」

「ぼくはレン・ベイトソンと同室しているのです。それに、たいがいの男の学生がひんぱんに出入りしています。もちろん女はちがいますよ。女性はわれわれの側の各階に立ち入ってはいけないことになっているのです。風紀を守るために」

「立ち入ってはいけないことになっていても、立ち入るかもしれないね」

「そりゃだれでも、昼間だって来れるでしょうね」と、ナイジェルはいった。「たとえば、午後はだれもいませんから」

「ミス・レインはきみの部屋に来たことがあるの」

「どうも、その訊き方が気になるなあ、警部。たしかにパトリシアは、ときどきつくろった靴下を持ってきますけど、それだけのことですよ」

シャープ警部は身を乗りだしていった。

「きみはもう気づいているだろうがね、チャプマン君、最も容易にあの瓶から毒薬の一部を取りだして、ほかのものを補充しておくことのできた人は、きみ自身なのだよ」

ナイジェルの顔がさっとこわばり、生気を失った。

「ええ、ぼくはついさっき、一分半ほど前に、それに気がついていましたよ」と、彼はいった。「たしかにぼくはまったくそのとおりにできたでしょう。しかし、ぼくはあの女を抹殺しなければならない理由はぜんぜんなかったし、そんなことはしませんでした。しかし、やっぱりそうか――あんたの耳には、ぼくの話がそんなふうにしか聞こえないんだな」

11

賭けのことや毒薬を処理した話は、レン・ベイトソンとコリン・マックナブによって確認された。シャープはほかの者たちを帰して、コリン・マックナブをひきとめた。

「わたしはできることなら、これ以上きみを苦しめたくない」と、彼はいった。「婚約したその晩に、許婚者《フィアンセ》を毒殺されたきみの気持ちは、充分察せられるからね」

「そんなことにこだわる必要はぜんぜんありませんよ」と、コリン・マックナブは無表情な顔でいった。「ぼくの気持ちなんか気にしないで、あなたの役に立つなら、好きなように質問してください」

「ところで、シーリア・オースティンの行動は心理的な起因があるというのがきみの意見だったね」

「それはまったく疑問の余地がありません」と、コリン・マックナブはいった。「なんなら、学説を詳しく説明——」

「いやいや」警部は急いでいった。「心理学の研究家としてのきみの意見を、わたしはそのまま信じよう」

「彼女の子供時代は、特に不幸だったのです。それが情緒的な障壁となって——」

「そうそう、まったくそのとおりだ」シャープ警部はまた不幸な子供時代の話を聞かされるのを避けようとして必死になった。ナイジェルの子供時代の話で、うんざりしているのだ。

「きみはかなり以前から、彼女に心をひかれていたのかね」

「正確にいうと、そうじゃなかったんです」コリンは深刻な顔で考えながらいった。

「こういうことは、ときには突然表面に現われてきて自分を驚かすものです。もちろん無意識的には、ぼくは心をひかれていたのです。ただ、それを自覚していなかったのですよ。結局ぼくは、若いうちに結婚しようという意志がなかったために、ぼくの意識にはそれに対するかなり強い抵抗ができていたことになるわけですね」

「ま、そうだろうね。シーリア・オースティンはきみと婚約して幸せだったのだろうか。彼女は不安や疑惑を、まったく示さなかったのかね。きみに打ちあけるべきだと思っているようなことが、何もなかったのだろうか」

「彼女は自分のしていたことをすべて、率直に告白したわけですから、彼女を悩ませるようなものはもはや何もなかったはずです」

「きみたちはいつごろ結婚する予定になっていたの？」

「かなり先になるだろうと思っていました。いまのところ、ぼくはまだ女房を養える身分じゃありませんから」

「シーリアはここに敵を持っていたのだろうか。だれかが彼女を憎んでいたのだろうか」

「そうは思えません。その点はぼくもずいぶん考えてみました。シーリアはこの寮のみんなから、ほんとに好かれていたのです。ですから、彼女が殺されたのは、そういう個人的な事情によるものじゃなかったのだと思わざるを得ません」

「個人的な事情とは、どういう意味なの」

「ぼくはいまのところ厳密に考える意欲がありません。それは漠然とした思いつきにすぎなくて、ぼく自身もそれについてはっきりわかっていないのです」

警部は彼のそのような状態を、どうしても変えることができなかった。

まだ会談を終えていないのは、サリー・フィンチとエリザベス・ジョンストンの二人だった。シャープ警部はまずサリー・フィンチを呼んだ。

サリーは明るい理知的な目をした赤毛の魅力的な女だった。きまりきった質問がすむと、サリー・フィンチがいきなり主導権をとった。

「警部さん、あたしが何をしたいのか、ご存じ？　あたしは自分の思っていることをあなたに話したいんですよ。あたしが個人的に思っていることをね。じつはこの寮には、まるっきりおかしなことがあるんです。ほんとにどこかが狂ってるんですよ」

「シーリア・オースティンが毒殺されたためにですか」

「いいえ、その前からです。ずっと前からそう思っていましたわ。いやなことがつぎつぎに起こったのです。リュックサックがずたずたに裂かれたり、ヴァレリのスカーフがめちゃくちゃに切られたり、ブラック・ベスのノートにインクをひっかけられたり……。あたしはたまらなくなって、この寮を出るつもりでしたの。いまでもそう思ってますわ。あなたのお許しがあれば、すぐにでも出ていきますよ」

「つまり、あなたは何かを恐れているわけですね、ミス・フィンチ」

サリーは大きくうなずいた。

「そう、あたしは怖くてたまらないの。ここには何かが、あるいはとても残酷なだれかがいるんです。見たところはなんでもないようだけど——つまりそれは、外見とちがうものなんです。いいえ、あたしは共産党のことをいってるんじゃないのよ。あなたの唇のかすかな動きで、あなたがそういいたがっていることがわかるけど、共産党じゃないんですよ。たぶん犯罪者でさえないかもしれない。あたしにはわからないけど、でも、あの性悪ばばあはそれをよく知ってるはずだわ。ほんとよ——なんなら、あたしはあなたの好きなどんなものでも賭けるわ」

「性悪ばばあとは？　ハバード夫人のことですか？」

「いいえ、ママさんじゃありませんよ。彼女はいい人だもの。ニコレティスばばあのことですよ。あの雌の古オオカミのことです」

「それは面白い。もっとはっきりいってくれませんか——ニコレティス夫人について」

サリーは首を振った。

「それがあたしにはできないんですよ。あたしがいえることは、彼女のそばを通るたびに、ぞっとさせられるということぐらいね。何か奇怪なことが、いまここで起こっているのですよ、警部さん」

「もう少しはっきりいってくれませんかね」

「はっきりいってますわ。あなたはあたしが妄想狂のように思えるかもしれないけど、でも、ほかの人たちだってそう感じてるんですよ。アキボンボなんか、震えあがってますわ。ブラック・ベスもそう感じてると思うけど、彼女は表面に現わさない人ですからね。それに、シーリアはそれについて何かを知っていたのだと思うわ」

「いったいなんについてどんなことを知っていたのです？」

「それなんですよ、問題は。何かしら？　しかし、彼女が昨日いったことがあるのです。すべてを明らかにしたいというような意味のことを。彼女はいままで起きたことの中で、彼女の分は告白したけど、そのほかのことについても彼女は知っていて、それを明るみに出したいというようなことを、それとなく洩らしていました。ですから、警部さん、彼女はきっとだれかのことについて、何かを知っていたのですわ。彼女が殺された原因は、それだと思うんですよ」

「しかし、もしそれがそれほど重大なことだったら――」

サリーは彼をさえぎった。

「それがどれだけ重大なことなのか、彼女にはわからなかったのでしょう。彼女は利口じゃなかったんです。かなり鈍感でした。ですから、あることをつかんでいても、それが危険だということに気がつかなかったのですわ。とにかく、彼女がそのために殺されたとすれば、よほど重大なことだったのでしょうね」

「なるほど、どうもありがとう。……ところで、あなたが昨夜シーリア・オースティンと最後に会ったのは、夕食後の社交室ですね」

「はい。ただし、その後でちょっと見かけましたけど」

「えっ、その後で見かけた？　どこで？　彼女の部屋で？」

「いいえ、あたしが自分の部屋へ行こうと思って社交室を出たとき、彼女は玄関から出ていくところでしたわ」

「玄関から出ていくところを？　家の外へですね？」

「そうです」

「こいつは驚いた。だれもそんなことをいわなかったんでね」

「みんなは知らないはずですわ。彼女はおやすみなさいとあいさつして部屋へひきあげていったのですから、もしあたしがあのとき彼女を見かけなかったら、あたしだってやはり、彼女はずっと自分の部屋にいたのだと思ったでしょうよ」

「そうすると、彼女はいったん二階へ上って、外出着を着て、それから家を出た——ということになるわけですね」

サリーはうなずいた。

「たぶん、だれかに会いにいったのじゃないかしら」

「なるほど。だれか外部の者か、あるいは、寮の学生だったかもしれないね」

「あたしの勘では、きっと寮の学生でしょう。もし彼女がだれかとひそかに話をしようとしたら、この寮には適当な場所がないので、その相手は外のどこかで会おうと彼女を誘ったかもしれないからです」

「彼女が何時ごろ部屋へもどってきたか、わかりませんか」

「ぜんぜん気がつきませんでしたわ」

「召使のジェロニモは知ってるでしょうかね」

「彼は十一時に入口のドアのさし金を締めて錠《じょう》をかけますから、もし彼女が十一時以後に帰ってきたのなら、彼は知ってるはずですわ。めいめいの持ってる鍵では、その時間をすぎると入れませんから」

「あなたが彼女の出かけるのを見たのは、何時ごろだったんです?」

「だいたい、そうね――十時――十時を少しすぎたころだったと思いますわ」

「そうですか。いや、どうもありがとう」

警部は最後にエリザベス・ジョンストンに面接した。彼はすぐさまその女の冷静な才能に強い印象を受けた。彼女は一つの質問にてきぱき答えて、すぐつぎの質問を待つというふうだった。

「シーリア・オースティンは、あなたのノートにインクをかけたのは自分じゃないと強く主張したのですが、あなたはどう思いますか、ミス・ジョンストン」

「シーリアはそんなことをしなかったと思います」

「だれがやったのか、あなたは知らないわけですね」

「単純明瞭な解答はナイジェル・チャプマンということになりますが、これは少し見えすぎているように思います。ナイジェルは利口です。自分のインクを使うわけがありません」

「ナイジェルでないとすれば、だれが考えられますか」

「難しい問題です。しかしわたしは、それがだれだったのかを、シーリアが知っていたと思います——少なくとも推測はついていたでしょう」

「彼女はあなたにそういったのですか」

「詳しく説明したわけではありませんが、しかし彼女は、殺されたその日の晩の夕食前に、わたしの部屋へやってきました。さまざまなものを盗んだのは彼女だけれども、わたしのノートを汚したのは彼女ではないということを、わたしに納得させるために来たのです。わたしは彼女の言葉を信じると答え、そして、だれがやったのか知らないかと彼女にたずねました」

「そしたら、彼女はどういったのです」

「彼女は、こういいました——」エリザベスは自分のいおうとしている言葉の正確さを確かめるように、少し間をおいた。「彼女の言葉どおりにいいますと、こうなんです——『あたしは確かなことはいえないわ。なぜなら、理由がわからないからなの……。あれは過ちか、偶然の出来事だったのかもしれないけど……、でも、それをやった人はとても申しわけなく思っていて、お詫びしたがっていることは確かよ』——それからシーリアは話をつづけて——『あたしには合点のいかないことがいくつかあるのよ。たとえば、警察の人が来た日の電球のことなんか』」

シャープ警部は話をさえぎった。

「警察とか、電球とかいうのは、いったいどういうことです」

「わたしは知りません。シーリアは、『あたしはあんなものを盗まなかったわ』といっただけでした。それから彼女は、『いったいあれは、あのパスポートと何か関係があるのかしら』といいました。で、わたしは、『それはどんなパスポートなの』と訊きました。すると彼女は、『だれかが偽造パスポートを持っているらしいの』といいました」

警部はしばらく黙った。

あいまい模糊《もこ》としていたものが、いまやっとはっきりした形をとって現われはじめたらしい。パスポート……。

彼はたずねた。「それから彼女はどんなことをいったのです」

「それだけです。最後に、『とにかく、明日になれば、それがもっとはっきりわかるだろうと思うわ』といっただけでした」

「ほう、彼女はそんなことをいってたのですか。明日になれば、それがもっとはっきりわかるだろう。これは非常に重大な意味のある言葉ですよ、ミス・ジョンストン」

「そうですとも」

警部はふたたび黙想にふけった。

パスポートに関することで、警察が調べにきた……。シャープ警部はヒッコリー・ロードへ来る前に、関係書類を注意深く調べてみたのだった。合法的な秘密情報機関が、外国人の留学生を泊めている各ホステルに監視の目を向けているのだ。ヒッコリー・ロード二十六番地の記録は良好だった。詳細な記録が残っていたのだが、それらはまったく役に立たないものだった。女にいかさまな稼ぎをさせて食っていたかどで、シェフィールド署から指名手配されたある西アフリカの留学生が、ヒッコリー・ロードに数日間泊まっていたことがあった。この学生はそれからよそへ移ったが、結局捕えられて本国へ強制送還された。ケンブリッジの近くのある居酒屋のおかみが殺された事件で、〝警察のお手伝いをしようと思った〟というある欧亜混血人を捜しだすために、全国のホステルや下宿屋を型どおりに調べたときの記録もあった。この手配中の青年は、やがてのこのことハルの警察署に現われて、まるで犯行を自供しにきたような恰好で事件が解決した。ある学生が破壊活動分子のパンフレットを配って歩いたために、取り調べを受けたこともある。これらの出来事はもうかなり以前のことで、シーリア・オースティンの死とはなんの関連もなさそうだった。

彼は軽いため息をついて顔をあげ、エリザベス・ジョンストンの黒い理知的な目がじっと彼を見つめているのに気づいた。

彼は衝動的にいった。「ミス・ジョンストン、あなたはこの寮で何か奇怪なことが起こっているような、奇妙な印象を受けたことはありませんか」

彼女はびっくりしたようだった。

「どういう意味で、奇怪なんですか」

「いや、具体的に説明はしかねますがね。じつは、ミス・サリー・フィンチがわたしにいったことを思いだして、気になったものですから」

「ああ――サリー・フィンチですか！」

その声は、何やら不可解な抑揚があった。彼はそれに興味をひかれて、話をつづけた。

「ミス・フィンチは、なかなか目の鋭い、しかも実際的な観察家ですな。彼女はこの寮には何か奇妙な、狂ったところがあるということをしきりに強調していたのですよ――

それがなんであるのか、はっきりしないようですがね」

エリザベスははげしい口調でそれに反発した。

「それはアメリカ人的な考え方です。彼らはみんな一様に、ばかげたことを恐れたり、疑ったり、不安に思ったりするのです。魔女狩りや、度を越したスパイ競争や、共産主義に対する妄想でばか騒ぎをしている彼らの醜態ぶりを見てごらんなさい！　サリー・フィンチはその典型です」

警部の興味はいっそう強まった。どうやらエリザベスはサリー・フィンチを嫌っているらしい。なぜだろう。サリーがアメリカ人だからか。あるいはただ単に、サリー・フィンチがアメリカ人だから、彼女はアメリカ人が嫌いなのか。それとも彼女は、美しい赤毛の髪を嫌うなんらかの理由があるのだろうか。おそらくそれは女の嫉妬にすぎないのかもしれない。

彼はときどき成功をおさめている接近法をとろうと決心した。彼はよどみなくいった。

「あなたは気づいているでしょうが、このような寮に住んでいる人々の間では、知能の程度がずいぶんちがうものです。で、一部の人々――いや、大部分の人々に対しては、わたしたちは事実しか求めません。しかし、知能の程度が高い少数の人に出会った場合は――」

彼はそこで言葉を切った。この論法は相手を嬉しがらせるはずだが、はたして彼女はおだてに乗るだろうか。

一呼吸おいて、彼女は反応した。

「あなたが何をいおうとしているのか、わかりますわ。この寮の人たちの知能の程度は、あなたのおっしゃるとおり、あまり高くありません。ナイジェル・チャプマンは頭の回転はかなり早いけれども、ものの考え方が浅薄《せんぱく》です。レナード・ベイトソンはがり勉型で——それだけでしかありません。ヴァレリはいい素質をもっているけど、人生観が金儲《もう》け主義的で、ほんとうに価値のあることにはあまり頭を使おうとしないのです。あなたが求めているのは、教養のある知性の公正な判断でしょ」

「そうです。あなたのような知性のね」

彼女はその賛辞を文句なしに受けいれた。彼は彼女の慎み深い、愛想のいい態度の裏に、自分の素質を傲慢に評価しているべつの女が潜んでいることに気づいて、興味をおぼえた。

「あなたの学生仲間に対する評価には、わたしも賛成ですよ、ミス・ジョンストン。チャプマンは利口だが、子供じみている。ヴァレリ・ホッブハウスは頭がいいけれども、人生にあきたような生活態度を示している。結局あなたのような教養ある知性をもっているのは、あなたしかいないのです。だからこそわたしは、あなたの意見を——すぐれて公正な知性の意見を——高く評価しているのです」

ちょっといいすぎたかなと心配したが、杞憂《きゆう》にすぎなかった。

「この寮には、奇怪なことなんか何もありません。警部さん、サリー・フィンチのいったことなんか、気になさる必要はありませんよ。このホステルはとてもうまくいっているのです」

シャープ警部はいささか驚いていった——

「いや、わたしが問題にしているのは、破壊分子の活動じゃありませんよ」

「ああ——わかりました——」彼女は少しまごつきながらいった——「わたしはシーリアがパスポートについていったことにこだわりすぎていました。しかし、公平に見て、そしてあらゆる証拠から判断して、シーリアの死の原因はいわば個人的なものだと思います——おそらく複雑なセックスの問題でしょう。それはわたしがこのホステルをホステルと呼ぶゆえんのものとも、ここで〝起こっている〟こととも、なんの関係もないと思います。何も起こってはいないでしょう。もし起こっているのなら、わたしはその事実に気づいているはずです。わたしの感受性は非常に鋭いのですから」

「なるほど。いや、どうもありがとう。親切に話していただいて、ずいぶん助かりましたよ」

エリザベス・ジョンストンは出ていった。しかし、シャープ警部は彼女が閉めていったドアを見つめたままじっと座っていたので、そばにいたコップ警部補は腰をあげる前に二度彼に声をかけなければならなかった。

「えっ、なんだって?」

「これでぜんぶだといったのですよ」

「うん、そうだな。成果はあがったかって? ごくわずかだ。しかし、コップ、きみにいっておきたいことがある。おれは明日家宅捜索令状を持って、ここへもどってくるぞ。いまのところはあたりさわりのないことをいって帰ろう。そうすれば、彼らはすべてが終わったのだと思うだろう。しかし、ここで何かが起きているのだ。明日はそれを徹底的に洗ってやる――何を探しているのかわからずに探すのだから、容易じゃないが、しかし何か手がかりを見つける可能性はある。いま出ていった女は、かなり興味深いね。ナポレオンのようにうぬぼれが強くて。どうも何か知っているらしい」

12

1

手紙を書き取らせていたエルキュール・ポアロは、センテンスの途中で突然黙った。

ミス・レモンはけげんな顔をあげた。

「どうなすったの、ポアロさん」

「どうも気が散っていかん！」ポアロは手を振った。「ま、そう重要な手紙でもないんだから、後にしよう。ミス・レモン、きみの姉さんを電話に呼んでくれないか」

「はい、かしこまりました」

しばらくして、ポアロは部屋を横切り、秘書の手から受話器を受け取った。

「アロー！」と、彼はいった。

「はい、ポアロさん？」

ハバード夫人はちょっとあえいでいるような声だった。

「おや、お仕事の邪魔でしたかな、ハバード夫人」

「いいえ、仕事どころじゃございませんの」と、ハバード夫人は答えた。

「ははあ、攪乱《かくらん》されましたね」と、ポアロはさりげなくいった。

「まあ、ほんとうにうまい表現だわ。まさしくそのとおりなんですの。シャープ警部さんは昨日、ぜんぶの学生の取り調べを終えて帰ったのですけど、今日は家宅捜索令状を持ってきたものですから、わたしはニコレティス夫人の猛烈なヒステリーにさんざん手こずらされたのです」

ポアロは同情的に舌を鳴らした。

それから彼はいった。「じつは、ちょっとおたずねしたいことがあるのです。この間、例の盗難品やその他の奇妙な出来事のリストをあなたに書いていただきましたね——そのことについてなんですが、あのリストは日付順になっているのですか」

「日付順といいますと？」

「つまり、品物が紛失した順序に書いてあったのかどうかということです」

「いいえ、そうじゃないんですよ——どうもすみません。ただ思いだすままに並べたのです。もしあなたを迷わすようなことになったのでしたら、ほんとにごめんなさい」

「いや、わたしが前もってあなたに頼んでおくべきだったのです」と、ポアロはいった。「しかし、それが重要だと思わなかったものですから。あなたの書いたリストがここにあります——片方の夜会靴、ブレスレット、ダイヤの指輪、コンパクト、口紅、聴診器といった順ですが、しかしこれはなくなった順序になっていないのですね」

「はい」

「いま思いだして、正しい順番に並べるのは難しいですかな」

「はあ、いますぐにはちょっと、自信がありませんわ。なにしろ、かなり前のことですからね。よく考えあわせてみないといけませんわ。そのリストはわたしが妹に話して、あなたにお目にかかれるということがわかってから、思いだした順序に並べたのです。最初に夜会靴があるのは、それが非常に奇妙だったからです。それから、ブレスレットやコンパクトやシガレットライターやダイヤの指輪などは、かなり大切なものですから、ほんとうの泥棒のしわざのように思われたからです。その後で、ほかのつまらない品物を思いだして、つけ加えたわけです——ホウ酸とか電球とかリュックサックですね。それらはとるにたらないものばかりですので、ほんのつけたしのようなつもりで書いたんですの」

「そうですか、なるほど……」と、ポアロはいった。「それでは、マダム、これからまた仕事にとりかかって、いずれ暇ができたら――」

「わたしはこれからニコレティス夫人に鎮静剤を飲ませて寝かしつけ、ジェロニモとマリアをなだめて落ち着かせると、少し暇ができると思います。で、わたしはどうすればいいのですか」

「椅子に座って、さまざまな出来事が起こった日付順を、できるだけ正確に書いてください」

「はい、かしこまりました。たしか、リュックサックが最初で、それから電球だったと思います――電球がほかのこととどんな関係があるのかわかりませんけど――それから、ブレスレットと、コンパクト……いいえ、夜会靴です。でも、いいかげんな話じゃいけないでしょうから、できるだけ正確にまとめて、お知らせいたしましょう」

「ありがとう、マダム。そうしていただくと、ほんとに助かりますよ」

ポアロは受話器をおいた。

「まったくわれながら腹が立つよ」と、彼はミス・レモンにいった。「最初から、正しい順序と方法でという原則を逸脱しちゃってるんだからね。わたしは確実な第一歩を踏みだすべきだったのだ――盗難事件が起こった正確な順序に従ってね」

「さあ、この手紙を書き終えましょうか、ポアロさん」と、ミス・レモンは機械的にいった。

しかし、ポアロはふたたびいらだたしげに手を振った。

2

土曜日の朝、シャープ警部は家宅捜索令状を持ってヒッコリー・ロードに到着するとすぐ、土曜日にはいつもハバード夫人といっしょに収支計算をするために来ているニコレティス夫人に面談を求めた。そして彼は、これからやろうとしていることを説明した。

ニコレティス夫人は猛然と抗議した。

「まあ！　これは侮辱ですよ！　そんなことをしたら、学生たちはみんな出ていきますわ——みんな、みんな出ていっちゃうんですよ。そしたら、あたしはもう破産しちゃう——」

「いやいや、マダム、学生たちはきっとよくわかってくれますよ。ともかくこれは殺人事件なのです」

「いいえ、殺人じゃありません——自殺です」

「それはもうわたしがちゃんと説明してあるのですから、だれも反対は――」

　ハバード夫人がなだめるように言葉をはさんだ。

「わたしも、みんながわかってくれると思います」彼女は思案顔でつけ加えた。「ただ、アハメッド・アリとチャンドラ・ラルだけがちょっとね」

「ちえっ！」ニコレティス夫人はいまいましげに叫んだ。「あんな人たちのことなんか心配する必要はありませんせん！」

「どうもありがとう、マダム」と、警部はいった。「では、まずここからはじめましょう。あなたの居間から」

　ニコレティス夫人はそれを聞くとすぐさま、猛烈な抗議を警部にたたきつけた。

「とんでもない！　ほかの場所ならどこでもお好きなように調べてください。しかし、ここはだめ！　断乎として拒否します」

「恐縮ですが、ニコレティス夫人、わたしはこの寮の上から下までくまなく調べなければならないのです」

「それは構わないけど、しかし、あたしの部屋はいけませんよ。あたしは法律よりも上なんですからね」

「法律よりも上の人なんかいませんよ。すみませんが、どいていただきます」

「それは不法行為だわ」と、ニコレティス夫人は憤然として叫んだ。「よけいなおせっかいはよしてちょうだいな。みんなに通知しますよ。あたしの国会議員にも知らせるし、各新聞社に通知しますわよ！」

「どうぞお好きなように、どこへでも通知してください、マダム」と、警部はいった。「とにかくこの部屋の捜査をはじめます」

彼はただちに事務机に飛びかかった。大きな菓子折や新聞紙の山やさまざまのがらくたが、その捜査の成果だった。彼はつぎに部屋の隅の食器棚へ移った。

「鍵がかかっていますね。すみませんが、鍵を拝借します」

「いやです！」と、ニコレティス夫人はわめきたてた。「いやったら、絶対いや！ 死んでも鍵を渡すもんか！ 冷めし食いの豚のなりそこないめ！ つばをひっかけるわよ！ 憎らしい！」

「おとなしく鍵を渡した方が利口ですよ」と、警部はいった。「そうしないと、われわれがドアをこじあけることになるだけですよ」

「なんといったって、鍵を渡すもんか！ むりに鍵をとろうとしたら、あたしの洋服が裂けるわよ。そしたら――それこそスキャンダルだ！」

「コップ、のみを出してくれ」と、シャープ警部はあきらめていった。

ニコレティス夫人が激怒の叫びをあげた。シャープ警部は彼女に目もくれなかった。のみが手渡された。めりめりと音がして、食器棚のドアが開いた。とたんに、ぎっしり積めこまれていたブランデーのあき瓶が、食器棚からくずれ落ちた。

「ちきしょう！　豚！　悪魔！」と、ニコレティス夫人は絶叫した。

「どうも失礼しました」警部はいんぎんにいった。「これで、ここはおしまいです」

ニコレティス夫人がヒステリックにわめきたてている間に、ハバード夫人は如才なく落ちたあき瓶を食器棚へもどした。

一つの謎が——ニコレティス夫人のかんしゃくの謎が、いまこうして解明されたのだった。

3

ポアロから電話がかかってきたとき、ハバード夫人はちょうど彼女の居間の私用の薬棚から鎮静剤を取りだしているところだった。彼女は受話器をおくと、さっき電話に出るためにおいていったときは、ソファの上で足をじたばたさせながらわめきたてていたりますよ」

ニコレティス夫人の居間へひきかえした。

「さあ、これをお飲みなさい」と、ハバード夫人はいった。「そうすれば気分がよくな

「ゲシュタポめ！」ニコレティス夫人はもう静かになっていたが、まだぷりぷり怒って
いた。

「わたしがあなたなら、そんなことをいつまでもくよくよ考えませんわ」と、ハバード
夫人はおだやかになだめた。

「ゲシュタポ！」ニコレティス夫人はまた叫んだ。「ゲシュタポ野郎！　あいつらみん
なそうなんだ！」

「あの人たちは義務をはたさなければならないのですよ」と、ハバード夫人はいった。

「あたしの個人の食器棚を勝手にのぞいたりするのが、彼らの義務なの？　あたしはち
ゃんと断わったんですよ、開けちゃいけないって。鍵もかけていたのよ。その鍵はあた
しの胸に入れてあるわ。もしあんたが目撃者としてそばについていなかったら、あいつ
らは恥ずかしげもなくあたしの衣服をはぎとったにちがいないわよ」

「まさか、そんなことをするわけがありませんよ」

「ふん、あてになるもんですか！　あいつらはその代わりに、のみを持ってきてあたし

のドアをこじあけたのよ。あの構造物の損害を受けたのは、このあたしですよ！」

「だってそれは、あなたが鍵を渡さなかったのが――」

「あたしがなぜ鍵を渡さなきゃいけないの？　これはあたしの鍵よ。あたし個人の鍵ですよ。しかもここはあたし個人の部屋なのよ。だからあたしは〝出ていけ〟といったのに、あいつらは出ていこうともしないんだから」

「ま、しかし、人殺しがあったのですからね、ニコレティス夫人。そういう場合は、ふだんなら腹の立つことでも、がまんしなければ」

「人殺し？　人殺しとはなんです！」と、ニコレティス夫人はいった。「シーリアは自殺したんですよ。ばかげた恋をして、毒を飲んだのよ。よくあることだわ。あの年ごろの娘はどうしてああもばかなんだろうね――恋愛をまるで重大なことのように思うなんて！　一年か二年もすれば、すべてが終わっちゃうのよ、灼熱《しゃくねつ》の恋なんか！　男なんて、どいつもこいつもみんな同じなのにね！　ところが、あのばかな娘どもはそれを知らないのよ。睡眠薬や消毒剤を飲んだり、ガスの栓を口に入れたりしてからじゃ、もう手おくれだというのに」

ハバード夫人は話をもとへもどそうとするかのようにいった。

「わたしなら、そんなことでいつまでも頭を悩ますようなことはしませんよ」

「そりゃ、あんたは平気でしょうよ。しかし、あたしはそうはいきませんよ。あたしはもはや安心していられなくなったんですからね」

「安心していられないとは？」ハバード夫人は驚いて彼女を見た。

「これはあたし個人の食器棚だったのよ」と、ニコレティス夫人は強調した。「その食器棚に何が入っているか、だれも知らなかったのよ。あたしはだれにも知れないようにしていたのですからね。ところが、もう彼らに知れてしまったわ。だから心配なのよ。彼らはきっと――いや、彼らはどう思うかしら」

「彼らとは、だれのことですか」

ニコレティス夫人は憂鬱《ゆううつ》な顔で大きな堂々たる肩をすぼめた。

「あんたにはわからないわ」と、彼女はいった。「でも、あたしは心配なのよ。不安でたまらないわ」

「わたしにおっしゃった方がいいですよ」と、ハバード夫人はいった。「そしたら、きっとお役に立てるだろうと思いますけど」

「あたしはこんなところに寝ていなくて、よかったわ」と、ニコレティス夫人はいった。「寮の部屋のドアの鍵はぜんぶ同じで、どのドアでもすぐ開けられるんですからね。ここに寝ていなくて、ほんとによかったわ」

ハバード夫人ははげますようにいった——

「何か心配なことがあるのでしたら、わたしに打ちあけた方がいいんじゃありませんか」

ニコレティス夫人は暗いまなざしをちらりと彼女に投げたが、すぐまた目をそらした。「あんた自身がいいだしたことですよ」と、彼女はいい逃れをいった。「あんたがこの寮で人殺しがあったというんだもの、だれだって不安になるでしょ。つぎはだれだろうと思ったりしてね。犯人はだれかも、まだわかっていないしね。まったくあの警察はぼやぼやしてるわ。そうでなきゃ、やつらはきっと買収されているのよ」

「そんなばかげたことを……」ハバード夫人は苦笑していった。「とにかく、ほんとに悩みのたねになっていることがあるのなら、ぜひわたしに——」

ニコレティス夫人は発作的にいつものかんしゃくを起こした。

「あんたがあたしの悩みのたねを知らないというの？　ちゃんと知ってるくせに！　あんたはなんでも知ってるじゃないの！　まったく驚異的だわよ。まかないはうまいし、管理もじょうずだし、学生たちに好かれるために、食事に湯水のように金をかけるし、しかもこんどはあたしのことまで始末しようというのだからね！　大した腕ですよ。しかし、それはお断わりよ。あたしの個人的なことはあたしの領分よ、だれにもおせっかいさせないわ。わかったでしょうね、でしゃばり夫人！」

「どうぞご自由に」と、ハバード夫人はむっとなって答えた。

「あんたはスパイなんだ――あたしは前からちゃんと知ってたのよ」

「何をスパイしたとおっしゃるの」

「なんでもないことよ」と、ニコレティス夫人はいった。「この寮には、スパイするようなことなんかないのだからね。もしあんたがあると思ってるんなら、それはあんたがでっちあげたのよ。あたしのことで嘘の噂が飛んでるとしたら、だれがそんなことをいったのか、あたしはすぐわかるわよ」

「わたしにこの寮を出てほしいのでしたら、はっきりそういってください」と、ハバード夫人はいった。

「とんでもない。あんたは出ちゃいけないわよ。そんなことは絶対許しませんよ。こんなときに出るなんて、まったくとんでもない話だわ。警察の相手をしたり、人殺しの始末をしたり、あれやこれやと仕事が山積みになってるときにですよ。あたしを見捨てていくことは絶対許しませんよ」

「はいはい、もうわかりました」と、ハバード夫人は捨てっぱちにいった。「しかし、あなたが何をしたいのかがわからなくて、ほんとに困ってしまうわ。わたしはあなた自身さえわかっていないのではないかと思うときがありますよ。それじゃ、わたしのベッドに横になって、少し眠った方がいいですよ――」

13

エルキュール・ポアロはヒッコリー・ロード二十六番地でタクシーをおりた。

ジェロニモが玄関のドアを開けて、まるで旧友のように彼を迎え入れた。ホールに警官が一人立っていた。ジェロニモはポアロを食堂に入れて、ドアを閉めた。

「ひどいことになっちゃいましたよ」彼はポアロがオーバーコートを脱ぐのを手伝いながらささやいた。「警察がずっとここにねばりっぱなしでね！　なんだかんだと質問しやがったり、あっちこっちをうろつきまわって、食器棚の中をのぞいたり、引き出しを開けたり、マリアの調理場へさえも踏みこんできたんですよ。マリアはかんかんになって怒ってますわ。警察の野郎をのし棒でたたきつけてやるっていうんで、あっしはひきとめました。警官はのし棒でなぐられちゃいい気持ちがしねえだろうから、もしマリアがそんなことをしたら、やつらはますますわれわれを困らせるだろうといってね」

「きみはなかなかものわかりがいいね」と、ポアロはうなずきながらいった。「ハバード夫人は、手があいてるようかね」

「二階の彼女の部屋にご案内しましょう」

「ちょっと待って」ポアロは彼をひきとめた。

「いつか電球がなくなったことがあったろ？　あの日のことを憶えてるかい」

「ああ、あれですか。憶えてはいますが、なにしろだいぶ前のこってすからな。一……二……三ヵ月前ですよ」

「盗まれたのはどこの電球だったの？」

「ホールのが一つに、たしか社交室のもやられました。電球をとるなんて——だれかのいたずらでしょうな」

「正確な日付を憶えていないかい」

ジェロニモはしきりに首をかしげた。

「ちょっと思いだせませんが、しかし、警官が来た日でした。たしか二月の何日か——」

「警官？　警官がどんな用事で来たの」

「ある学生のことで、ニコレティス夫人に会いたいといってきたんですよ。アフリカから来たたちの悪い学生でね。ちっとも働かねえんだ。職業紹介所へ通ったり、失業手当をもらったりしていましたが、そのうちに女をひっかけちゃって、その女に男をとらせてたわけなんですよ。ひでえことをするもんですね。警察だって黙っておれなかったんでしょうな。マンチェスターだったか、シェフィールドか、どっちかの警察にあげられそうになったわけですわ。で、その野郎は向こうにいたたまれなくなって、ここへもぐりこんできたんですよ。しかし、警察は彼のあとをかぎつけてやってきましてね、その野郎のことをハバード夫人に話したんですが、そのときはもう、やつはハバード夫人に嫌われて、おっぽり出された後だったんです」

「なるほど。彼の足どりをたどってきたわけだ」

「えっ、あしどり？」

「つまり、彼を捜していたんだろ」

「そうそう、そうなんです。警察はまもなくやつをふんづかまえて、女を食いものにしてたということで監獄へぶちこんじゃったそうですわ。まったくひでえことをする野郎だ。ここはりっぱな寮ですからな。そんな野郎はここにはおけませんよ」

「で、それが電球のなくなった日だったわけ？」

「ええ、そうです。あっしがスイッチを入れても、ぜんぜん電灯がつかねえんで、社交室へ入ってみると、電球が一つもなくなってるんですよ。で、予備の電球をつけようと思って、そこの引き出しを探してみたら、確かに入れてあったはずの電球がぜんぶなくなってるんです。それで、あっしは調理場へ行って、マリアに、予備の電球をどこへやったんだと訊いたんですがね——そしたら、あいつは警察が来たことが気に入らなくて怒っていたので、予備の電球なんかあたしの知ったこっちゃねえとどなるもんで、あっしは仕方なしにろうそくを持っていったんです」

ポアロはその話を考えめぐらしながら、ジェロニモの後についてハバード夫人の部屋へ通ずる階段を登っていった。

ハバード夫人は悩み疲れているような様子だったが、嬉しそうに彼を迎え入れた。そしてすぐ一枚の紙を差しだした。

「できるだけ正確な順序に並べたつもりですけど、いまとなっては、百パーセント正確だとは保証しかねますわ。何カ月も前にあれやこれやと起こったことなので、思いだすのがとても難しいんですの」

「いや、ありがとう、マダム。手数をかけてすみませんな。ところで、ニコレティス夫人はいかがです？」

「鎮静剤を飲ませましたから、たぶんおやすみになってるだろうと思いますわ。家宅捜索のことで大騒ぎしましてね。彼女の居間の食器棚を開けるのを拒否したために、警部さんがドアを壊して開けたところが、なかに山と詰めこまれていたブランデーのあき瓶が、もろにくずれ落ちたのです」

「ほう！」と、ポアロは如才なくあいづちを打った。

「これはさまざまなことを明らかにしているわけですけど」と、ハバード夫人はいった。「わたしはシンガポールにいたころ、酒におぼれている人たちをずいぶんたくさん見てきたのに、どうしてそれに気づかなかったのか、ふしぎなくらいですわ。でも、こんなことは、あなたには興味がないでしょうね」

「わたしはすべてに興味がありますよ」と、ポアロは答えた。

彼は腰をおろして、ハバード夫人から受けとった紙片を眺めた。

数秒して、彼が話しかけた。「ほう、やはりリュックサックが最初だったんですね」

「はい。あまり大切なものではないんですけど、宝石やそのほかのものが紛失しはじめる前にその事件が起こったことを、やっと思いだしたんですの。じつは、ある黒人の学生のことでちょっといざこざがありましてね。それがこの事件と重なりあっていたのです。その学生は、この事件が起こる二日ばかり前に寮を出たので、たぶん彼が出ていくときに腹いせにやったのだろうと、当時は思いました。いざこざといっても、ほんの些《さ》細《さい》なことなんですけど」

「ああ！　ジェロニモがわたしにその話をしてくれましたよ。なんでも、警察が調べにきたとか。そうなんですか」

「はい。シェフィールドか、バーミンガムか、そのあたりの警察署から調査にきたのです。あんまり人聞きのよくない話でしたわ。売春行為に関係したことなんです。その学生は後で処罰されました。彼がここにいたのは、わずか三日か四日ぐらいなんですよ。わたしは彼の態度やそぶりが気にくわないので、彼の部屋はほかの人が予約してあったからといって、出ていってもらったのです。その後で警察のかたがいらっしゃったのですが、わたしはべつに驚きませんでした。もちろんわたしはその学生がどこへ行ったのかを、彼らに教えることはできませんでしたが、彼らはうまく彼の足どりを追って捕えることができたのです」

「あなたがこのリュックサックを発見したのは、その後ですね」

「はい、たぶんそうだったと思いますが——はっきり思いだせませんわ。レン・ベイトソンがヒッチ・ハイクに出かけようとしたら、リュックがないので大騒ぎになりましてね。みんなで探しまわったあげく、それがずたずたに切り裂かれてボイラーのかげに捨てられてあるのを、ジェロニモが見つけたのです。奇妙な事件でした。ふしぎな、無意味な……」

「そうですな」と、ポアロは同意した。「たしかにふしぎな、無意味な事件ですな」

彼はしばらく考えこんだ。

「それから、警察がそのアフリカ人の留学生を捜しにきた日に、電球がなくなったそうですね――ジェロニモから聞いたんですが。やはり同じ日だったのですか」

「さあ、はっきりとは……ああ、そういえば……思いだしましたわ。わたしが刑事さんといっしょに階段を降りて、社交室に入ったとき、たしかにろうそくがそこにありました。わたしたちはそこにいるアキボンボに、例のアフリカ人の留学生と話しあったことがあるか、彼がどこへ引っ越そうとしていたのかを知っているかどうか、訊いてみようと思ったのです」

「そのとき社交室には、彼のほかにだれかいましたか」

「はい、その時刻にはたいがいの学生が帰ってきていたと思います。夕方で、もう六時近くでしたわ。わたしがジェロニモに、電球はどうしたのかと訊くと、とられたっていうのです。で、なぜ代わりの電球をつけないのかといったら、それもぜんぶなくなっているというんですの。どうしてそんなばかげたいたずらをしたのかと、わたしはとまどいましたわ。わたしは盗まれたのではなくて、だれかがいたずらをしたのだろうと思ったのですが、保管していたかなりの数の予備の電球までなくなっていると聞いて、驚きました。しかし、その当時は、それほど重大な問題だとは思いませんでしたわ」

「電球とリュックサックか」と、ポアロは思案顔でいった。

「でもそれは、シーリアの盗みとは関係がないように思えるんです」と、ハバード夫人がいった。

「彼女はリュックサックにはぜんぜん手を触れなかったと、強く否定していました。それはあなたも憶えていらっしゃるでしょ」

「そう、そうでしたな。この後まもなく例の泥棒がはじまったのですか」

「さあ、それを思いだすのは、あなたが思っているほど容易なことじゃありませんよ、ポアロさん。えーと、あれは三月でしたか——いや二月——二月の末ころです。そう、そうですわ、ジュヌヴィエーヴのブレスレットがなくなったといってきたのは、たしかそれから一週間たったころでした。二月の二十日から二十五日の間です」

「で、それからずっとつづいていろんなものが盗まれたわけですな」

「そうです」

「例のリュックサックは、レン・ベイトソンのやつなんでしょう」

「はい」

「彼は腹が立ったでしょうね」

「そう決めこんではいけませんわ」と、ハバード夫人は軽く微笑しながら答えた。「レン・ベイトソンはあのとおりの青年です。心のやさしい、寛大な、人の過ちに対して親切な。しかし、率直ではげしい気性の持ち主なのです」

「そのリュックはどんな品だったのです――特別上等なやつですか」

「いいえ、普通の品でしたわ」

「それと同じようなものが、ここにありますか」

「はい、もちろんあります。コリンがそれと同じものを持っていたはずですし、ナイジェルのリュックもそうです――レンも、仕方なしにまた同じものを買いましたわ。学生たちはたいがいこの通りの端にある店で買うんですの。キャンプやハイキング用具を売ってるすてきな店です。半ズボンや寝袋やそのほかさまざまなものがあるんですよ。しかもとても安いんです――ほかの大きな店よりも、ずっと安く売ってくれますの」

「そのリュックを、どれか一つ見せていただけませんか」

ハバード夫人はすぐ彼をコリン・マックナブの部屋に案内した。

コリンは部屋にいなかったが、ハバード夫人は衣裳戸棚を開けて、腰をかがめ、隅からリュックサックを取りだして、それをポアロに差しだした。

「前に切って捨てられたリュックと、同じ品物ですわ、ポアロさん」

「これは、手じゃちょっと引き裂けないだろうな」ポアロはそれを手にとって見ながらつぶやいた。「小さい刺繍《ししゅう》ばさみでも切れないかもしれないね」

「ええ、それは女の子にはちょっと無理ですわ。相当な力がいりますもの。力と、それから——悪意が」

「そう、それはそのとおりです。あまり気持ちのいいことじゃないですな。考えるだけでも不愉快なことです」

「それからこの後に、ヴァレリのスカーフが、やはりずたずたに切られてしまったわけですが、これもどうも——なんといいますか——すっかり理性を失っているような感じでしたわ」

「いや、それはまちがっていると思いますよ、マダム。この事件には、理性を失っているようなところは少しもありませんよ。目的も意図もあるし、それから、筋道も立っているような気がしますね」

「ま、こういうことについては、あなたの方がわたしよりもずっとよく知っていらっしゃるのですから」と、ハバード夫人はいった。「とにかくいやな事件ですわ。どの学生もみんないい人ばかりだと思っていたのに、その中のだれかが——男か女か、考えてみたくもありませんけど——そんなことをしたなんて、何か裏切られたようで残念ですわ」

　ポアロはぶらっと窓の方に歩いていき、それを開けて、昔風なバルコニーに出た。その部屋は寮の裏側に面していた。その下に小さなすすけた庭があった。

「こっちは正面の方より静かなんでしょうね」と、彼がたずねた。

「いくぶんはね。でも、ヒッコリー・ロードはそれほどうるさい通りじゃありません。こっちの方は夜中に猫がうるさいんですの。妙な鳴き声をあげたり、ごみ箱の蓋《ふた》をがたごといわせたりして」

　ポアロはひしゃげた四つの大きな石炭が入れや、その辺に散らばっているがらくたを見おろした。

「ボイラー室は？」

「あれがその入口です。石炭置場の隣りにある通路が」

「なるほど」

　彼はさぐるような目でそれを見つめた。

「ほかにこちらへ面している部屋がありますか」

「ナイジェル・チャプマンとレン・ベイトソンの部屋が、この隣りになっています」

「その向こうは？」

「向こうは隣りの建物で――女性の部屋ですの。手前がシーリアの部屋で、つぎがエリザベス・ジョンストン、それからその隣りがパトリシア・レインの部屋になっています。ヴァレリとジーン・トムリンソンの部屋は、通りに面しているのです」

ポアロは軽くうなずいて、部屋へもどった。

「なかなかきれい好きな青年らしいな」彼は部屋を眺めまわしながらつぶやいた。

「ええ、コリンの部屋はいつもきちんと片づいてますの。男の学生の中には、めちゃくちゃに散らかしっぱなしにしているのもいますよ。レン・ベイトソンの部屋をごらんになったら、びっくりなさるかもしれませんわ」ハバード夫人は寛大につけ加えた。「でも、彼はいい青年ですよ。ポアロさん」

「あなたはさっき、このリュックは通りの端の店で買ったものだといいましたね」

「はい」

「その店の名前は?」

「えーと……改まって訊かれると、思いだせませんわ。マバリーだと思います。そう、でなければケルソーかもしれません。ええ、それは同じ種類の名前でないことは知っていますけど、なんとなく同じような名前のような気がするんですよ。もちろんそれは、わたしがかつてケルソーという人と、マバリーというべつの人を知っていて、その二人がとても似ていたせいでしょうね」

「ああ、それですよ」と、ポアロはいった。「わたしがもろもろの事件に魅惑される理由の一つがそれなんです。見えざる鎖の輪です」

彼はもう一度窓の外を眺め、庭を見おろしてから、ハバード夫人と別れて寮を出た。

ヒッコリー・ロードを歩いて大通りに出る四つ角まで来たとき、ハバード夫人のいった店がすぐわかった。その店には、ピクニックかごやリュックサック、魔法瓶、各種スポーツ用具、半ズボン、作業着、日よけ《トーピー》、テント、水着、自転車用ランプ、懐中電灯など、運動好きな若者に必要なものがほとんどすべて陳列されていた。しかし、店の上にある名前は、マバリーでもケルソーでもなく、ヒックスだった。彼はウインドーに陳列されている品物を子細に眺めてから、中に入って、架空のおいのためにリュックサックを買いにきた客を装った。

「そのおいは〝ル・キャンピング〟をするそうでしてな」と、ポアロは異国人調でいった。「学生仲間といっしょに、旅に必要なものをぜんぶ背負って、てくてく歩いていると、通りかかった車やトラックが彼らを拾ってくれるといった調子で」

砂色の髪をした、愛想のいい小柄な店の主人が、即座に答えた。

「ああ、ヒッチ・ハイキングでございますか。このごろの学生たちはみんなやるんですよ。しかし、バスや鉄道はたいへんな損害だろうと思いますな。そういう若者たちの中には、ヒッチ・ハイクでヨーロッパを一周する連中もいる状態ですからな。ところで、お買いになりたいのは、リュックサックでございましたね。普通の品でよろしいでしょうか」

「そうだと思いますが、ほかにもいろいろあるわけですか」

「そうでございますね、ご婦人用には特別軽いものを二つ、三つ取り揃えてございますけれども、ま、この程度のものがいちばんお客さまに喜ばれております。品物がよくて頑丈で、長持ちしますし、手前からこう申しあげるのはなんですが――値段も非常に安くしてありますんで」

彼は頑丈そうなキャンバス布の製品を出してきた。ポアロはそれがコリンの部屋にあったものとそっくり同じリュックサックであることがわかった。彼はそれを手にとって眺めながら、いかにも外国人らしい言葉づかいで二、三むだ話をしてから、金を払った。

「はい、これはずいぶん売れるんですよ」と、店の主人はそれを包装しながら答えた。

「この辺には、学生がたくさん住んでるようですね」

「ええ、隣り近所は学生だらけです」

「たしか、ヒッコリー・ロードにホステルが一つありましたな」

「はい、ございます。そこの学生さんたちにも、これをいくつか買っていただきました。女のかたもお買いになってますよ。あそこの学生さんは、旅行に必要なものはたいがいうちへ買いにいらっしゃいます。うちはなんでもほかの大きな店よりもずっとお安くしておりまして、みなさんにもそういってるのですが、あなたのおいのかたも、この値段をお聞きになったらきっとびっくりなさるでしょう」

ポアロは礼をいうと包みを手にして店を出た。

彼が二、三歩行きかけたとき、だれかの手が後ろから彼の肩をたたいた。

シャープ警部だった。

「お目にかかりたいと思っていたところでしたよ」と、警部はいった。

「もうあの寮の捜査は終わったの？」

「捜査はしましたが、どの程度の成果があったのか、わかりません。この向こうに、おいしいサンドイッチとコーヒーを出してくれる店があるんですが、もしお急ぎでなかったら、ごいっしょ願えませんか。ぜひお話ししたいことがあるのです」

そのサンドイッチ・バーにはほとんど客がいなかった。二人は隅の小さなテーブルへ彼らの皿とカップを運んだ。

シャープ警部は学生たちを取り調べた結果を説明した。

「いまのところ、嫌疑をかけるだけの証拠があるのは、チャプマンだけです」と、警部はいった。

「チャプマンについては、ずいぶん証拠があがっています。毒薬を三種類も手に入れてるんですからな！　しかし、彼がシーリア・オースティンに対して敵意を抱いていたと信じられる材料もありませんし、それに、もし彼がほんとうにやったとすれば、あれほど正直に打ちあけたりしないんじゃないかと思うんですよ」

「ただしそれは、ほかの可能性を明るみに出したわけだね」

「そうです――毒薬をそっくり引き出しの中に遊ばせておくなんて、まったくまぬけた野郎ですよ！」

彼はエリザベス・ジョンストンへ話題を移して、シーリアが彼女に語った話を説明した。

「その話がほんとうなら、これは重大な意味をもっていると思います」

「そう、きわめて重大なことだな」と、ポアロは同意した。

警部が彼女の言葉をくりかえしていった。

「『明日になれば、それはもっとはっきりわかるでしょう』といったそうですがね」

「しかもあのかわいそうな女には、明日がふたたびやってこなかったわけだ。あの寮の中を捜査してみて――何か収穫があったの？」

「二、三ありました――ちょっと予想外のことですが」

「どんな？」

「エリザベス・ジョンストンが共産党員であることです。党員証明書がありましたよ」

「ほう、なるほど」と、ポアロは考え深げにいった。「これは面白い」

「あなたも予期しなかったことでしょうね」と、シャープ警部はいった。「わたしも昨日彼女を取り調べるまでは、ぜんぜん考えてもみませんでした。あの女はなかなか個性的ですね」

「彼女は党にとっちゃ、貴重な新入生なんだろうね」と、エルキュール・ポアロはいった。「知力のすぐれた女だよ、彼女は」

「ちょっと面白いと思うのは、彼女がぜんぜん活動らしいことをしていなかったことです。ヒッコリー・ロードでは、ずっと口をつぐんでいたのです。もっとも、そのことがシーリア・オースティンの事件に関連したなんらかの意味があるのかどうかはわかりません。しかし、念頭にとめておくべきことだと思います」

「そのほかに発見したことは？」

シャープ警部は肩をすくめた。

「パトリシア・レインの整理だんすの引き出しの中に、かなり大きな緑色のインクのしみのついたハンカチが入っていたことです」

　ポアロの眉がつりあがった。

「緑のインク！　パトリシア・レインが！　そうすると、彼女はエリザベス・ジョンストンのノートにインクをかけてから、汚れた手をそれでふいたのかもしれないね。しかし、たしかに……」

「そう、たしかに彼女は恋人のナイジェルに嫌疑のかかるようなことをするわけがないんですがね」と、シャープ警部は彼の話をひきついでいった。

「そうだろうね。もちろん、だれかがそのハンカチをわざと彼女の整理だんすに入れておいたのかもしれないがね」

「そう見た方がいいかもしれませんな」

「そのほかには？」

　シャープ警部はしばらく間をおいて、考えをまとめてからいった。「レナード・ベイトソンの父親は、ロングウィズ・ヴェイル精神病院の認定された精神病患者なんですよ。これは特に注目すべきことじゃないかもしれませんが」

「レン・ベイトソンの父親がおかしいということは、あんたのいうとおり、あまり意味のないことかもしれないが、記憶にとどめておくべき事実だろうね。どんな型の病気なのかがわかると、いっそう面白いだろう」

「ベイトソンはいい青年ですが、ちょっとむら気なところがありますね」と、シャープ警部はいった。

ポアロはうなずいた。シーリア・オースティンのいった言葉が突然はっきりと思いだされたのだった。〝もちろんあたしは、リュックサックを切ったりしませんわ。あれはかんしゃくを起こした人のやることです〟――彼女はどうしてかんしゃくのせいだということを知っていたのだろう。レン・ベイトソンがあれをめった切りにするのを目撃したのだろうか。ポアロは苦笑しながら現実へもどって、シャープ警部の話に耳を傾けた。

「――それから、アハメッド・アリはひどいエロ文学やポルノ写真をどっさり持っていました――捜査を受けたとき、彼が猛烈に興奮したわけが、それでわかりました」

「いろいろな妨害にあっただろうね」

「ええ、あいましたね。フランス娘はすごいヒステリーを起こしたし、インド人のチャンドラ・ラルは、これを国際的な事件にするとおどかす始末で。彼の所持品の中に、破壊分子のパンフレットが二、三ありましたが、これは例のなまはんかなろくでもないものでした。それから、西アフリカの学生の一人は、異様な形をした記念品やまじないの道具を持っていました。家宅捜索令状というやつは、人間性の特殊な一面をのぞかせてくれますね。ニコレティス夫人の食器棚の話はお聞きになったでしょ」

「ああ、聞いたよ」

シャープ警部は苦笑した。

「ブランデーのあき瓶をあんなにたくさん見たのは、生まれてはじめてですよ！　彼女はかんかんに怒ってわれわれに食ってかかりました」

彼は声をあげて笑ってから、急に真剣になった。

「しかし、これといった手がかりがつかめなくて、弱りました」と、彼はいった。「パスポートはぜんぶ正真正銘のやつばかりでしたしね」

「にせのパスポートといったようなものを、あんたの目にふれるようなところにおいていることを期待する方がどうかしてるよ。パスポートに関連したことで、あんたたちがヒッコリー・ロードを公式に訪ねたことはなかったんだろ。少なくともこの半年の間は」

「はあ、そうなんです。あなたのおっしゃった期間に警察があの寮を訪れたのは、ほんのわずかでして、ご説明しますと――」

彼はそれを詳しく説明した。

ポアロは眉をひそめながら聞き入った。

「ぜんぜん意味のない事件ばかりなんですよ」と、警部はいった。

ポアロは首を振った。

「ものごとははじめからやってこそ、はじめて意味がわかってくるものだよ」

「はじめからといいますと、ポアロさん？」

「リュックサックさ」と、ポアロは静かにいった。「例のリュックサックだよ。これはすべて、リュックサックからはじまってるんだ」

14

1

ニコレティス夫人はジェロニモとかんしゃくもちのマリアに毒づいて二人をかんかんに怒らせてから、地下室の階段を登ってきた。

「ほら吹きの泥棒め！」と、ニコレティス夫人は勝ちほこった声で叫んだ。「イタリア人はみんな、ほら吹きの泥棒だ！」

ちょうどその階段を降りようとしていたハバード夫人は、短い当惑のため息をついた。

「二人が夕食の支度をしているときに怒らせるなんて、かわいそうですよ」

「構うもんか！」と、ニコレティス夫人はいった。「あたしはここで夕食をするわけじゃないんだから！」

ハバード夫人は喉まで出かかった反駁の言葉をのんだ。

「月曜日にはいつものとおり来ますよ」と、ニコレティス夫人はいった。

「はい」

「月曜日の朝は何よりも真っ先に、大工さんに頼んであたしの食器棚のドアを直してちょうだい。そしてその修繕代の請求書は、警察へ行くようにしてね、わかりましたか！　警察に払わせるんですよ」

ハバード夫人はおぼつかなげな顔で黙った。

「それから、あの暗い廊下にもっと明るい電灯をつけてちょうだい——もっと大きいやつを。廊下が暗すぎるわ！」

「廊下には小さい電灯をつけろと、あなたはこの間あれほどおっしゃったばかりですよ——経費の節約のために」

「それは先週のことでしょ！」ニコレティス夫人はきめつけるようにいった。「いまはいま——ちがうのはあたりまえじゃないの。いまあたしは、肩ごしにふりかえって、あたしの後をつけているのはだれだろうと思ったのよ」

彼女は芝居をしてみせているのだろうか——と、ハバード夫人はいぶかった——それとも彼女は、ほんとうにだれかを、何かを、恐れているのだろうか。ニコレティス夫人はわざと大げさなことをしてみせる癖があるので、彼女のいうことにどの程度の信頼をおいていいのかわからなくなることが多かった。

ハバード夫人は疑わしげにいった。

「あなたはひとりで家へお帰りになりますか。それとも、わたしがごいっしょしましょうか」

「どっちにしろ、ここにいるよりは安全ですよ！」

「でも、いったい何をこわがっていらっしゃるの。おっしゃっていただければ、たぶんわたしが――」

「よけいなおせっかいですよ。あたしはべつに何もいっていないでしょ。どうしてそうつぎからつぎにうるさく質問するのかね。がまんしきれないわ」

「すみません。そうおっしゃるのなら――」

「あら、怒ったのね」ニコレティス夫人は小気味よさげな微笑を投げた。「そう、あたしはいま機嫌が悪くて、やたらにあたりちらしていますよ。でもそれは、あたしに心配のたねがたくさんあるからなの。あんたには関係ないわ。あたしはね、あんたを心から信頼してるのよ。あんたなしでは、あたしはどうしようもないわ。わかってるでしょ。じゃ、よい週末を送ってね。さようなら」

ハバード夫人は、彼女が玄関を出て、後ろ手にドアを閉めるのを見守った。それから、

「まったくどうしようもないわ！」と、やけっぱちにつぶやいて自分をなだめながら、調理場への階段へ足を向けた。

ニコレティス夫人は玄関先の石段を降り、門を出て左に曲がった。ヒッコリー・ロードはかなり広い道路だった。それに沿った家々は、庭をおいて少し奥まったところに建っている。二十六番地から数分行くと、バスがうなり声をあげて走っているロンドンの主要な大通りの一つにつきあたる。その道路の先端に交通信号のライトがついていて、四つ角にクイーンズ・ネックレスというパブがあった。ニコレティス夫人は舗道の真ん中を歩きながら、ときどき肩ごしに神経質な視線をおくって後ろをうかがったが、だれの姿も見えなかった。ヒッコリー・ロードは今晩にかぎって妙に人影がとだえていた。彼女は足を早めて角のパブの方へ近づいていった。もう一度あわただしくあたりを見まわしてから、ちょっと後ろめたそうにしてそのパブへ入った。

注文したダブルのブランデーをすると、彼女は元気がよみがえった。ついさっきまでのおじけづいた、そわそわした女とは打って変わったようになった。しかし、警察への敵意は少しも薄らがなかった。彼女は声を殺してつぶやいた。「ゲシュタポめ！　きっとやつらに金を払わせてやる。そう、やつらが払うべきなんだ！」そしてグラスをあけた。それからもう一杯注文すると、今朝の出来事をくよくよ思いふけった。警察がああも無神経なやり方で彼女の秘蔵物を発見するとは、まったく困ったことをしてくれたものだ。その噂が学生たちやその他の人々の間にひろまらないことを期待するのは、おそらく無理だろう。ハバード夫人は口を慎んでくれるだろうが――いや、どうかな？　だれも信頼できないのではなかろうか。こんな噂はかならずひろまるものだ。ジェロニモは知っている。たぶん彼はもうすでに女房にしゃべっただろう。そして彼女は掃除婦たちにしゃべるにちがいないから、そんなふうにして噂はどんどんひろまり、ついには

――後ろからの声が彼女をどきっとさせた。

「おや、ニック夫人、ここがあなたの行きつけの店だとは、知りませんでしたよ」

彼女は鋭く後ろをふりかえってから、安堵のため息をついた。「まあ、あなたですか」と、彼女はいった。「あたしはまた――」

「だれだと思ったの。大きな悪いオオカミ？　何を飲んでるんですか。もう一杯いかが

――わたしがおごりますよ」

「あたしはもううんざりしちゃったわ」と、ニコレティス夫人は威厳をつくろっていった。「あの警察の連中があたしの寮を調べにきて、みんなをびっくり仰天させるものだから。あたしは前から心臓が悪いので、気をつけなければいけないと医者にいわれているのです。お酒なんか飲みたくはないのですけど、外を歩いていたらめまいがして倒れ

そうになったので、ブランデーをちょっと飲んだら――」

「いや、ブランデーにまさるものはありませんよ。さあ、一杯やりましょう」

ニコレティス夫人はしばらくしてすっかり元気をとりもどし、幸せな気分になって、クイーンズ・ネックレスを出た。バスには乗りたくなかった。さわやかな夜だったから、外の空気は彼女のためにいいだろう。そう、きっといいはずだ。彼女は足もとがふらついている気はしなかったが、しかし、ほんのちょっぴり心もとなかった。たぶん最後の一杯をよしておいた方が賢明だったかもしれないが、しかし、外の空気がまもなく彼女の頭をはっきりさせてくれるだろう。そもそも、淑女がときたま自分の部屋でこっそり飲むのが、なぜいけないのだ。どこが悪いというのか！　彼女はいまだかつて一度も酔って醜態をさらしたことがないような気がした。酔っぱらっているって？　とんでもない、ぜんぜん酔っちゃいませんよ！　どうせ彼らがそれが気に入らないのなら――もし彼らが彼女に小言をいうようなら――彼女はまもなく彼らのことをばらしてやることになるだろう。彼女は二、三の事実を知っているのだ。そう、ばらしてやるぞ！　ニコレティス夫人は喧嘩腰で前へつんのめってから、威嚇的に彼女へ突進してきた郵便ポストを、きわどく身をかわしてよけた。やっぱり彼女は目がくらんでいるのだ。ちょっとこの壁に寄りかかろうか。ほんのしばらく目をとじていれば――

2

ゆうゆうと体を左右に振って歩いていたパトロール中のボット巡査は、気の弱そうなサラリーマンふうな男に声をかけられた。

「お巡りさん、あそこに女の人が倒れてますよ。病気みたいなんですがね。ぐったりしてますよ」

ボット巡査ははつらつとした足どりでそこに近づき、ぐったりと横にのびている女の上に腰をかがめた。ぷんと彼の鼻孔をついた強いブランデーの匂いが、彼の疑惑の正しかったことを裏づけした。

「気を失ってるな」と、彼はいった。「酔いつぶれているんだ。いや、心配いりません。われわれが処理しますから」

3

エルキュール・ポアロは日曜の朝食をすますと、口ひげについたチョコレートをきれいにふきとってから、居間へ行った。

テーブルの上にリュックサックが四つ、それぞれに勘定書が貼られたまま、きちんと並べられていた——これはジョージが指示されてやった仕事だった。ポアロは昨日買ったリュックサックの包みを解いて、ほかのものと並べた。その結果、面白いことがわかった。彼がヒックス氏の店から買ってきたリュックサックは、どうみても、ジョージが方々の店から買った品物より品質が劣っているとは思えなかった。しかし、値段の方ははるかに安い。

「こいつは面白いぞ」と、エルキュール・ポアロはいった。

彼は並んだリュックサックをじっと見つめた。

それから彼はそれらを手にとって綿密に調べはじめた。内側と外側を点検し、ひっくりかえして眺め、縫い目を調べ、ポケットや背帯もよく見た。それから立ちあがって浴室へ行き、小さな鋭いナイフを持ってきた。そしてヒックス氏の店から買ったリュックサックの裏を返して、その底をナイフで切り離しはじめた。底の外側と内側の布との間に、波状の板紙のような堅い芯が入っていた。ポアロはその分解されたリュックサックを、非常に興味深げに眺めた。

それから彼は、ほかのリュックサックを切りはじめた。

ぜんぶ分解し終わると、座りこんでその一つ一つをたんねんに調べた。

やがて彼はゆっくり電話機を引き寄せた。ややしばらくしてから、シャープ警部が電話に出た。

「ねえ、きみ。ちょっと、二つばかりおたずねしたいことがあるんだが」と、彼はいった。

シャープ警部はくすくす笑って――

「馬については二つのことを知ってます。

その一つはちょっとえげつない話ですが」と、彼はいった。

「なんだって？」ポアロはびっくりして訊きかえした。

「いやいや、なんでもありません。いつも口癖にしている小唄にすぎません。で、あなたの知りたい二つのことというのは、どんなことです」

「あんたは昨日、過去六カ月間にヒッコリー・ロードの寮を警察が調査したことがあるといっていたが、その日付と、調査した時刻を知りたいのだよ」

「はい——それは簡単にわかるでしょう。記録にあるはずです。ちょっと待ってくださ
い、いま調べてみますから」

警部はまもなくふたたび電話に出た。「最初は、インド人の留学生が破壊的な内容の印刷物をばらまいたという疑いで取り調べを受けていますが——これは昨年の十二月十八日、時間は、午後三時三十分」

「その日付は少し遠すぎるね」

「ケンブリッジのアリス・クーム夫人殺害事件の容疑者として手配されていた欧亜混血人のモンタギュー・ジョンズの捜査のために、取り調べに行ったことがあって——これは二月二十四日、午後五時三十分。シェフィールド署から手配されていた西アフリカ人のウィリアム・ロビンソンについて取り調べに行ったのは——三月六日、午前十一時です」

「あっ、そうか。どうもありがとう」

「こんなことが、例の事件と何か——」

ポアロは相手をさえぎっていった。

「いや、関係はないんだ。取り調べを受けた時間に興味があるだけでね」

「いま、何をやっておられるんです、ポアロさん」

「リュックサックをばらしているところさ。じつに面白いよ」

彼はゆっくり受話器をおいた。

それから、一昨日ハバード夫人が書きなおして彼に手渡したリストを、ポケットから取りだした。それはつぎのように書いてあった。

リュックサック（レン・ベイトソンのもの）
電球
ブレスレット（ジュヌヴィエーヴのもの）
ダイヤモンドの指輪（パトリシアのもの）
化粧用のコンパクト（ジュヌヴィエーヴのもの）
夜会靴（サリーのもの）
口紅（エリザベス・ジョンストンのもの）
イヤリング（ヴァレリのもの）
聴診器（レン・ベイトソンのもの）
浴用塩《バスソルト》（？）
切り裂かれたスカーフ（ヴァレリのもの）

ズボン（コリンのもの）
料理の本（?）
ホウ酸（チャンドラ・ラルのもの）
ブローチ（サリーのもの）
エリザベスのノートにインクがかけられた
（できるだけ正確を期しましたが、絶対とまではいきません。L・ハバード）

ポアロはそれを長い間見つめていた。

やがて、ため息を洩らしてつぶやいた。「うむ……やっぱりそうしよう……必要のないものを取りのぞかなきゃいかんのだ……」

だれにそれを手伝ってもらうかについては、すぐ目算がついた。今日は日曜だ。たいがいの学生は寮にいるだろう。

彼はヒッコリー・ロード二十六番地に電話して、ヴァレリ・ホッブハウスを呼んだ。

太いだみ声は、彼女が起きているかどうかについて疑わしげだったが、呼びにいってみましょうと答えた。

まもなく、低いかすれた声が聞こえた。

「ヴァレリ・ホッブハウスです」

「こちらはエルキュール・ポアロだが。憶えているかい」

「ええ、もちろん、どんなご用事ですか」

「できたら、ちょっとあなたに会ってお話ししたいのだが、いかが？」

「はい、結構ですわ」

「じゃ、これから、さっそくヒッコリー・ロードへ行くことにしよう」

「はい、お待ちしております。ジェロニモに、あなたをあたしの部屋へお通しするようにいっておきますわ。この寮は日曜日には適当な部屋がございませんから」

「それはどうもありがとう。では、よろしくね」

玄関に着くと、ジェロニモがすばやくドアを開けて、上体を前にかがめながら、いつもの陰謀者口調でいった。

「そっとミス・ヴァレリの部屋へご案内しましょう。シー」

彼は唇に指をあててポアロを制しながら、先にたって階段を登り、ヒッコリー・ロードを見おろせるかなり大きな部屋へ案内した。そこは趣味のいい、相当ぜいたくな調度品で飾られた寝室兼用の居間だった。ソファ・ベッドには、使い古してはいるが美しいペルシャ毛布がかけられ、みごとなアン女王時代風なくるみの事務机がおいてあった。

ポアロはそれがヒッコリー・ロード二十六番地の備えつけの家具とは思えなかった。

ヴァレリ・ホッブハウスは、待ち受けていたようにして彼を迎えた。彼女は疲れているような顔で、目のまわりに暗いくまができていた。

「いい部屋にお住まいだね《メ・ヴ・ゼ・ト・トレ・ビアン・イシ》」と、ポアロは彼女の歓迎の言葉に答えていった。「なかなか粋だ。シックだ」

ヴァレリはにっこり笑った。

「あたしはこの部屋に住みついてから、もうかなりになりますわ」と、彼女がいった。「二年半以上、かれこれ三年近く。すっかり腰をすえちゃって、自分の家具まで持ちこんでるんですの」

「あなたは学生じゃなかったね、マドモアゼル」

「ええ、商業面の仕事をしてるんですの」

「ほう――化粧品会社にでもお勤め？」

「ええ、サブリナ・フェアという美容院と取り引きしているバイヤーの一人なんです。その仕事の収入はあまり大したことはありませんが、美容品のほかに、副業的にアクセサリーなどを扱っています。パリの新型商品があたしの専門なんですの」

「すると、パリやヨーロッパ各地へは、たびたびいらっしゃるわけだね」

「ええ、一カ月に一度――ときには何度も行くことがありますわ」

「もしわたしが妙にせんさくしているように見えたら、お許し願いたいんだが――」

「いいえ、とんでもない」と、彼女は彼をさえぎっていった。「こんな寮に住んでると、周囲の好奇心の目に耐えざるを得なくなりますわ。昨日はシャープ警部にさんざん質問されましたし……。ポアロさんは低い肘かけ椅子よりも、まっすぐな椅子の方がお好きのようですね」

「ほう、すごい洞察力ですな」ポアロは背の高い肘かけ椅子に、注意深くきちんと座った。

ヴァレリはソファ・ベッドに腰をおろした。そして彼にタバコを差しだし、自分も一つとって火をつけた。彼はしげしげと彼女を見た。彼女の神経質ないくぶんやつれた美貌は、ありきたりの美しい顔よりもいっそう魅力を感じさせた。利口で魅力的な女だと、彼は思った。あの神経質な感じは、昨日の取り調べの影響だろうか。それとも生まれつきの性分なのだろうか。彼は夕食に招かれてきた晩も、彼女から同じ印象を受けたことを思いだした。

「シャープ警部はあなたを取り調べたわけだね」と、彼は訊いた。

「はい、ずいぶん質問されましたわ」

「で、あなたは知っていることをぜんぶ彼にいったの？」

「ええ、もちろん」

「それはどうかな」と、ポアロはいった。

彼女は皮肉な表情を浮かべて彼を見た。

「あなたはあたしがシャープ警部にどう答えたのかを聞いていらっしゃらなかったのですから、それは判断できないでしょ」と、彼女はいった。

「いやいや、これはね、わたしのちょっとした思いつきの一つにすぎないんだ。それはいろいろとここにあってね」彼は自分の頭をたたいた。

これはいうまでもなく、ポアロがときどきやるいんちき薬売りの口上のまねごとだった。しかし、ヴァレリはにこりともしなかった。しばらくじっと彼を見つめてから、だしぬけにいった。

「ポアロさん、要点をはっきりおっしゃってくださいな、なんの話をなさっているのか、あたしはさっぱりわかりませんわ」

「じゃ、そうしましょう」

彼はポケットから小さな包みを出した。

「これはなんでしょ。あててごらん」

「あたし千里眼じゃないんですよ、ポアロさん。紙や包装を通して見るなんてことはできませんわ」

「ここにあるのは、ミス・パトリシア・レインが盗まれた指輪ですよ」

「パトリシアの婚約指輪？　いや彼女のお母さんの婚約指輪ですか。どうしてあなたがそれを持っていらっしゃるの」

「二、三日貸してもらったんだ、彼女から」

ヴァレリのかなり驚いた眉が、またひたいへあがった。

「まあ」と、彼女はいった。

「わたしはこの指輪に興味をそそられてね」と、ポアロはいった。「これが紛失したこと、そしてまた出てきたこと、その他いくつかのことに興味を感じたわけです。で、わたしは彼女にこれを貸してくれと頼んだ。彼女はこころよく承諾してくれた。で、わたしはこれを宝石商の友人のところへ持っていった」

「はあ」

「そして、この指輪のダイヤモンドを調べてくれと頼んだわけです。小さな石でふさのようにまわりを囲まれた、かなり大きなダイヤモンドです——憶えていらっしゃる？」

「ええ。でも、あまりよく憶えていませんわ」

「しかし、あなたはこれを手にしたわけでしょ。あなたのスープ皿に入っていたのだから」

「ああ、それで無事にもどってきたのでしたね！　そうそう、思いだしましたわ。あやうく呑みこんでしまうところでしたわ」ヴァレリは短い笑い声をあげた。

「いまいったように、わたしは宝石商の友人のところへこれを持っていって、ダイヤモンドの鑑定を頼んだわけだが、彼がなんと答えたか、わかる？」

「あたしにわかるはずがないじゃありませんか」

「彼の答えは、この石はダイヤモンドじゃない。ジルコンだというのです。透明なジルコンだったわけですな」

「ほう！」彼女は目を丸めて彼を見つめた。それからややあいまいな口ぶりでいった。

「すると――パトリシアはほんもののダイヤモンドだと思っていたのに、それはただのジルコンだったということに――」

ポアロは首を振った。

「いやそうじゃない。これはパトリシアのお母さんの婚約指輪だったそうだ。ミス・パトリシア・レインはよい家柄のお嬢さんでね、彼女の家族は税制が変わる以前は裕福な暮らしをしていた。そうした階層の人々はね、マドモアゼル、婚約指輪に相当な金をかけたものなんだ。婚約指輪はりっぱなものでなければいけなかった――ダイヤモンドとか、その他高価な宝石のね。だから、パトリシアのお父さんは彼女のお母さんに、くだらない指輪を贈るはずがないと思うよ」

「それはあたしもまったく同感ですわ」と、ヴァレリはいった。「パトリシアのお父さんは、地方の大地主だったそうですから」

「したがって、この指輪の宝石は、後ですりかえられたとしか考えられないわけだね」

「もしかしたら」と、ヴァレリはゆっくりいった。「パトリシアはその指輪のダイヤモンドをどこかへ落として、代わりのダイヤモンドを買えないので、間にあわせにジルコンを入れておいたのじゃないかしら」

「そういうこともあり得るでしょうがね」と、エルキュール・ポアロはいった。「しかしわたしは、実際はそうじゃなかったと思うね」

「それじゃ、ポアロさん、どうしてそんなことになったのでしょうか」

「わたしの推理では」と、ポアロはいった。「この指輪がマドモアゼル・シーリアに盗まれて、さらにそれが見つかるまでの間に、ダイヤモンドがジルコンにすりかえられてしまったのです」

ヴァレリはまっすぐ座りなおした。

「そうすると、シーリアは計画的にそのダイヤモンドを盗んだのでしょうか」

ポアロは首を振った。

「いや、そうじゃない」と、彼はいった。「それを盗んだのは、たぶんあなたですよ、マドモアゼル」

ヴァレリ・ホッブハウスは、はっと息をつめた。

「まあ、あきれた！」と、彼女は叫んだ。「それはひどすぎるわ。いったいなんの証拠があって、そんなことをおっしゃるの」

「証拠？　それはちゃんとありますよ」と、ポアロはいった。「あの指輪がスープ皿の中に入れられてもどってきたことです。じつは、わたしは先日ここで夕食をごちそうになったとき、スープの給仕のやり方を注意して見ていた。すると、それはサイド・テーブルの上におかれた鍋から皿に盛られていたのです。したがって、もしだれかがスープ皿の中から指輪を発見したとすれば、それはスープを給仕していた人（この場合はジェロニモ）か、さもなければそのスープ皿を割りあてられた人が、そこに指輪を入れたか、その二つの場合しかあり得ない。つまり、ジェロニモかあなたかだ！　わたしはそれがジェロニモだったとは思えない。あなたが面白半分に、指輪がスープ皿の中から発見されるという芝居を打ったのだと思います。わたしに批判させるなら、あなたはユーモラスな芝居のセンスがありすぎたということでしょうな。指輪をたかだかとかかげて、こんなところにあったわ！　と叫ぶ。あなたはあなたのユーモアのセンスに溺れて、そんなことをすればあなた自身の秘密がばれてしまうことに気づかなかったわけだね」

「へえっ、それだけ？」と、ヴァレリはさげすむような口ぶりでいいかえした。

「いやいや、もちろんそれだけじゃありません。じつは、シーリアがあの晩この寮での盗みを告白したとき、わたしはいくつかの細かい点を気にとめていました。たとえば、彼女はこの指輪について語ったとき、こういったのです――『あたしはあれがそんな高価なものだとは思いませんでした。で、そのことがわかると、あたしはすぐさまそれを返すことにしました』とね。いったい彼女はどうしてわかったのでしょうか、ミス・ヴァレリ。あの指輪が非常に高価なものであることを、だれが彼女に知らせたのでしょうか。それからまた、シーリアはずたずたに切られたスカーフについて語ったとき、こんなふうにいいました――『あれは構いません。ヴァレリは気にしていませんから』と。あなたは上等な絹のスカーフをずたずたに切られたのに、なぜ気にしなかったのです？わたしはそのとき直感的にこう思いました――彼女がさまざまなものを盗んだり、盗癖を装ってコリン・マックナブの関心をひいたりした一連の行動は、ほかのだれかがシーリアに入れ知恵をしてやらせたのだと。シーリアよりもはるかに知能がすぐれ、しかも心理学の実用的な知識のあるだれかがね。つまりあなたが、あの指輪は高価なものだということを教えたのですよ。そしてあなたは彼女からそれを受けとって、それを返す段取りをつけた。シーリアがあなたのスカーフをずたずたに切ったのも、やはりあなたにいわれてやったことです」

「それはみんな仮説にすぎませんよ」と、ヴァレリはいった。「しかも、ずいぶん無理な仮説だわ。あたしがシーリアにそんな入れ知恵をしたという仮説は、もうとっくにシャープ警部から聞きましたよ」

「あなたはどう答えたの」

「ナンセンスだといってやりました」と、ヴァレリはいった。

「で、わたしにはどう答えるの」

ヴァレリは二、三秒、さぐるように彼を見つめた。それから短く笑い、タバコをもみ消し、後ろのクッションにそり返るようにして座りなおしてからいった。

「あなたのおっしゃるとおりだわ。あたしが彼女をそそのかしてやらせたのですよ」

「なぜ？　そのわけを聞かせてもらえませんか」

ヴァレリはいらだたしげにいった。

「それはばかげた善意からですよ。好意的な干渉だったのです。あのシーリアが幽霊みたいにふらふらさまよい歩いて、彼女に目をくれぬコリンを恋こがれていたからです。ほんとにばかみたいでしたわ。相手のコリンときたら、心理学とコンプレックスと情緒的緊張による思考停止と、その他もろもろの仮定でこりかたまった、うぬぼれが強くて独断的な青二才の一人なんですからね。で、あたしは彼をかついで笑いものにしてやりたくなったんですよ。とにかくあまりにも惨めなシーリアがかわいそうだったので、彼女の心をつかみ、彼女をはげましながら、計画の筋書きを説明して、彼女をけしかけたのです。彼女はちょっと不安だったようですけど、同時にかなりスリルを感じたようですわ。こうしてやりはじめたばかりのときに、あの薄ばかは、パトリシアが浴室におきわすれた指輪を見つけて、それをくすねちゃったのです。それは非常に高価な宝石ですから、当然大騒ぎになって、警察が乗りこんでくるでしょうし、そうなると、筋書きが狂って重大な事態におちいってしまうにちがいありません。そこであたしは彼女から指輪を取りあげ、これはなんとかうまく返してやるから、これからは装身具や化粧品を盗むとか、あたしのものをわざと壊すとか、とにかく面倒なことにならないように注意しろといったのです」

ポアロは深いため息をついた。

「わたしの思ったとおりでしたね」と、彼はいった。

「いまになって、あんなことをしなければよかったとつくづく思いますわ」と、ヴァレリは神妙にいった。「でも、あたしはほんとに善意でやったことなのです。ジーン・トムリンソン並みの、ひどい悪趣味かもしれませんけど、でも、いまさらどうしようもありませんわ」

「なるほど。それではまた、パトリシアの指輪の話にもどりましょう」と、ポアロはいった。「シーリアはそれをあなたにやった。あなたはそれをどこかで見つけたことにして、パトリシアに返すという話になったわけでしょうが、しかし、それをパトリシアに返す前に――」彼は少し間をおいた――「いったい何が起こったの？」

彼はしばらく、首にまいた縁飾りのあるスカーフの端を神経質に折ったりのばしたりする彼女の指を見守っていたが、やがて説得するような口調でふたたびいった。

「あなたは金に困っていたんじゃないの」

彼女は顔をあげずに、短くうなずいた。

「白状しますわ」と、彼女はいった。にがにがしい調子だった。「ポアロさん、じつは困ったことに、あたしはギャンブル狂なんです。これはもう生まれつきで、自分でもどうしようもありません。で、メイフェアのある小さなクラブに入っています――いいえ、それがどこにあるのかは申しあげられませんわ――あたしがしゃべったために、警察の手入れを受けたりして、みんなに迷惑をかけるようなことをしたくないのです。ここではただ、あたしがそんなところに所属しているという事実だけにとどめてください。そこにはルーレットやバカラ（賭けトランプの一種）や、その他さまざまな賭博があって、あたしはそのころひどい負けがつづいていました。ちょうどそのときにパトリシアの指輪が手に入ったのです。そしてたまたまジルコン指輪のある店の前を通りかかったとき、ふとこう思いました——このダイヤを透明なジルコンにすりかえても、パトリシアは気がつかないんじゃないかしらと！　だれでも、見なれている指輪はあまり注意して見ないものですわ。たとえダイヤがいつもより少し曇っていても、磨くか何かすればいいだろうと思うくらいのものでしょう。あたしはついその誘惑に負けてしまったのです。ダイヤを取りはずして売り、代わりにジルコンを入れて、その晩スープの中から見つけたふりをしました。たしかにばかげたことをしたものだと思いますわ。ばれちゃったんですもの！　これでもうぜんぶお話ししましたわ。ただ、正直にいって、あたしはシーリアにその罪を着せるつもりはもうとうありませんでしたよ」

「いや、それはわかってる」ポアロはうなずいた。「あなたはたまたまチャンスにめぐりあった。容易なように思われたので、あなたはそれに乗った。しかし、そこで大きな過ちをおかしたわけだ」

「ええ、あさはかでしたわ」と、彼女はそっけなくいった。それから、急にたまりかねたように叫んだ。「でも、それがどうしたとおっしゃるの。ええ、どうぞあなたの好きなようにしてください。パトリシアにいうなり、あの警部にいうなり、そこらじゅうにいいふらすなりしてちょうだい！　でも、そんなことをして、いったいなんのたしになるのですか。どうしてそれが、シーリアを殺した犯人を捜しだすのに役立つのですか」

ポアロは立ちあがった。

「何が役に立ち、何が役に立たないのか、まだだれにもわからないのです」と、彼はいった。「犯人を捜しだすには、事件とあまり関係ないことや、問題の焦点をあいまいにしている多くのことを取り払う必要がある。それには、だれがシーリアをそそのかしてあんな芝居をさせたのかを知ることが大切でした。わたしはいまそれがわかった。指輪のことについていえば、あなたは自分でパトリシア・レインに会って、あなたのやったことを率直に打ちあけ、慣習的な所感を述べるべきでしょうな」

ヴァレリはしかめっつらをした。

「親切に忠告していただいて、ありがとうございます」と、彼女はいった。「おっしゃるとおりパトリシアに会って、平あやまりにあやまりますわ。彼女はとても寛大な人ですもの。あたしは金ができ次第、あのダイヤモンドを買って返すように約束します。あなたのご注文はそれだけでしょうか、ポアロさん」

「いや、それは注文じゃなくて、助言ですよ」

そのとき突然ドアが開いて、ハバード夫人が入ってきた。

彼女ははげしくあえぎ、彼女の顔のただならぬ表情がヴァレリをこう叫ばせた——

「どうしたの、ママさん？　何が起こったの」

ハバード夫人は椅子の中へ崩れた。

「ニコレティス夫人が……」

「ニック夫人がどうかしたの」

「彼女が……、彼女が死んだのよ」

「死んだ？」ヴァレリの声がうわずった。「いつ？　どうして」

「ゆうべ道路に倒れているのを発見されて——警察へかつぎこまれたのですって。なんでも——彼女は——」

「酔いつぶれていたのかしら」

「そう——かなり飲んでいたらしいんですが——とにかく、そのときはもう死んでいて——」

「まあ、かわいそうなニック夫人」ヴァレリのかすれた声は震えていた。

ポアロはおだやかにいった。

「あなたは彼女が好きだったの、マドモアゼル」

「彼女があんな——まるでほんものの悪魔みたいになるなんて、ちょっとふしぎなんですけど——でも、そう、好きでしたわ。あたしがここへ来た当初は——三年ほど前は——彼女は最近のような、気まぐれで怒りっぽい人ではなかったんです。心のあたたかい——愉快な話し相手でしたわ。それがこの一年の間にがらりと変わってしまって——」

ヴァレリはハバード夫人をふりかえった。

「それは彼女がこっそり酒を飲むようになったせいじゃないかしら——彼女の部屋の中から、あき瓶などがごっそり見つかったそうだけど」

「ええ、そうなの」ハバード夫人はややためらってから、たまりかねたようにしていった。「わたしが悪かったんですよ——ゆうべ彼女をひとりで帰らせたのが——彼女は何かをとても怖がっていたのですもの」

「怖がっていた？」

ポアロとヴァレリがそろっていった。

ハバード夫人は悲しげにうなずいた。彼女のおだやかな丸い顔がゆがんでいた。

「はい。安心していられないと、口癖のようにいってましたわ。何をそんなに怖がっているのかとたずねても――わたしをどやしつけるばかりで。それに彼女は大げさなことばかりおっしゃるので、――こちらも判断しかねるのですよ。でも、やはり――ひょっとしたら――」

ヴァレリがいった。

「まさか彼女が――彼女も――そんな――」

彼女は恐怖の表情を目に浮かべて口をつぐんだ。

ポアロがたずねた。

「死因はなんですか」

ハバード夫人は暗い声で答えた。

「警察はその点については何もいってませんでしたけど、検死審問が開かれるそうです――火曜日に――」

15

ロンドン警視庁のある奥まった部屋で、四人の男がテーブルを囲んでいた。

会議の議長は、麻薬課のワイルディング警視。その隣りの気のはやっているグレーハウンドのような顔をした精力的で楽天的な青年は、ベル警部補。椅子にふかぶかとそり返って座っている、おとなしくて機敏な男は、シャープ警部。四人目の男はエルキュール・ポアロだった。テーブルの上にリュックサックが一つある。

ワイルディング警視が思案顔であごをなでた。

「それは面白い着想ですな、ポアロさん」と、彼は慎重にいった。「うむ、なかなか面白い着想だ」

「いや、単なる思いつきにすぎませんよ」と、ポアロがいった。

ワイルディングはうなずいた。

「われわれは一般的な情況はつかんでるんです」と、彼はいった。「もちろん密輸はさまざまな形でたえず行なわれています。われわれはかなりの数のもぐりどもを検挙しているのですが、一定の期間をおいてまたどこかでやりはじめる。われわれの取り締まりの網をくぐって、過去一年半の間に、相当な数量にのぼる麻薬がわが国に持ちこまれています。大部分はヘロインですが――コカインもかなり入っています。つまり、大陸のあちこちに補給基地があるわけですよ。フランスの警察は、フランスへ流れてくる経路を二、三つかんだのですが――そこからまた外へ流される経路は、ほとんどわかっていないのが現状です」

「さしでがましいことをいうようですが」と、ポアロはいった。「その問題は大きく分けて、三つの要点にしぼることができると思います。一つは、どのようにして売りさばいているかということ。それから、それがどのようにしてわが国に送られてくるのかということ。それから三番目の問題は、その組織を牛耳って、主要な利潤をせしめているのはだれかということです」

「そう、おおまかにいえばそのとおりです。われわれは下っぱの密売者や末端の販売経路はかなりよくわかっているのです。密売者の一部は検挙していますが、大きな獲物をつるためにわざと泳がしているものもあります。やつらはじつにさまざまな手を使って売りさばいてるのです――ナイトクラブやパブ、ドラッグストア、いかさまな医者、流行の婦人服を扱っているドレスメーカー、美容院など。競馬場で取り引きしたり、古物商の店を利用したり、ときには人の混雑したデパートで売買されたりしています。しかし、そんなことは説明する必要はないでしょう。重要なのは、その部分ではないのですから。われわれはそれらには遅れをとらずにやっていけます。それから、いわゆる大物についても、かなり根拠のある容疑事実をつかんでいます。一片の疑いの余地もない、りっぱな大金持ちの紳士が二、三人いるのです。彼らは非常に慎重で、決して自分の手では麻薬を扱いません。ですから、下っぱのものたちは彼らがだれなのかさえも知らないのです。しかし、ときたま彼らの中にもへまをやるやつがいましてね——それでわれわれに捕まるのです」

「だいたいわたしが想像していたとおりですが、さっきいった問題——どういう経路をたどってそれがわが国へ流れてくるのかという点は、いかがでしょう」

「なんといってもイギリスは島国ですから、大半は昔と同じように船で海を渡ってくるわけです。東海岸のどこかにこっそり荷揚げしたり、モーター・ボートでひそかに海峡を渡って、南海岸の小さな入江につけたりしています。これは最初は成功しますが、しかし遅かれ早かれ、われわれがボートを持っている者を洗っているうちに見つかってしまいますし、一度嫌疑がかかってしまえば、もう絶対だめです。最近は、定期航空機で持ちこもうとしたのを発見した例が二、三あります。これは客室乗務員や乗組員が、莫大な金で買収されたり、乗客に好意的すぎたりしたためです。それから、輸入商品の中にまぎれこんでくる経路もあります。ピアノ専門の有名な貿易商社が、じつは完全なくわせものだったこともありました。しかし、この方法も多少は成功しますが、結局は発覚してしまいますね」

「そうすると、密売側にとっての最大の難関の一つは——海外からわが国に持ちこむことだといっていいわけですかな」

「もちろんそうですが、それについて申しあげておきたいことがあります。最近われわれが頭を悩まされていることでしてね——じつはわれわれの手に負えないほど多量の麻薬が、流れこんでいるのです」

「ほかの品物はどうなんです。たとえば宝石類などは」

ベル警部補がそれに答えた。

「それもかなり入ってきています。密輸のダイヤモンドやその他の宝石の大部分は、南アフリカとオーストラリアから送られ、一部は極東方面から流れてきます。しかし、そのやり方が巧妙なので、われわれはその実態がよくつかめていません。ついこの間、フランスの若い女の旅行者が海峡を渡るときに、途中で知りあった一人の男から、一足の女の靴をあずかっていてくれないかと頼まれました。だれかがおいていったものであって新しい靴じゃないし、税関の対象になるようなものではありませんから、その女性は不審にも思わずに、それをあずかったわけですね。ところが、たまたまわたしたちがそれを目にとめて調べてみると、靴のヒールが空洞になっていて、その中にまだ加工してないダイヤモンドがつめられていました」

ワイルディング警視がいった。

「しかし、ポアロさん、あなたが追跡しているのはなんですか。麻薬ですか、それとも密輪の宝石ですか」

「両方です。いいかえると、非常に高価でしかもかさばらないものということですな。大陸とイギリスの間を行ったり来たりしながら、そうした品物を運ぶ運送ルートがあるらしい。盗んだ装身具の宝石をはめこみ台から取りはずしてイギリス国外へ持ち運んだり、また外国から違法の宝石や麻薬を密輸するルートがね。しかもそれは、小さな独立した秘密の代理店があるだけで、末端の販売組織を持たず、直接取引の代理業務だけしているために、莫大な利潤をあげているらしいのです」

「それはずいぶん儲かるでしょうな！　一万や二万ポンドのヘロインだって、ごく小さな包装で運べるわけだし、良質の未加工の宝石類にしても同じことがいえますから」

「ところが、密輸業者の弱みは人材の点にあるわけです」と、ポアロがいった。「定期航空機の客室乗務員や、小さなクルーザーを持っているボート愛好者とか、あるいはたびたびフランスへ行ったり来たりしている女や、不相応な金を持っている貿易商や、定職がなくて豪華な暮らしをしている男といったたぐいの連中は、遅かれ早かれ警察に目をつけられてしまいますからね。しかし、もしその密輸品が罪のない人々によって運ばれ、しかも一回ごとにその人々の顔ぶれが変わるという方法があったとしたら、密輸の検挙は非常に困難になるでしょう」

ワイルディングは指でリュックサックをこづいた。「あなたのおっしゃってるのは、これですな」

「そうです。いまの時代に最も嫌疑をまぬがれやすいのは、どんな人々でしょうか。それは学生です。ごくまじめな学生たちです。彼らは必要最小限の荷物を背負って、方々を旅行してまわっています。ヨーロッパ全土をヒッチ・ハイクしているのです。もし特定の学生が専門に密輸品を運んでいるのであれば、これはなんとかかぎつけて検挙することもできましょうが、この方式の特徴は、それを運ぶのが罪のない学生たちだということ、しかもその数が非常に多いということです」

ワイルディングはあごをなでた。

「それは正確にいうと、どんなやり方をしているのですか」と、彼はたずねた。

エルキュール・ポアロは肩をすくめた。

「これはわたしの推測にすぎません。ですから、細かい点についてはまちがっているかもしれませんが、つぎのようなやり方をしているようです。まず、ある品種のリュックサックが市場に売りだされる。それはほかのリュックサックと同じような、在来からある普通の型で、品質もよく、頑丈に作られています。しかし、ほかのリュックサックと同じようなとはいったものの、じつはそうでない部分があります。底の縫い合わせがちょっとちがうのです。ごらんのとおり、この底は割合簡単にはがせるようにできていて、しかも厚みがあり、波状の板紙の間に、細長くまいた宝石や麻薬の粉末を隠せるような構造になっています。しかしこれは、そのつもりで調べなければわからないでしょう。純粋なヘロインやコカインなどはほとんど場所をとらないのです」

「そうですとも」と、ワイルディングがいった。そして指ですばやく計算した。「これだけの場所があれば、密売価格にして五、六千ポンドの麻薬を運ぶことができますよ」

「そうでしょうな」と、エルキュール・ポアロはいった。「ところで、このリュックサックは一般に市販されているのです——少なくとも一軒以上の店でね。その店主が密輸組織に加わっているのかどうかはわかりません。そのリュックサックはほかの業者の製品よりもかなり安い値段で卸されているために、彼は利益の多いその安い品種を売りさばいているにすぎないのかもしれません。いずれにせよ、その背後にはもちろん組織があるわけで、彼らは医学校やロンドン大学やその他の学生の名簿をぬかりなく用意してあるのでしょう。たぶんその組織の最高部には、彼自身が学生であるか、あるいは学生を装っているものがいるのかもしれません。学生たちはよく海外へ旅行します。その帰途のある地点で、あるリュックがそっくりなリュックにすりかえられてしまう。その学生は何も知らずにイギリスに帰ってきます。税関の検査はもちろん形式的にしか行なわれないでしょう。その学生は自分のホステルへ帰ると、荷物を出して、からのリュックは戸棚か部屋の隅にほっぽり投げておきます。そこで彼らはふたたび機会をねらってリュックをすりかえるか、あるいは、底だけをすばやく取りかえてしまうことができるわけです」

「それがヒッコリー・ロードで実際に行なわれているというわけですね」

ポアロはうなずいた。

「その疑いが濃いのです」

「しかし、そうした推測をくだす以上、何か根拠があるはずでしょ、ポアロさん」

「あるリュックサックが、ずたずたに切られたのです」と、ポアロはいった。「なぜなのか、理由はまだはっきりしませんから、想像するよりありませんが、そもそもヒッコリー・ロードで売られているリュックは、このとおり、ちょっと奇妙なところがあります。しかも値段がばかに安い。ところで、最近あの寮で奇怪な事件がつづいて起こったのですが、その大部分の事件の犯人であった女が、問題のリュックを壊したのは自分ではないと、強く否定したのです。彼女はほかの犯行についてはすべてを正直に告白しているのですから、リュックの破壊事件についてだけ嘘をいう必要はなかったはずです。とすれば、あのリュックの破壊事件には何かほかの理由があったのにちがいない。リュックを壊すのは容易じゃありません。かなり骨の折れる仕事です。ですから、それをやった犯人は、その必要に迫られていたのだろうと思われます。ところで、わたしはそれについてある重要な手がかりを発見しました。というのは、そのリュックの破壊事件が起こったのは、警察官が手配中の男を捜すためにあの寮を訪ねたその日のことだったという事実が、ほぼ確認されたからです――人間の記憶はある期間がたつとあいまいになってくるので、残念ながら断定はできませんがね。とにかく、いまいったように、その警察官が訪ねてきた理由は、リュックサックとはまったく関係がなかったのですが、しかし、わたしはそのときの情況をこんなふうに考えてみたいと思います。かりにあなたが麻薬密輸に関係しているとしましょう。そしてあなたはあの晩寮に帰ってきたとき、警察官が訪ねてきていま二階でハバード夫人と話しあっているところだと、だれかに知らされます。あなたはその瞬間、きっと警察が密輸をかぎつけて、その調査にきたのだと思うでしょう。しかもちょうどそのとき、密輸品を入れて外国からもどってきたばかりのリュックサックか、あるいは最近まで密輸品が入っていたリュックサックが、寮にあったとします。で、もし警察が密輸のルートをかぎつけて捜索にやってきたのなら、当然寮の学生のリュックサックはぜんぶ調べられるでしょう。しかし、いまさら問題のリュックサックを持って家を飛びだすわけにはいきません。見張りの警官がそんな場合を予想して、ちゃんと外に張りこんでいるかもしれないからです。かといって、リュックサックは隠したり偽装したりするのが容易なしろものではありません。ただ一つ考えられるのは、リュックサックをずたずたに切り裂いて、それをボイラー室のがらくたの中につっこんで隠すことです。もし麻薬か宝石が寮内にあるのなら、一時のがれにそれを浴用塩の中に隠すことができたでしょう。しかし、たとえそれがからのリュックサックであったとしても、もしそこに麻薬をつめたことがあれば、精密検査によってヘロインかコカインの痕跡が発見されるかもしれない。したがって、そのリュックサックはぜひとも壊してしまわなければならないのです。いかがでしょう、あり得ることだと思いませんか」

「すばらしい推理ですな」と、ワイルディングはいった。

「しかもまた、いままでとるにたらない事件だと見られていたものが、じつはこのリュックサックと関連があったのだということもできそうです。イタリア人の召使のジェロニモの話によりますと、警察官が訪ねてきた日に、ホールの電球がなくなったというのです。彼は予備の電球をつけようとしたのですが、それもぜんぶなくなっていたそうです。二、三日前まで予備の電球が引き出しの中にあったのを、彼はたしかに見たといっています。これはどういうことかといいますと――いや、これはほんの推測にすぎませんので、わたし自身もそれほど確信はありませんが――たぶん、あの寮に以前密輸に関係していたことのある心のやましいものがいて、明るいところで警官に顔を見られるとやばいことになりそうだと思ったのでしょう。そこでそいつは、ホールの電球をはずし、つけかえられないように予備の電球も盗んでしまったわけでしょう。そうしてホールでは、一本のろうそくの明かりだけがたよりになってしまったわけです。しかしこれは、何度もいってるように、単なる推測にすぎませんよ」

「いや、じつにすばらしい推理です」と、ワイルディングはいった。

「事実そうだったのかもしれませんよ」と、ベル警部補は熱心にいった。「考えれば考えるほど、ほんとうにそうだったような気がします」

「しかし、もしそれが事実だとすれば」と、ワイルディングが話をつづけた。「ヒッコリー・ロードだけでなくて、ほかでもそんなことが行なわれていたわけでしょうな」

ポアロはうなずいた。

「むろんそうですとも。その密輸組織は学生クラブやその他の広い範囲にまで手をのばしているはずです」

「そうすると、それらの間のつながりをつきとめる必要がありますね」と、ワイルディングはいった。

シャープ警部がはじめて口を開いた。

「そういうつながりは、確かにあります。いや、あったというべきでしょうか。いくつかの学生クラブや学生組織を経営していた女が、ヒッコリー・ロードの現場にいました。ニコレティス夫人です」

ワイルディングはちらっとポアロに視線を投げた。

「そう、ニコレティス夫人はその条件に合っています」と、ポアロはいった。「彼女は自分で管理や運営はしないけれども、そういう場所の財政を握っていたのです。きわめて誠実で経験の豊富な人を雇って、責任をもって運営させるという方法をとっていました。わたしの友人のハバード夫人もその一人です。財政面はニコレティス夫人が面倒を見ていましたが――彼女はいわば名ばかりの経営者にすぎなかったようです」

「なるほど」と、ワイルディングがいった。「ニコレティス夫人についてもう少し詳しいことがわかったら、面白そうですな」

シャープ警部がうなずいた。

「いま、彼女の背後関係や経歴などを調査しているところなんですが」と、彼は答えた。

「それは慎重にやらないと、獲物をびっくりさせて逃がすようなことになりかねないのです。彼女の財政的な背景にも手を入れて調べています。それにしても、彼女はなかなか手ごわい女でしたね」

彼は家宅捜索に立ちはだかった彼女のすさまじい抵抗ぶりを、ことこまかに説明した。

「ブランデーのあき瓶がね、へえ！」と、ワイルディングはうなった。「だから、彼女は酒を飲んだわけか。なるほど。おそらく気をまぎらわすためだったろうがね。で、彼女はどうなったの。どっかへずらかったわけ――？」

「いや、死にました」

「死んだ？」ワイルディングは眉をつりあげた。「毒でも盛られたのかい」

「たぶん――そうじゃないかと思います。いずれ検死の結果ではっきりわかるでしょう。わたしの感じでは、彼女は精神的にかなりまいっていたようです。たぶん彼女は、殺されることまでは勘定《かんじょう》に入れていなかったのでしょう」

「それはシーリア・オースティンの事件のことかい。彼女は何かを知っていたのだろうかね」

「そう、知っていたのです」と、ポアロはいった。「しかし、それがなんであるのかを、彼女は知らなかったようです」

「つまり、彼女はあることを知っていたけれども、それがどんな意味をもっているのか、わからなかったのだということですね」

「そう、そういうことです。彼女は利口な女じゃなかったので、推測をつけることができなかったのでしょう。で、彼女は何かを見るか、何かを聞いたとき、その事実を不用意に洩らしたのかもしれません」

「彼女は何を見たのか、あるいは何を聞いたのか、心あたりはありませんか、ポアロさん」

「ま、推測はできますが、それ以上のことはできません」と、ポアロはいった。「彼女はパスポートについて何か意味ありげなことを、ちょっと洩らしたのです。とすると、あの寮のだれかが偽造のパスポートを持って、偽名で大陸へ行き来していたのでしょうか。その事実が明るみに出されると、そいつは重大な危険にさらされるようになっていたのでしょうか。彼女はリュックサックがひそかにすりかえられるところを見たのでしょうか――それとも、彼女はある日だれかがリュックサックのあげ底をとりはずしているところを目撃しながら、その相手が何をしているのかわからなかったのでしょうか。もしかしたら彼女は、その人物が電球をはずしているところを見たのではなかろうか。そしてその重大な意味に気づかずに、そのことを相手にしゃべったのだろうか。ああ《モン・デュー》、どれもこれも推測ばかり！」と、ポアロはいらだたしげにいった。「もっと知る必要があるのです。われわれはつねにより多くのことを知らなければならないのです！」

「それではまず手はじめに、ニコレティス夫人の前歴を洗ってみましょう」と、シャープがいった。「何か浮かびあがってくるかもしれません」

「彼女は秘密を洩らす恐れがあったために、消されたのじゃないかな。彼女はもう少しで口を割りそうな状態だったんじゃないの？」

「彼女はかなり前からこっそり酒を飲んでいたわけです。ということは、彼女の神経がすっかりまいっていたということを意味しているのだと思います」と、シャープ警部はいった。「つまり、彼女はもうこらえきれなくなって、いっさいを吐き、共犯証言をしかねなかったのです」

「彼女は密輸組織を牛耳っていたわけじゃなかったのでしょうな」と、ワイルディングはいった。

ポアロは首を振った。

「そうは思えませんね。彼女は外まわりの役だったのでしょう。もちろん何が行なわれているのかは知っていたでしょうが、彼女がその背後の首謀者だったとは考えられませんよ」

「それじゃ、首謀者はいったい何者なんです」

「想像はついてますが――まちがっているかもしれません。そう――おそらくまちがっているでしょう！」

16

1

「ヒッコリー、ディッコリー、ドック、ねずみが時計を駆けのぼる……」と、ナイジェルがいった。「警察はいった——とどのつまりはブーが——（だれかしら？）——被告席《ドック》に立つことになるだろう」

彼はつけ加えた——

「いうべきかいわざるべきか、これが問題なのだ！」

彼は自分のカップに新しいコーヒーを注ぎ、それを持って朝食のテーブルへもどった。

「いうべきって、何をいうの」と、レン・ベイトソンが訊いた。

「知っていることを、何もかもさ」と、ナイジェルは気どって手を振りながらいった。

ジーン・トムリンソンが非難の口ぶりでいった。

「それはあたりまえだわ！　もしあたしたちが何か役に立ちそうな情報をもっていたら、当然警察へ知らせるべきだわ！　わかりきった話じゃないの」

「なるほど、さすがにわが善良なるジーンらしいね」と、ナイジェルがいった。

「わたしは警官なんか大嫌い《モア・ジュ・ネム・パ・レ・フリック》だね」と、ルネが横あいから議論に加わろうとしていった。

「いったい何をいうんだい」レナード・ベイトソンがまた訊きなおした。

「われわれの知っていることさ」と、ナイジェルはいってから、「おたがいのことについてね」と、意味ありげにつけたした。彼の意地の悪いまなざしが、朝食のテーブルをぐるりと駆けめぐった。

彼は陽気にしゃべりつづけた。「とにかく、われわれはおたがいのことをたくさん知ってるわけさ。同じ屋根の下に住んでれば、いやおうなしにわかるんだからね」

「しかし、何が重要か重要でないかを、だれが決めるんだ、警察とぜんぜん関係のないことがたくさんあるのだぜ」と、アハメッド・アリ。彼はシャープ警部が彼のポルノ写真についていった言葉を腹立たしく思いだしながら、むきになっていった。

「聞くところによると」ナイジェルはすかさずアキボンボをふりかえっていった。「きみの部屋で、非常に面白いものが発見されたそうだね」

アキボンボはその肌の色のせいで顔を赤らめることはできなかったが、ひどくうろたえて目をぱちくりした。

「ぼくの国には迷信が多いのだよ」と、彼はいった。「だから、こちらへ来るときにおじいさんがいろんなものをぼくにくれた。ぼくはあわれみと尊敬の気持ちから、それをだいじにしまっておいたのだ。ぼく自身は近代的な人間だし、科学的な教養もある。ヴードゥー教なんか信じてやしないさ。しかし、そういうことをぼくは警官に説明できないんだ、英語が満足にしゃべれないから」

「わが尊敬すべきジーンでさえ、秘密はあると思うが、どうだろう」ナイジェルはこんどはトムリンソンへ視線を移した。

ジーンは侮辱されるのはもうごめんだと、いきりたって叫んだ。

「あたしはもうこんなところを出て、YWCAへ行くことにするわ」

「まあそういわずに、われわれにもう一度チャンスを与えてくれよ」と、ナイジェルはいった。

「いいかげんによしてちょうだい、ナイジェル!」と、ヴァレリはうんざりした声でいった。

「警官がその辺で立ち聞きしているかもしれないわよ、こんなときだから」

コリン・マックナブは意見を述べる前ぶれのために咳ばらいした。

「ぼくの意見をいうならば」と、彼は裁判官のような口調でいった。「われわれはまず現在の情況をはっきりつかむことが必要だと思う。ニック夫人の死因は、正確にはなんなのだ」

「検死審問が開かれればわかることじゃないの」と、ヴァレリがじれったそうにいった。

「それは非常に疑問だと思う」と、コリンはいいかえした。「ぼくの考えでは、おそらく検死審問は延期されるだろう」

「死因は心臓麻痺じゃないかしら」と、パトリシアがいった。「彼女は道路に倒れたんだもの」

「酔っぱらって、わけがわからなくなっちゃったんだろうよ」と、レン・ベイトソンがいった。

「だから警察へ運ばれたのさ」

「すると、やっぱり彼女は酒を飲んでいたのね。あたしは前からそうじゃないかと思っていたのよ」と、ジーンはいった。「警察が寮を捜索に来たとき、彼女の部屋の食器棚の中にブランデーのあき瓶を山に積んであるのが、見つかったそうじゃない」

「ジーンにあっちゃかなわんね。悪いことをするとなんでもわかっちゃうんだから」と、ナイジェルがおだてた。

「道理で彼女の態度がときどきおかしいと思ったわ」と、パトリシアはいった。

コリンがまた咳ばらいした。

「えへん！　じつはぼくは土曜日の晩、寮へ帰ってくる途中で、彼女がクイーンズ・ネックレスへ入るのをたまたま目撃した」

「じゃ、彼女はそこで飲みすぎたわけか」と、ナイジェルがいった。

「すると、彼女は飲みすぎて死んだのかしら」と、ジーンがいった。

レン・ベイトソンが首を振った。

「脳溢血《のういっけつ》でかい？　それは疑問だね」

「えっ！　あなたはまさか彼女も殺されたのだと思っているわけじゃないでしょうね」

と、ジーンがいった。

「きっと、そうよ」と、サリー・フィンチがいった。「あたしは、もうどんなことにも驚かないわ」

「ちょっと待って」と、アキボンボがいった。「だれかが彼女を殺したということになったのですか。そう？」

彼はみんなの顔を見まわした。

「いや、まだそんな推測をつけるべき理由は、何もないよ」と、コリンがいった。

「でも、彼女を殺したいと思っていた人がいるとすれば、それはだれかしら」と、ジュヌヴィエーヴがいった。「彼女はお金をたくさん持っていたのかしら。もし彼女が金持ちだったとすれば、そういうこともあり得るわね、きっと」

「彼女は狂ったばばあだったからね」と、ナイジェルはいった。「だれだって彼女を殺したいと思っていただろうよ。ぼくもたびたびそう思ったぜ」彼はマーマレードをどっさり皿にとりながらつけ加えた。

2

「ミス・サリー、ちょっと質問してもいい？　朝食のときの話なんだけど……。ぼくはあれからずっと考えつづけているんです」

「もしあたしがあなたなら、そんなふうに考えすぎないわよ、アキボンボ」と、サリーがいった。

「健康に悪いのよ」

サリーとアキボンボはリージェント公園でいっしょに昼食をしていた。公式には夏が来たことになって、レストランが店を開いていた。

「今朝のことですっかり頭がこんがらかっちゃって、教授の質問にぜんぜんうまく答えられなかった。で、彼はぼくに腹を立てちゃってね。きみは本に書いていることをむやみに憶えるだけで、自分で考えることをしないからだめなんだというんですよ。だけど、ぼくはいろんな本から知識を得るために勉強してるんだし、下手くそな英語でいうよりは、りっぱな英語で本に書いてあることをそのとおりいった方がずっといいと思うんだけどなあ。ま、いずれにしても、今日はヒッコリー・ロードで起こっている問題以外のことは、何も考えられないんですよ」

「それは無理ないと思うわ」と、サリーはいった。「あたしだって今日は、気が散っちゃってだめなの」

「だからぼくはあなたに説明してもらいたいんですよ。ぼくがいくら考えてもわからないことがあるんです」

「いいわ。それじゃ、あなたが何を考えていたのか、いって」

「それは、例のボール――アス――シックのことなんですけど」

「ボール――アス――シック？　ああ、ボラシック（ホウ酸）ね。ええ、それがどうしたっていうの」

「ぼくはどうもよくわからないんだけど、あれは一種の酸でしょ。たとえば、硫酸と同じような」

「いいえ、硫酸とはちがうわよ」とサリーがいった。

「実験室の実験だけに使うやつとはちがうんですか」

「実験室でそれを使ってどんな実験をしたのか、あたしは想像もできないけど、とにかくあれは非常に酸度が弱くて、危険のない薬品なのよ」

「つまり、目に入れてもだいじょうぶなわけですね」

「そうよ。目の消毒に使うのよ」

「ああ、それでわかった。じつはね、チャンドラ・ラルが白い粉の入った小さな瓶を持っていて、その粉をお湯にといて目を洗ってた。彼はいつもそれを浴室においていたところが、ある日それがなくなっちゃったので、かんかんになって怒ってましたよ。あれが、ホウ酸だったんですね」

「いったいホウ酸がどうしたっていうの」

「そのうちに説明しますよ。いまはちょっとまずいんです。も少し考えてみなくちゃ」

「危険なことをしちゃだめよ」と、サリーはいった。「こんどはあなたが死体になったりしてほしくないわ、アキボンボ」

3

「ヴァレリ、ちょっと相談にのってくれない？」

「ええ、もちろん助言してあげてもいいわよ、ジーン。もっとも、なぜみんなが助言してもらいたがるのか、あたしはわからないけどね。それを聞きいれたためしがないんだから」

「じつは、良心の問題なのよ」

「だったら、あなた、それはおかどちがいよ。あたしは良心といえるようなものをなんにももっていないのだから」

「いやだわ、ふざけちゃ」

「ほんとの話なのよ」と、ヴァレリはタバコをもみ消しながらいった。「あたしはパリからドレスを密輸してるし、例のサロンに来る醜い女たちにひどい嘘をつくし、お金に困ってるときは、バスにただ乗りすることだってあるわ。でも、それはそうとして、いったいどんな相談？」

「ナイジェルが朝食のときにいったことなの。もしほかの人のことについて何かがわかったら、それを警察にいうべきだと思う？」

「ずいぶんまぬけた質問ね！　そんなあいまいないい方じゃ、話がわかるわけがないじゃないの。いったいあなたは何をいいたいの。何をいいたくないの？」

「パスポートのことなのよ」

「パスポート？」ヴァレリはははっと上体を起こした。「だれのパスポートのこと？」

「ナイジェルのよ。彼はにせのパスポートを持ってるのよ」

「ナイジェルが？」ヴァレリは信じられないような口ぶりだった。「まさかそんなものを、彼が」

「でも、たしかに彼は持ってるのよ。だから、これはちょっと問題だと思うのよ――警察の人の話によれば、シーリアはパスポートについて何かしゃべったらしいの。もしかしたら彼女はそのことを発見したために、彼に殺されたのじゃないかしら」

「ずいぶんメロドラマめいた話ね」と、ヴァレリはいった。「でも、正直にいって、信じられないわ。いったいパスポートをどうしたっていうの」

「それを見たのよ、あたしが」

「いつ、どこで見たの」

「これはまったく偶然だったのよ」と、ジーンはいった。「一週間か二週間ほど前に、あたしは自分のアタッシェケースの中に入れておいたものを探そうと思って、うっかりしてナイジェルのアタッシェケースの中をのぞいてしまったわけなの。両方とも社交室の棚の上においてあったものだから」

ヴァレリはにがにがしく笑った。

「嘘はよしてよ」と、彼女はいった。「あなたはほんとうは何をしてたの。のぞき？」

「とんでもない！」と、ジーンはやや気色《けしき》ばんでいった。「あたしは人の書類をこっそりのぞくようなことは決してしないわ。そんな女じゃないわよ。そのときはなんとなくぼんやりしていたので、うっかりそのケースを開けて、中をかきまわしていただけなのよ……」

「それはおかしいわ、ジーン。そんないい逃れはできないわよ。ナイジェルのアタッシェケースはあなたのよりもずっと大きいし、ぜんぜんちがう色だもの。あなたはその事実を認めたのだから、それはあなたがそんなたぐいの女であることを認めたも同然よ。ま、いいでしょ。とにかくあなたはナイジェルの持ちものを調べるチャンスをつかんだわけね」

ジーンが急に立ちあがった。

「そんな不愉快な、そんな不当な、意地の悪いことをいうんなら、あたしはもう――」

「ま、座りなさいよ」と、ヴァレリはいった。「さあ、話をつづけて。あたしはだんだん興味がわいてきたのよ。ぜひ聞かしてもらいたいわ」

「とにかく、その中に問題のパスポートがあったのよ」と、ジーンはいった。「底の方に入れてあって、表面に名前が書かれていたの――たしかスタンフォードとか、スタンリーとかいう名前だったわ。あたしはナイジェルが他人のパスポートを持っているなんておかしいなと思って、それを開けてみたら、中に貼られている写真がナイジェルの写真だったのよ！ つまり彼はずっと偽名を使っていたわけなのね。で、あたしは迷っちゃったのよ――それを警察へいうべきかどうか。あなたは警察へ知らせるのが、あたしの義務だと思う？」

ヴァレリは笑った。

「おあいにくさまね、ジーン」と、彼女はいった。「じつはね、それはごく簡単に説明のつくことなのよ。パトリシアから聞いたのだけど、ナイジェルは、自分の名前を変えるという条件で、金か何かを譲り受けたのですって。彼は登録変更か何か、とにかく正当な法律的手続きをとって、名前を変えたのだそうよ。彼のもとの名は、そうそう、たしかスタンフィールドとかスタンリーとかいってたわ」

「あら、まあ！」ジーンは残念でたまらない様子だった。

「嘘だと思ったら、パトリシアに訊いてごらんなさいよ」と、ヴァレリはいった。

「いいえ、いいわ——あなたがそういうんなら、あたしの思いちがいでしょうからね」

「このつぎは、運よくいくといいわね」と、ヴァレリはいった。

「どういう意味なの、それは」

「あなたはナイジェルの悪口をいって、彼が警察からにらまれるようにしたかったんでしょ」

ジーンは立ちあがった。

「こういっても、あなたは信じないかもしれないけど、あたしは義務をはたしたかっただけなのよ」

彼女は部屋を出ていった。

「ふん、ざまあみろだ！」と、ヴァレリはつぶやいた。

ノックの音がして、サリーが入ってきた。

「どうしたの、ヴァレリ、浮かない顔をして」

「あのいまいましいジーンのせいよ。彼女はほんとに恐ろしいわ！　ひょっとすると、あたしシーリアを殺したのはジーンかもよ。あいつが被告席に立たされるのを見たら、あたしはきっと飛びあがって喜んじゃうわ」

「それは同感だけど」と、サリーはいった。「でも、まさかそんな。ジーンが人殺しなんていう思い切ったことができるとは思えないわ」

「あなたはニック夫人のことをどう思う？」

「どういったらいいのかわからないわ。いずれはっきりするでしょうけど」

「あたしは十中八九まで、彼女は殺されたのだと思うわ」と、ヴァレリはいった。

「なぜなの。いったいここで何が起こっているの」

「あたしの方が教えてもらいたいくらいだわ。サリー、あなたは無意識のうちにほかの人々の顔をじっと見ているのに気づいたことがある？」

「顔をって、どういう意味？」

「この人が犯人じゃないかしらと思いながら見ているわけよ。あたしはこの寮にだれか気の狂った人がいるような気がしてならないの。恐ろしく狂った人が。だって、これはまったく正気の沙汰じゃないものね」

「それはそうね」といってから、サリーは身震いした。

「うわっ！　考えただけで、ぞっとするわ！」

4

「ナイジェル、ぜひ話したいことがあるの」

「ほう、なんだい、パト」ナイジェルはしきりに整理だんすの中をかきまわしていた。

「はて、あのノートをどこへしまったっけな？　たしかにこの中へほうりこんでおいたはずだが」

「まあ、ナイジェル、そんなふうにかきまわすのはよしなさいよ。あなたが何もかもごちゃまぜにして、ほうりっぱなしにしているから、あたしがちゃんと整理してあげたばかりじゃないの」

「そんなことといったって、ぼくはノートを探さなきゃならないんだぞ」

「ナイジェル、あたしの話を聞いてったら！」

「わかったよ、パト、そんな怖い顔をするなよ。いったいなんの話？」

「あたし、告白しなければならないことがあるの」

「まさか人殺しじゃないだろうね」と、ナイジェルがいつもの軽口をたたいた。

「あたりまえじゃないの！」

「それでほっとしたよ。で、もっと軽い罪というのはなんなの」

「いつかあなたの靴下をなおしてから、あたしがそれを、その整理だんすに入れようとしたら――」

「そしたら？」

「モルヒネの瓶がその中に入っていたのよ。あなたが病院から持ってきたといった瓶が」

「なるほど。で、きみはそれをみんなにいいふらしたわけかい」

「そうじゃないけど、それはその整理だんすの中のあなたの靴下の間にあったのよ――だれでもすぐ発見できるような場所に」

「そんな心配はないさ。きみ以外にだれもぼくの靴下をかきまわすはずがないのだから」

「でもあたしは、あれをそんなところにおいておくのは危険だと思ったの。あなたが賭けに勝ったらそれを捨てるつもりだといったことは憶えていたけど、しかし、その間それはずっとそこにあるわけなのよ」

「もちろん、そうさ。まだ三番目のやつが手に入らなかったんだから」

「だからあたしは、そのままにしておくのはまずいと思って、たんすから瓶を取りだし、中身をぜんぶあけて、代わりに普通の重曹を入れておいたのよ。それはほとんど同じように見えたわ」

ナイジェルはノートを探していた手を止めた。

「へえっ！　ほんとかい。そうすると、ぼくがレンやコリンに得意になって見せたのは、硫酸モルヒネか酒石酸モルヒネじゃなく、じつはただの重曹だったわけかい」

「そうよ。だって――」

ナイジェルは眉をしかめながら彼女をさえぎった。

「それがあの賭けを無効にしないとはかぎらないぞ。もちろんぼくは、そんなことは夢にも――」

「だって、ナイジェル、あんなものをそこに入れておくのは、ほんとに危険だわ」

「やれやれ、きみはどうしていつもくだらないことを騒ぎたてなければいけないのかね。で、ほんものの薬品はどうしたんだ」

「重曹の瓶に入れて、あたしのハンカチの入っている引き出しの奥にしまっておいたのよ」

ナイジェルはあっけにとられて彼女を見つめた。

「きみの論理的思考過程は、まったく物乞い並みだね！　そんなことをしてなんになるんだ」

「その方が安全だと思ったのよ」

「ねえ、きみ、モルヒネなんてものは、ちゃんと鍵をかけてしまっておくべきものなんだよ。でなかったら、ぼくの靴下の間であろうが、きみのハンカチの下であろうが、危険なことに変わりないじゃないか」

「そうはいえないと思うわ。だって、あたしはあたしだけの部屋にいるけど、あなたは同室しているのよ」

「しかし、あのレンのやつが、ぼくからモルヒネを盗んだりするわけがないだろ」

「とにかく、あたしはそんなことをあなたに内緒にしておくつもりだったのよ。でも、いまはそうはいかないわ。なぜなら、それがなくなっちゃったのよ」

「警察がそれをまきあげていったという意味かい」

「いいえ。その前になくなってたの」

「えっ、なんだと？」ナイジェルは愕然と彼女を見つめた。「それはいったいどういうことになるか、よく考えてみたまえ。硫酸モルヒネの入った〈重曹〉のラベルの貼ってある瓶が、もしそこらにころがっていたら、だれかがお腹のぐあいの悪いときに、それをスプーンに山盛りにして飲まないともかぎらないだろ。大変なことをしてくれたもんだね、パト！ それほど心配なら、どうしてあの中身を捨ててしまわなかったんだ」

「あれは貴重な薬品だろうから、捨てたりしないで、病院へ返すべきだと思ったのよ。あなたたちの賭けがすんだら、それをシーリアに渡して、元にもどしておいてもらうつもりだったの」

「たしかにきみはそれをシーリアに渡さなかったんだね」

「そう、もちろんまだ渡さなかったわ。あなたはあたしが彼女に渡したために、彼女がそれを飲んで――つまり、自殺したのだと――しかもそれはあたしの責任だと、いいたいの？」

「そうがたがたいわずに、落ち着いてくれ。それはいつなくなったんだ」

「正確なところはわからないわ。シーリアが死ぬ前の日に見たら、なくなってたの。探したけど見つからなかったわ。でもそのときは、どこかへしまいわすれたのかもしれないと思っていたの」

「彼女が死ぬ前の日に、なくなったのかい」

「ほんとに、あたしはとんでもないことをしちゃったのね」パトリシアの顔が青ざめていた。

「おだやかないい方をすれば、とんまな頭と活動的な良心がはりきりすぎたわけさ」と、ナイジェルはいった。

「ナイジェル、あたしは警察にいわなければいけないかしら」

「ちえっ、いまいましい！」と、ナイジェルはいった。「ま、そうするんだね。そうすれば、すべてがぼくの罪になるだろう」

「そうじゃないわよ。あたしが悪いのよ。あたしが――」

「いや、そもそものことの起こりは、ぼくがあれを盗んできたことだよ」と、ナイジェルはいった。「あのときは、それはとても愉快な冒険をしているような気分だった。しかし、いまは――もうすでに、裁判官の辛辣な言葉が聞こえてくるよ」

「ごめんなさいね。あたしはあれを取りだすときは、まさかこんなことになるとは――」

「きみは善意でやったことさ。そりゃわかってる。わかってるよ！　だけどね、パト、ぼくはあの毒薬が盗まれたとは、どうも信じられないな。きみはそれをどこかへおきわすれたのじゃないか。きみはときどきものをしまいわすれるからね」

「ええ、でも――」

彼女は疑わしそうに眉をよせながらためらった。

ナイジェルは勢いよく立ちあがった。

「きみの部屋へ行って、徹底的に探してみよう」

5

「ナイジェル、それはあたしの下着よ」

「おい、パト、きみはぼくに上品ぶってる場合じゃないだろ。ほら、そのパンティの下あたりが、きみが瓶を隠しそうな場所だぞ」

「だけど、あたしはたしかに――」

「あらゆるところを調べてみるまでは、たしかなことはいえないよ。それに、こんなところをかきまわすのは、まんざら悪い気分じゃないからね」

そのとき形だけのノックの音がして、サリー・フィンチが部屋へ入ってきた。彼女はびっくりして目を見張った。パトリシアは片手にあまるほどのナイジェルの靴下をわしづかみにして、ベッドに腰をおろしていた。ナイジェルは整理だんすの引き出しをみんなひっぱりだし、興奮したテリアみたいに、セーターの山の中に穴を掘っている。彼のまわりには、しわくちゃになったパンティやブラジャーや靴下や、その他の女性の衣裳のさまざまな部品が散乱していた。

「いったいぜんたい何がはじまったの」と、サリーが訊いた。

「重曹を探してるんだ」と、ナイジェルが短く答えた。

「重曹？　なぜ」

「痛むんだよ、ぼくの……ぽんぽんが……とにかく、重曹があれば痛みが直るんだ」

「たしか、あたしが少し持ってるわよ」

「いいよ、いらないよ、サリー。これはパトのやつでなきゃだめなの。ぼくの特殊な病気に効くのは、その銘柄しかないんだよ」

「ばかみたい」と、サリーはいった。「いったいこの人はどうなっちゃってるの、パト」

パトリシアは悲しげに首を振った。

「サリー、あたしの重曹を見なかった？」と、彼女がたずねた。「瓶の底に少ししか入ってなかったんだけど」

「いいえ」サリーはけげんな顔で彼女を見てから、眉をよせた。「そういえば、だれかがそんな——いや、思いちがいかしら……。話はちがうけど、あなた、切手を持ってない、パト？　手紙を出そうと思ったら、切手が一枚もなくなってたのよ」

「そこの引き出しに入ってるわ」

サリーは机の浅い引き出しを開けて切手帳を出し、一枚切り取って、手に持っていた封筒に貼りつけ、切手帳を引き出しにしまってから、机の上に二ペンス半おいた。

「どうもありがとう。ここにあるあなたの手紙もいっしょに出してこようか」

「ええ——いや、いいわ、もう少したってからにするわ」

サリーはうなずいて部屋を出た。

パトリシアは手にしていた靴下をおいて、いらだたしげに手をもんだ。

「ねえ、ナイジェル」

「なあに」彼は捜索の手を衣裳の方へ移して、コートのポケットを探していた。

「あなたにまだいい残してることがあったわ」

「なんだって、パト、ほかに何をしでかしたんだ」

「あなたは怒るかもしれないけど……」

「もう怒る気もしなくなったよ。ほんとに怖くなってきたんだ。もしシーリアがぼくの盗んだ薬で毒殺されたのだとしたら、ぼくは首を絞められないまでも、おそらく何年も刑務所で暮らさなくちゃならんだろうからな」

「そんなことには関係のない話なの。あなたのお父さんのことなのよ」

「えっ?」ナイジェルはくるりと彼女をふりかえった。彼の顔が信じがたい驚きの表情でこわばっていた。

「お父さんが重病だったことは知ってるでしょ」

「あんなおやじが重病だろうとなんだろうと、知っちゃいないよ」

「昨夜ラジオで放送してたわよ。有名な化学者のサー・アーサー・スタンリーの病態が悪化し、危篤状態になったって」

「要人はいいね。病気になると、そのニュースが全国に伝わるんだから」

「ナイジェル、あなたはせめてお父さんの死ぬまぎわには、仲直りすべきじゃないかしら」

「まっぴらだよ、仲直りなんて」

「だって、もう危篤なのよ」

「あのおやじは、ぴんぴんしてたって死にかかっていたって、豚であることには変わりないよ」

「いつまでもそんなふうに人を責めるものじゃないわ、ナイジェル」

「きみに話したことがあるだろ、パト——あいつはぼくのおふくろを殺したのだぜ」

「あなたの気持ちはわかるわ。あなたがお母さんを愛していたことも知ってるわ。だけど、あなたは少し大げさじゃないかしら。多くの夫は不親切で思いやりがなかったりするものだから、妻がそれを恨んだりして夫婦仲がうまくいかない場合もあると思うの。しかし、あなたみたいにお父さんがお母さんを殺したなんていうのは、度がすぎているし、真実でもないでしょ」

「きみはそれについてはよく知ってるはずじゃないか」

「あなたはいつかきっと、お父さんが死ぬ前に仲直りしておかなかったことを後悔すると思うわ。だから——」彼女はためらってから、思い切っていった。「だから、あたしはあなたのお父さんに、手紙を書いたの——」

「きみがおやじに手紙を？　サリーがポストに入れてやろうといったあの手紙がそうか」彼は大股で机の方へ行った。「なるほど」

ナイジェルは机の上にある、宛名が書かれて切手も貼ってある手紙を拾いあげ、すばやい神経質な指でそれをこまかに引きちぎり、くずかごにほうりこんだ。

「やれやれ！　もう二度とこんなおせっかいをしないでくれよ」

「ナイジェル、あなたってほんとに子供じみてるわね。あなたはその手紙をやぶいてしまうことができても、あたしがまた書いて出したら同じことじゃないの。あたし書くかもしれないわよ」

「きみの感傷癖はまったく救いがたいね。ぼくがおやじはおふくろを殺したといったとき、それはありのままの事実を述べていたのだということが、きみにはわからなかったのかい。ぼくのおふくろは薬を飲みすぎて死んだ。検死審問では、それはおふくろの過ちだということになった。しかし、ほんとうはおふくろの過ちじゃなかった。おやじが計画的におふくろにそれを飲ませたんだ。彼はほかの女と結婚したがっていたのだが、おふくろは離婚を承諾しなかったんだ。明白な、あさましい殺人事件さ。しかし、きみがぼくの立場だったらどうする。おやじを警察へ告発するかい。おふくろはそんなことは望まなかっただろう……。だからぼくは、ぼくのできることしかしなかった――あの豚にぼくの知ってることをぶちまけてやって――そして永遠に縁を切った。ぼくは名前さえも変えたんだ」

「ナイジェル、ごめんなさいね。あたしは夢にもそんな――」

「いや、わかってくれればそれでいいんだ。抗生物質の研究の最高権威者アーサー・スタンリー。名誉の栄冠！　しかし、彼の愛人は結局彼と結婚しなかったよ。彼女は針路を変えちゃったのさ。たぶん、彼のやったことを感づいたのだろう――」

「まあ、恐ろしい――ごめんなさい、ナイジェル」

「いいんだ。こんな話はもうよそう。それより、重曹を探そうじゃないか。きみはあの薬をどうしたのか、もう一度考えてごらんよ。頭に手をやって考えるんだ、パト」

6

ジュヌヴィエーヴはひどい興奮状態で社交室へ駆けこんだ。そしてそこに集まっている学生たちに低い震え声で告げた。

「わかったわよ。だれがシーリアを殺したのか、はっきりしたわ——絶対に確信があるわ」

「それはだれなの、ジュヌヴィエーヴ」と、ルネがたずねた。「どうしてわかったの」

ジュヌヴィエーヴは用心深くあたりを見まわし、ドアが閉まっているのを確かめてから、いっそう声を低めた。

「ナイジェル・チャプマンよ」

「ナイジェルが？　なぜなの」

「たったいましがた、あたしが階下へ降りようと思って廊下を歩いてきたとき、パトリシアの部屋から声が聞こえたのよ。ナイジェルの声が」

「ナイジェルが？　パトリシアの部屋で？」と、ジーンがいまいましげに訊きかえした。

しかし、ジュヌヴィエーヴは構わずに話をつづけた。

「彼は彼女にこんなことをいってたのよ――彼のお父さんはね、お母さんを殺したのだって。だから《プール・サ》、彼は自分の名前を変えたのだって！　ね、これで明白でしょ。つまり、彼のお父さんは有罪の宣告を受けた殺人犯なのだから、ナイジェルはその遺伝的素質をもっているわけでしょ――」

「うむ、それはたしかだ。たしかに可能性がある」と、チャンドラ・ラルはしたり顔で可能性を強調した。「彼は粗暴で、気まぐれだ。まったく自制心がない。そうだろ、きみ？」彼は同意を求めるようなまなざしでアキボンボをふりかえった。アキボンボは黒い巻き毛の頭を大きくゆすってうなずき、白い歯を見せて愛想よく微笑した。

「あたしは前から、ナイジェルは道徳観念のない男だと思っていたわ」と、ジーンがいった。

「彼は極度に退廃的な性格なのよ」

「そうすると、これはセックス殺人事件だな」と、アハメッド・アリがいった。「彼はあの女と寝て、その後で彼女を殺したのだ。なぜなら、彼女は良家の純情な娘だったので、彼に結婚を迫っただろう――」

「ちえっ、愚劣な！」と、レナード・ベイトソンが吐くようにしていった。

「なんだって？」

「愚劣だといったのさ！」と、彼はどなった。

17

1

警察署の一室で、ナイジェルはシャープ警部の鋭い目を気づかわしげにのぞきこむようにして見た。彼はやや口ごもりながらたったいま供述を終えたばかりだった。

「チャプマン君、きみがいま語ったことは非常に重大だよ。それは、きみもわかっているだろうね」

「もちろんわかってますよ。重大な話でなきゃ、わざわざこんなところへやってきませんよ」

「そうすると、ミス・レインは、モルヒネの入った重曹の瓶がいつなくなったのか、正確には思いだせなかったわけだね」

「彼女は頭の中がこんぐらかってるんで、思いだそうとすると、ますますあいまいになってしまうらしいんですよ。ぼくが彼女を混乱させているのだといったりしてね。ま、彼女はぼくがこちらへ来ている間に、静かに考えてみるそうです」

「じゃ、さっそくヒッコリー・ロードへ行ってみよう」

そのとき、机の上の電話が鳴った。ナイジェルの供述を筆記していた警官が、手をのばして受話器をとった。

「ミス・レインからチャプマン君に電話です」と、彼は受話器を耳にあてたままいった。

チャプマンが机の方に体をのばして、受話器を受けとった。

「パトかい、ナイジェルだ」

あえぐようにして熱心に話す女の声が聞こえてきた。言葉がひしめきあうような早口だった。

「ナイジェル、わかったわ。だれがあれを持ってったのか、わかったのよ。あたしのハンカチを入れておいた引き出しからあれを持ちだせたのは——一人しかいないわけだから——」

突然声がとぎれた。

「パト、もしもし、どうしたの。だれかいるのかい」

「いまいえないわ、後でね。あなたはすぐ帰ってくるでしょ」

受話器は巡査や警部のすぐそばにあったので、話の内容は彼らにもはっきり聞きとれた。警部はナイジェルの当惑した視線に答えてうなずいた。

「すぐ帰るといいなさい」と、彼がいった。

「うん、すぐ行くよ。ちょうど出かけるところだったんだ」と、ナイジェルは答えた。

「まあ、よかったわ。あたしは部屋で待ってるわ」

「じゃ、ね」

ヒッコリー・ロードまでの短い距離を走る車の中で、二人はほとんど一言もいわなかった。シャープはこれでやっとチャンスをつかめるのかどうかについて、思いめぐらしていた。パトリシア・レインは確実な証拠をつかんでいるのだろうか。それとも、それは彼女の憶測にすぎないのだろうか。いずれにしても、彼女が彼女なりに重大だと思う何かを思いだしたらしいことは、確かなようだった。彼女はホールで電話していたために、周囲の耳を警戒しなければならなかったのだろう。夕方になると、多くの人がそのそばを通るだろうから。

ナイジェルはヒッコリー・ロード二十六番地の玄関のドアを、自分の鍵で開けて中へ入った。社交室の開いた通路から、シャープ警部は、本を読んでいるレナード・ベイトソンの赤いくしゃくしゃの髪を見た。

ナイジェルは先に立って階段を登り、パトリシアの部屋へ通ずる廊下を歩いていった。彼はドアを軽くノックして中に入った。

「やあ、パト、いま帰って——」

彼の声が喉につまったようにしてとだえて、彼ははっと立ちすくんだ。その肩ごしに、シャープ警部は同じものを見た。

パトリシア・レインは床の上に倒れていた。

警部はナイジェルをそっと押しのけた。そして前に進み、膝をついて、こごまった姿勢で横になっている彼女の体を見おろした。それから彼女の頭を持ちあげ、脈搏をさぐり、頭を静かに元の位置におろした。彼はけわしく顔をこわばらせて立ちあがった。

「まさか……」と、ナイジェルはひきつれた声でいった。「まさか、そんな……」

「いや、チャプマン君、彼女は死んでる」

「ああ、パト! かわいそうに。どうしてこんなことに——」

「これだよ」

それはごく簡単な即製の凶器だった。大理石の文鎮《ぶんちん》が、毛糸の靴下の中に入っていた。

「後ろから頭をなぐりつけたのだ。かなり有効な凶器だ。こんなことはきみの気慰めにもならんだろうが、彼女はなぐられたことさえ気づかないで、瞬間的に死んでしまっただろうな」

ナイジェルはベッドの上にぐったりと腰をおろした。

「あれは、ぼくの靴下です……。彼女はそれをなおしていたんですよ……ぼくのために」

突然泣きくずれた。彼は子供のように泣いた——われを忘れて泣きじゃくった。

シャープは考えつづけていた。

「だれか彼女をよく知ってるやつにちがいない。靴下を手に入れて、その中に文鎮を隠して持っていたのだ……。この文鎮に見憶えがあるかい」

彼は靴下をめくって文鎮を出して見せた。

ナイジェルは泣きじゃくりながらそれを見た。

「パトが机の上においていたやつです。ルツェルンのライオンです」

彼はまた顔を両手にうずめた。

「パト——ああ、パト、おまえがいなくなったら、いったいぼくはどうすればいいんだ」

彼は乱れた金髪を後ろへふり払って、ぱっと立ちあがった。

「こんなことをした野郎を殺してやる！　殺してやるぞ！　ちきしょう！」

「ま、落ち着いて、チャプマン君。きみの気持ちはわかる、よくわかるよ。まったくむごいやり方だ」

「パトはだれにも悪いことなんか……」

シャープ警部は彼をなだめて部屋から連れだし、やがてひとりでまたもどってきた。そして死体の上に身をかがめ、彼女の指の間から何かをそっと取りあげた。

2

ジェロニモはひたいから汗をしたたらせながら、おびえた目で二つの顔を交互に眺めた。

「あっしは何も見ません。何も聞きません。ぜんぜんなんにも知らねえんですよ。マリアと調理場にいたんですから。ミネストローネを作るんで、あっしはチーズをおろして――」

シャープ警部は彼の献立の説明をさえぎった。

「だれもきみを責めてはいないよ。時間の点を確かめようとしているだけなんだ。一時間ほど前に、だれがこの寮に出入りしたんだ」

「知りません。あっしが知ってるわけがねえでしょ」

「しかし、調理場の窓から、玄関を出入りする人がはっきり見えるじゃないか」

「そりゃ、ま、そうですがね」

「知ってるだけいってごらん」

「いまごろの時刻には、みんながしょっちゅう出入りしてますからな」

「六時から、われわれがやってきた六時半までの間に、寮にいた者は？」

「みんないましたよ。いなかったのは、ナイジェルさんと、ハバード夫人と、それからミス・ホッブハウスだけです」

「その三人はいつごろ出かけたの」

「ハバード夫人は、お茶の時間になる前に出かけて、まだもどりません」

「それから？」

「ナイジェルさんは三十分ばかり前に出かけました――六時少し前でした。なんだかひどくあわててましたよ。帰ってきたのは、だんなといっしょで」

「うむ、そのとおりだ」

「ミス・ヴァレリが出かけたのは、ちょうど六時でした。時計がぽんぽん鳴ってましたから。カクテル・ドレスを着て、たいそうめかしてました。彼女もまだ帰りません」

「そのほかの人は、いまぜんぶ寮にいるわけだな」

「そうです。ほかの人はみんな、帰ってきてからずっとここにいました」

シャープ警部は手帳を見た。パトリシアから電話があった時間が書いてある。六時八分すぎだった。

「ほかのみんなは、ここにいたんだね？　その時間中に帰ってきた人は一人もいないんだろ」

「ミス・サリーだけです。郵便を出しに出かけて、帰ってきたのは――」

「何時か憶えていないのかい」

ジェロニモは顔をしかめた。

「ラジオのニュースをやっているときでした」

「じゃ、六時すぎだな」

「はい」

「どんなニュースをやっていたんだ」

「さあ、よく憶えてません。しかし、スポーツ・ニュースの前です。スポーツ・ニュースがはじまると、あたしたちはラジオを消してしまいますから」

シャープ警部は苦笑した。これではあまりにも調査範囲が広すぎる。ナイジェルとミス・ヴァレリとハバード夫人の三人が除外できるだけだった。ほかのものをぜんぶ調べるとしたら、時間もかかるし、大変な労力だ。社交室にいたのはだれか、そこを出ていったのはだれか、そしてそれは何時ごろか、それをだれが証言できるのか。おまけに、学生の多くは——特にアジア人やアフリカ人の留学生は時間の観念がない。どう考えても、あまり気乗りのする仕事ではなかった。

しかし、やらないですませるわけにもいかないだろう。

3

ハバード夫人の部屋の雰囲気は暗かった。まだ外から帰ってきたままの服装をしているハバード夫人自身が、愛想のいい丸い顔を驚きと不安の表情でこわばらせて、ソファに腰かけている。シャープ警部とコップ警部補は小さなテーブルを前にして座っていた。

「たぶん彼女は、ここから電話をかけたのだろうと思います」と、シャープはいった。

「六時八分前後には、数人の学生が社交室に出入りしていました——少なくとも彼らはそういってます。しかし、ホールの電話を使っているのを見たものも、聞いたものもいません。むろん彼らの時間はあてになりませんがね。半数ぐらいは、時計を見たこともないような連中ですから。しかし、彼女は警察へ電話するのに、ここの電話が使いやすかっただろうと思います。あなたは外出なさるときに、部屋に鍵をかけていなかったのでしょ」

ハバード夫人はうなずいた。

「ニコレティス夫人はいつも鍵をかけてましたが、わたしはそんなことはしません」

「で、パトリシア・レインは思いだしたことを大急ぎで電話しようとして、ここへ入ってきたわけです。それから、彼女が話している最中に、ドアが開いて、だれかが部屋をのぞいたか、入ってきたかしたのでしょう。パトリシアはあわてて電話を切りました。それは、そのとき現われた相手が、彼女がその名前をいおうとしていた当人だったからか——あるいは、ただ漠然と用心したためなのか——どちらともとれますが、わたしは前者の場合だったのではないかという気がします」

ハバード夫人は強調的にうなずいた。

「だれかが彼女の後をつけてきて、おそらくドアの外で立ち聞きしていたのでしょう。そして、パトリシアの話をやめさせようとして部屋に入ってきたのだろうと思いますわ」

「そして、それから――」シャープの顔が曇った。「そいつはさりげなくパトリシアに話しかけながら、いっしょに彼女の部屋へ行った。おそらくパトリシアは相手が重曹の瓶を盗んだことを非難したでしょうし、彼女はそれに対してもっともらしい説明をつけたのでしょう」

ハバード夫人は鋭く訊きかえした。

「どうして相手は女性だったのですか」

「あっ、これはうかつでした。代名詞というのは、どうも妙な言葉でしてね。ナイジェルはあの死体を発見したとき、『こんなことをした野郎を殺してやる！』と、さけんでいました。野郎といったわけです。それはつまり、暴力と男とを結びつけて考えたのでしょう。あるいは、彼は特定の男に強い疑惑を抱いていたのかもしれません。わたしの場合も、それなりの理由があるのです」

「どういう理由ですの」

「つまり、こういうわけです。パトリシアといっしょに彼女の部屋へ行っただれかを、彼女はぜんぜん警戒していなかった。相手を気やすく部屋に入れた。このことから、相手は女性だったのではないかと考えられるわけです。この寮では、男はよほど特別な事情でもなければ、女の寝室へ入ってはいけないことになっていたのでしょ、ハバード夫人」

「はい。そう厳格な規則ではありませんけど、一般的にはだいたいそれが守られていました」

「こっちの寮棟と向こうとは、階下でつながっているだけで、べつべつになっていますね。ですから、パトリシアの電話を立ち聞きしていたとすれば、それは女性だったという可能性がいっそう強くなります」

「ええ、そうですわね。しかも、女の人の中には、しょっちゅう他人の部屋の鍵穴に耳をあてて、立ち聞きしているのもいますからね」

彼女は顔を赤らめて、弁解のようにつけ加えた。

「まったく醜態ですわ。しかも、この家は相当がっしりした建物なんですが、後になって小さく仕切るために改築したときに、紙みたいな安っぽい材料を使ったものですから、部屋の中の声が外へ洩れるんですの。特にジーンあたりは、立ち聞きの常習犯です。ナイジェルがパトリシアに彼の父が母を殺したという話をしていたのを、ジュヌヴィエーヴはやはりそんなふうにして立ち聞きしたわけなんです」

警部はうなずいた。彼はサリー・フィンチやジーン・トムリンソンやジュヌヴィエーヴからも、その証言を聞いていた。

「パトリシアの両隣りは、だれの部屋になっているのですか」

「奥の方がジュヌヴィエーヴの部屋です――しかし、これは元のがっしりした壁です。手前の階段寄りの部屋には、エリザベス・ジョンストンが住んでいて、これは薄い仕切りがあるだけです」

「これでいくらか範囲がせばまってきました」と、警部はいった。

「フランス人の女性は、例の会話の最後のところを聞いたわけです。サリー・フィンチは、手紙をポストに入れに行く前に、その最初の方を聞いたといっています。しかし、この二人の女がそれを聞いたということは、とりもなおさず、ほかの人でも立ち聞きできたということになりますね――通りがかりにちょっとの間だけなら。エリザベス・ジョンストンだけは、もし彼女が自分の寝室にいたら、その仕切りの壁をとおしてぜんぶ聞くことができたわけですが、彼女はサリー・フィンチが手紙を出しにいく前に、すでに社交室へ降りてきていたそうなんです」

「しかし、彼女はずっと社交室にいたわけじゃないと思いますけど？」

「そう、彼女は本を持ってくるのを忘れたので、それをとりにちょっと部屋へもどったといっていました。しかし、それがいつもどったのか、例によってだれもその時間を知らないのです」

「この寮の人たちはみんなそうなんですの」と、ハバード夫人は嘆かわしげにいった。

「ま、彼らの話はそうなんですが――じつは、ある特別な証拠が手に入ったのです」

彼はポケットから小さな紙包みを取りだした。

「それはなんですか」と、ハバード夫人がたずねた。

シャープはにっこり笑った。

「髪の毛です――パトリシア・レインが手に握っていたのですよ」

「ということは――」

そのとき、ドアをノックする音が聞こえた。

「どうぞ」と、警部が答えた。

ドアが開いて、姿を見せたのはアキボンボだった。彼の黒い顔は満面に得意げな微笑を浮かべていた。

「失礼します」と、彼がいった。

シャープ警部はじれったそうにいった。

「どんなご用?」

「あの、供述したいことがあるんです。それは、こんどの悲劇的な事件解明のためには、最高の重要性をもつ証言になるでしょう」

18

「それじゃ、どうぞ、アキボンボ君」シャープ警部はあきらめ顔でいった。「どんな話なの」

アキボンボは椅子に座って、自分を注視しているみんなの顔を見まわした。

「ありがとうございます。もうはじめていいんですか」

「さあ、どうぞ」

「じつは、ぼくはときどき胃袋の調子が変なんです」

「ほう」

「それはぼくが胃袋を気に病んでいるにすぎないと、ミス・サリーはいいます。しかし、ほんとに変です。病気なんです。吐いたりするわけじゃありませんけど」

シャープ警部は医学的な事実がことこまかに説明されるのを、聞くにたえられなくなってきた。

「なるほど、それはいかんね。しかし、話というのはそんな――」

「たぶんこれは、食物に馴れないせいだろうと思います。いつもここが張っています」アキボンボはその場所を詳細に説明した。「これは、食物がよくないためではないかと思われます。いわゆるカードーハイドレイトが多すぎるのです」

「カーボーハイドレイト（含水炭素）だ」と、警部は機械的に訂正した。「しかし、そんなことが――」

「ぼくはあるときはソーダミントの小さな錠剤を飲み、またあるときは胃の散薬を飲みます。それはなんであろうと構いませんが――そうしますと、このあたりがぷうっとふくらんできて、大きな空気のかたまりがこんなふうに吹きだします――」アキボンボは非常にリアルに大きなげっぷのまねをしてみせた――「これが出ると――」彼は天使のような笑顔になった――「ずっと楽になります」

　警部の顔がだんだんむらさき色に充血してきた。ハバード夫人は命令するような声でいった。

「それはもうよくわかったから、早くつぎの話に乗り替えなさい」

「はい、そうします。じつは、先週のはじめにも、やはりそんなぐあいになりました――その日付は正確には憶えていません。マカロニがとてもおいしかったので、腹いっぱい食べたところが、その後で胃のぐあいが悪くなったのです。教授に出された宿題をやろうと思ったのですが、どうもこのあたりが（アキボンボはまた、その場所を説明した）妙に充満している感じがして、考えることもできないんです。夕食後の社交室にはエリザベスしかいなかったので、ぼくは彼女に重曹か胃の薬があったらくださいと頼みました。ぼくはちょうどそれをきらしていたのです。すると彼女が、自分は持ってないけれども、パトリシアから借りたハンカチを返しにいったとき、その引き出しに重曹が少し入っていたから、持ってきてあげるといいました。パトリシアがいなくても、持ってきて構わないだろうといって出ていきました。そして、重曹の瓶を持ってもどってきました。瓶の底にほんの少し残っているだけでした。ぼくは彼女に礼をいって浴室へ行き、スプーンに一杯分ぐらい残っていたのを、ほとんどぜんぶ水にとかして飲んだのです」

「スプーンに一杯？　スプーンに一杯もかい！　うえっ！」

警部はしげしげと彼の黒い顔を見つめた。コップ警部補はびっくりした顔で身を乗りだした。ハバード夫人は意味のわからない言葉を口走った。

「まあ、ラスプーチン！」

「きみは、モルヒネをさじに一杯も飲んだのかい」

「あたりまえです。ぼくはそれを重曹だと思いました」

「そう、そりゃそうだ。ふしぎなのは、きみがいましゃんとしてそこに座っていることだよ！」

「その後でぼくは気分が悪くなってきました。ひどく悪くなってきました。充満しているだけではありません。痛みました。胃袋がひどく痛みました」

「なぜきみが死んでいないのか、まったくふしぎだね！」

「ほんとにラスプーチンだわ」と、ハバード夫人はいった。「彼らは何度も多量の毒薬を彼に飲ませたのに、彼は死ななかったのですもの」

アキボンボは構わずに話をつづけていた。

「で、翌日、気分がよくなってから、その瓶の底に残っていた粉を持って薬剤師のところへ行き、これを飲んだら胃が苦しくなったのだけど、なんの薬か調べてくださいと頼みました」

「すると？」

「彼は、もう少したってから来なさいというので、ぼくがそうしますと、彼はこういいました——『それはあたりまえだ。これは重曹じゃない。ボーラス——イークだ。ホウ酸だ。それは目に入れるのはいいけれども、さじに一杯も飲んだら、気分が悪くなるにきまってる』と」

「ホウ酸だと？」警部はあっけにとられてアキボンボを見つめた。「しかし、どうしてホウ酸がその瓶に入っていたのだろう。モルヒネはどうなったんだ」と、彼はうなった。

「これはとほうもなくこんがらかった事件になったものだね」

「で、ぼくはよく考えてみました」と、アキボンボがいった。

「きみが考えてみた？　何を？」と、警部は訊きかえした。

「ミス・シーリアのことです。彼女がどのようにして殺されたのかということや、おそらく犯人は彼女が死んだ後で、彼女の部屋に入って、モルヒネのあき瓶と、自殺の書きおきめいた紙きれをおいていったことなどについて、考えてみました――」

アキボンボは間をおいた。警部がうながすようにうなずいた。

「そして、そんなことができたのはだれかと、心の中でいいました。もしそれが女性であれば容易でしょうが、男ならそう簡単ではありません。なぜなら、彼はぼくたちの寮棟の階段を降りて、もう一つの階段を登らなければならないのですから、だれかが目を覚まして彼の足音を聞きつけ、彼の姿を見るかもしれないのです。そこでぼくはまた考えなおしました。もし犯人がこの寮にいるだれかで、しかもミス・シーリアの隣りの部屋に住んでいたら、どうだろう――もちろん、彼女の部屋には彼女しかいませんよ。そうすると、彼の部屋の窓の外にバルコニーがあり、彼女の窓の外にもバルコニーがあります。しかも、彼女は健康のために窓を開けて眠っていたかもしれません。したがって、もし彼が体が大きくて力が強く、運動神経が発達しておれば、隣りのバルコニーへ飛び移るのは、さほど難しいことではないと思います」

「シーリアの部屋の隣りは、男の寮棟では――」と、ハバード夫人がいった。「えーと、そう、ナイジェルとそれから――」

「レン・ベイトソンですな」と、警部は手にしていた折りたたまれた紙を指でもてあそびながらいった。「レン・ベイトソンです」

「彼は非常にいい男です」と、アキボンボが悲しそうな口ぶりでいった。「それに、ぼくにはとても親切です。しかし、心理学的にいえば、人間はうわべだけではわかりませんん。そうでしょ。それは近代的な原理です。チャンドラ・ラル君は彼の目の消毒に使っていたホウ酸がなくなったとき、ものすごく怒っていました。後でぼくが聞いたら、レン・ベイトソンが盗んだのだという話を、だれからか聞いたそうですし――」

「えーと、あのモルヒネがナイジェルの整理だんすから盗まれ、代わりにホウ酸が入れられたわけだ。それからパトリシア・レインがやってきて、それをモルヒネだと思って重曹にすりかえた――なるほど、そうだったのか……」

「ぼくの話が、お役に立ったのでしょうか」と、アキボンボが丁重にたずねた。

「ありがとう、非常に役に立ったよ。しかし、この話はだれにもいわないでくれたまえ」

「はい、そのように充分気をつけます」

アキボンボはみんなにていねいにお辞儀をして、部屋を出ていった。

「レン・ベイトソンが？」と、ハバード夫人が当惑したような口ぶりでいった。「いいえ、それはちがいますわ！」

シャープは彼女を見た。

「あなたはレン・ベイトソンがやったと思いたくないのですね」

「わたしはあの青年が好きですの。怒りっぽいところはありますけど、でも、とてもいい青年のように思いますわ」

「犯罪者の多くは、そういわれていたのですよ」と、シャープはいった。

彼はゆっくり小さな紙包みを開いた。ハバード夫人は彼の身ぶりにつられて、それを見るために身を乗りだした。

白い紙の上に、二本の赤い短いちぢれ毛があった……。

「まあ！」と、ハバード夫人は叫んだ。

「そうです」と、シャープは思慮深げにいった。「わたしの経験では、殺人犯はたいがい、少なくとも一つの失策はするものです」

19

1

「しかし、それはみごとだ」と、エルキュール・ポアロは賞賛するような口ぶりでいった。「じつに透明だ——みごとに澄みきっている」

「まるで、スープの話をしているみたいですね」と、シャープ警部は不満そうにいった。

「あなたにはコンソメ・スープに見えるかもしれませんが——わたしにとっては、まだ濃いヌードル・スープみたいなところがどっさり残ってるんですよ」

「もう、そうじゃない。すべてが定められたところにぴったりおさまっている」

「これさえもですか?」

彼はハバード夫人に見せたときのようにして、二本の赤い髪の毛の証拠物件を取りだした。

ポアロはシャープ警部が前にいった言葉とよく似た表現で答えた。

「ああ、なるほど。これはラジオでなんといっていたかな。そうそう、作為的な失策だ」

二人の目がかちあった。

「ま、自分が思っているほど利口なやつは、一人もいないということだな」と、ポアロはいった。

シャープ警部はこういいたい衝動にかられた——

〝エルキュール・ポアロさえもそうでしょうか〟。しかし、彼は思いとどまった。

「ほかの方は、ぜんぶ手はずがついてるんだね」

「はい、気球は明日あがるわけです」

「あんたも行くの」

「いいえ、わたしはヒッコリー・ロード二十六番地の方へ行く予定になっていますから、コップを代わりにやろうと思います」

「彼の幸運を祈りたいね」

エルキュール・ポアロはおごそかにグラスをあげた。それは、はっかクリーム《クレム・ド・マント》が入っていた。

シャープ警部はウイスキー・グラスをあげた。

「やっと希望が見えました」と、彼はいった。

2

「こういうところの連中は、まったくいろんなことを考えだすもんだね」と、コップ警部補がいった。

彼はサブリナ・フェアのショウ・ウインドーをねたましそうなまなざしで眺めていた。ガラス製造者の技術の粋をつくした豪華なガラス製品――〝緑の透明体の波〟――に囲われた中で、サブリナは簡潔で優美なパンティをまとい、美しい包装のさまざまな化粧品にはなやかにとりかこまれて横たわっていた。彼女はパンティのほかに、原始的なコスチューム・ジュエリーのさまざまな見本を身につけていた。

マックレイ刑事がいまいましげに鼻を鳴らした。

「冒瀆だといいたいですよ。サブリナ・フェアは、つまりミルトンじゃないですか」

「ミルトンは聖書じゃないよ」

「でも、ミルトンの失楽園《パラダイス・ロスト》はアダムとイヴや、エデンの園や地獄のあらゆる悪魔どものことを書いているのだから、もしあれが宗教でないとしたら、いったいなんです」

コップ警部補はこうした論争の余地のありすぎる問題には立ち入らなかった。彼はにがにがしい顔をした刑事を連れて、ゆうゆうと店の中に入っていった。サブリナ・フェアの内部のはなやいだピンクの色彩の中に入った警部補とその従者は、瀬戸物屋の伝統的な雄牛のように、まるっきり場違いな感じに見えた。

華麗なサーモンピンクの衣裳をまとった美人が、ほとんど床に足がついていないような動きで、彼らの方へ泳いできた。

コップ警部補がいった。「おはよう、マダム」彼はすぐ令状を見せた。その美女はあたふたとひきさがった。やがて同じように美しい、やや年増の美人が現われた。彼女はすぐ豪奢《ごうしゃ》な輝かしいなりをした貴婦人と交替した。ブルー・グレーの髪となめらかなほおが年齢を固定し、しわをよせつけないその貴婦人のさぐるような鋼鉄色の目が、コップ警部補の冷静なまなざしをはじいた。

「これはお珍しいわね」と、その貴婦人はいった。「ま、どうぞこちらへ」

彼女は二人を連れて、部屋の中央のテーブルの上に雑誌類が雑然と積まれている四角な客間を通りぬけた。その四方の壁にカーテンを垂れた小部屋があって、ピンクの衣服をまとった女聖職者の奉仕の手の下であおむけに横たわっている女たちの姿が、ちらほら見えた。

貴婦人はその奥の小さな事務室のような部屋に二人を案内した。ロール蓋のついた大きな机と、粗末な椅子が二つ三つあるだけで、さむざむとした北の光をやわらげるものはまったくない、殺風景な部屋だった。

「わたしはこの店を経営しているルーカスです」と、彼女がいった。「わたしのパートナーのミス・ホッブハウスは、今日はここに来ていませんのよ」

「いや、それはどうでもいいんです」すでにそのことを知っているコッブ警部補は、そう答えた。

「これはずいぶん横暴な捜索令状ですわね」と、ルーカス夫人はいった。「ここがミス・ホッブハウスの事務室ですけど。あの……どうか、店のお客さんに知れないようにお願いしますよ」

「その点は心配ないだろうと思います」と、コッブ警部補はいった。「われわれの探しているものは、客の出入りする部屋にはないでしょうからね」

彼は彼女がしぶしぶ立ち去るまで礼儀正しく待った。それからあらためてヴァレリ・ホッブハウスの事務室を見まわした。狭い窓がメイフェアのほかのいくつかの店の裏の風景を見せていた。壁は灰色の羽目板が張られ、床には上等のペルシャ・ラグが二枚敷かれていた。彼の視線は小さな壁金庫から大きな机の方に移った。

「金庫の中じゃないだろう」と、コップ警部補はいった。「あまりにも見えすいているからな」

十五分ばかりして、金庫も机の引き出しも、すべての秘密をあばかれた。

「どうやらから騒ぎだったみたいですね」と、生まれつき悲観的なたちでへそまがりなマックレイがいった。

「いや、仕事はこれからだよ」と、コップ警部補はいった。彼は机の引き出しをぜんぶからっぽにして、その中身をきちんと積み重ねておいてから、からの引き出しを一つ一つさかさまにひっくり返しはじめた。

やがて彼は歓声をあげた。

「あったぞ、おい」

一つの引き出しの裏側に、金文字の入った小さな紺色の手帳が半ダース、テープで貼りつけられてあった。

「パスポートだ」と、コップ警部補がいった。「外務省の発行したパスポートだぜ。まったく人がよくできてやがるよ、外務省の連中は」

コッブ警部補がパスポートを開くと、マックレイは興味深げに首をのばして、手配写真と見比べた。

「これが同じ女性だとは、ちょっと考えられませんね」と、マックレイがいった。

それらのパスポートは、ダ・シルヴァ夫人、ミス・アイリン・フレンチ、オルガ・コーン夫人、ミス・ニーナ、グラディス・トーマス夫人、ミス・モイラ・オニールなどのもので、それぞれに年齢が二十五歳から四十歳までさまざまにちがった一人のブルネットの女の写真が貼られていた。

「髪の型がそれぞれちがってるね」と、コップがいった。「ポンパドゥール型、カール、ストレート・カット、ページボーイその他さまざま。オルガ・コーンの場合は、鼻を少し変形させてるし、トーマス夫人は、ふくみ綿でほおをふくらませているらしい。この二つは外国のパスポートだ――マームディ夫人、アルジェリア人。シェイラ・ドノヴァンは、アイルランド人だ。たぶん彼女は、これらのさまざまな名義で銀行に預金してあるのだろう」

「ずいぶん手のこんだことをやるもんですね」

「そりゃ当然だよ。税務署の連中が目を光らせてるからね。密輸で金を儲けるのは、そう難しくはないが――しかし、困るのはその金の始末なんだ。このメイフェアの小さな賭博クラブも、そんな理由からあのレディがはじめたものなんだ。賭博で勝った金には、いくら税務署の連中でも、そうべらぼうな所得税をかけられないからね。しかも、ぶんどった金の大半は、アルジェリアやフランスやアイルランドの銀行に預けられている。すべてが抜け目なく仕組まれてあるんだ。ところがある日、彼女がこの偽造のパスポートのどれか一つをヒッコリー・ロードへ持っていったときに、あの気の毒なシーリアがそれを見ちゃったわけさ」

20

「あれはミス・ホッブハウスの考えだした巧妙な計画だったんですな」と、シャープ警部はいった。父親のような寛大な口ぶりだった。

警部はトランプのディーラーのように、パスポートを一方の手からべつの手へシャッフルした。

「彼女はじつに手のこんだ財政処理をしていました」と、彼はいった。「わたしたちは銀行という銀行をかたっぱしからあたってみました。彼女は財政的な尻尾をつかまれないように、うまくそれを隠していたのです。あと二、三年たてば、彼女はすっかり足を洗って外国へ行き、その不正な金で一生幸せに暮らせたでしょう。ダイヤモンドやサファイアなんかを不法に持ちこみ、盗品を運びだす。いっぽうでは麻薬の密輸も行なっています。その密輸方法はそう大がかりなものじゃないんですが、しかし、完璧といえるほどうまく仕組まれていました。彼女は自分の名前やほかの名前を使って外国へ行ってますが、ひんぱんに出かけたわけではなく、じっさいの密輸はいつもほかのやつに、それと気づかれないようにしてやらせていたのです。そのために、リュックサックを適当な機会をつかんですりかえる仕事を担当する手先を、海外に何人かおいていました。まったく巧妙な仕組みで――それを見ぬいてわれわれを導いたポアロさんに、あらためてお礼をいわなければなりません。彼女はなかなか才知のたけた女で、ミス・オースティンにあのような心理学的な盗癖芝居を打たせたあたりは、みごとなものです。それを、あなたはいっぺんに見破っちゃったんですね。そうでしょ、ポアロさん」

ポアロは苦笑を洩らし、ハバード夫人は感嘆のまなざしを彼に投げた。ハバード夫人の部屋で話しあっているこの三人の会談は、むろん非公開だった。

「欲ばったのが、彼女の破滅の原因だ」と、ポアロはいった。「パトリシア・レインの指輪のすてきなダイヤモンドに誘惑されたのさ。ばかなことをしたものだ。なぜなら、彼女が宝石類を扱い馴れているってことが、それでばれたのだからね――ダイヤモンドの値ぶみができたり、ジルコンとすりかえることができたのは、その証拠だよ。そう、たしかにそれが、ヴァレリ・ホッブハウスについてのある心証をわたしに与えたのだ。しかし、シーリアをそそのかしたことでわたしが彼女を責めたとき、彼女はそれを認めた上で、いかにも同情してやったようなあの説明は、みごとだったね」

「しかし、人殺しをするとは！」と、ハバード夫人がいった。「彼女が冷酷な殺人鬼だとは、わたしはいまでさえ信じられませんわ」

シャープ警部は浮かない顔だった。

「いや、われわれはまだ、シーリア・オースティン殺しの犯人として彼女を告訴できる状態にはなっていません。もちろん密輸犯として彼女を逮捕することはできます。それは文句なしですが、殺人容疑の方はちょっとややこしくて、まだ慎重に扱う必要があります。いまの段階では、検察側が二の足を踏んでしまうでしょう。もちろん動機も犯行の機会もあるにはあります。彼女はおそらくあの賭けのことも、ナイジェルがモルヒネを持っていることも知っていたでしょうが、その証拠がないのです。しかも、ほかの二つの殺人も勘定に入れなければならない。たしかに彼女はニコレティス夫人を殺すことはできたでしょう——しかし、パトリシア・レインを殺さなかったことは明白なんです。実際のところ、嫌疑のかけようのないのは彼女だけですよ。ジェロニモは彼女が六時に寮を出たと証言しています。断言しているのです。彼女が彼を買収しているのかどうかはわかりませんが——」

「いやいや、彼女は彼を買収しちゃいないさ」と、ポアロが首を振っていった。

「しかも、この通りの角の薬屋の主人の証言があるのです。彼女は彼の顔なじみで、証言によれば、彼女は六時五分に店へ来て、おしろいとアスピリンを買い、それから電話をしたそうです。それから彼女は、六時十五分ごろ、店の前でタクシーを拾っていったというのです」

ポアロは椅子にまっすぐ座りなおした。

「しかし、それはすばらしい！　われわれのほしかったのは、まさにそれだ！」

「それはどういう意味です」

「つまり、彼女は薬屋のボックスから電話をかけたのだよ」

シャープ警部は腹立たしげに彼を見た。

「ちょっと待ってくださいよ、ポアロさん。いままでにわかっている事実をふりかえってみましょう。パトリシア・レインは六時八分にはまだ生きていて、この部屋から警察署に電話をかけているんですよ。それは認めるわけでしょうな」

「いや、彼女がこの部屋から電話したとは思わないね」

「すると、階下のホールから電話したわけですな」

「いや、ホールからでもない」

シャープ警部はため息をついた。

「まさか、警察へ電話がかかってきたことまで否定なさるんじゃないでしょうね。わたしやコッブ警部補やナイ巡査やナイジェル・チャプマンが、みんな集団妄想にとりつかれていたとおっしゃるわけじゃないでしょ」

「いやいや、とんでもない。たしかにあんたへ電話がかかってきたことは事実だ。しかしその電話は、この通りの角の薬屋の公衆電話ボックスからかけたのだよ」

シャープ警部のあごがしばらく落ちたまま動かなかった。

「そうすると、あの電話をかけてよこしたのは、ヴァレリ・ホッブハウスだったとおっしゃるのですか。彼女がパトリシア・レインの声をまねてしゃべっていたのであって、パトリシア・レインはそのときすでに死んでいたことになるのですか」

「そう、そのとおり」

警部はしばらく沈黙してから、こぶしでテーブルをはげしくたたきつけた。

「信じられませんよ、そんなことは。あの声を——わたしはこの耳で彼女の声を——」

「そう、あんたはたしかに聞いた。興奮してあえぎながらしゃべる女の声をね。しかし、あんたは、それがパトリシアの声だと断言することができるほどには、彼女の声を知らなかったはずだよ」

「そりゃ、ま、そうですがね。しかし、実際にあの電話を受けたのは、ナイジェル・チャプマンなんですよ。彼がごまかされたとは、ちょっと考えられませんよ。自分の声をごまかしたり、だれかの声を装ったりして電話するのは、容易じゃありません。ナイジェル・チャプマンは、もしそれがパトの声でなかったら、すぐわかったでしょう」

「そうなんだ」と、ポアロはいった。「ナイジェル・チャプマンはちゃんとわかっていたはずだ。それがパトリシアでないことを、彼はよく知っていたのだよ。彼はついさっき、自分で彼女をなぐり殺してきたのだから、だれよりもよく知っていただろうさ」

警部は声をとりもどすのにしばらくかかった。

「ナイジェル・チャプマンが？　ナイジェル・チャプマンがですか？　しかし、彼は彼女が殺されているのを発見したとき、泣いてましたよ――子供のように声をあげて泣いたんですよ」

「彼はパトリシアを多少は好きだったろうね」と、ポアロはいった。「しかし、もし彼女が彼の利益をおびやかすような存在になったら、そんなことは彼女の救いにはならなかっただろう。ナイジェル・チャプマンは当初から明白な可能性として浮き彫りされていた。モルヒネを持っていたのはだれか――ナイジェル・チャプマンだ。詐欺や殺人を計画するような悪知恵があり、それを実行する大胆な度胸のあるのはだれか――それもナイジェル・チャプマンだ。残酷でうぬぼれが強いといえばだれか――そう、ナイジェル・チャプマンだ。彼は殺人犯のあらゆる特徴を備えている――虚栄心が強いこと、執念深いこと、向こうみずなこと——それが、考えられるあらゆる方法でみんなの関心をひこうとする行動となって現われ、裏をかこうとして緑色のインク事件を起こすような愚劣な策謀に彼を走らせ、最終的には、パトリシアの手の中にレン・ベイトソンの髪の毛を握らせるような、愚かな作為的失策によって、自縄自縛する結果になったわけさ。パトリシアは後ろからなぐられて殺されているのだから、彼女が犯人の髪をつかむことができなかったということは、明白な事実なんだ。殺人をおかすような連中は、いずれもそんなところがあるね——自分のエゴイズムを押し通そうとしたり、うぬぼれが強くて、自分の器量を過信したりね。たしかにあのナイジェルは彼なりの器量はある——しかしそれは、ぜんぜん成長しなかったし、これからも成長することのない、増長した子供の器量なんだ——自分自身と、自分のほしいものしか見ない子供のね！」

「しかし、彼はなぜ殺したのですか、ポアロさん。シーリア・オースティンを殺した理由はわかるとしても、なぜパトリシア・レインを？」

「それは、これから解明しなければならない問題ですよ」と、ポアロはいった。

21

「ずいぶんお久しぶりですな」と、エンディコット老人はエルキュール・ポアロにあいさつして、鋭い目で相手の顔をうかがった。「お立ち寄りくださって、たいへん嬉しいですよ」

「ちょっとお願いしたいことがあってね」と、ポアロはいった。

「なんなりとどうぞ。あなたには借りがありますからな。例のアバーネシー事件では、さんざんあなたのお世話になりました」

「あなたはもう引退なさっただろうと思ってましたよ。まだここで仕事をしていらっしゃることがわかって、驚きました」

老弁護士は苦笑した。彼の事務所は最も歴史の長い、最も名声の高い事務所の一つだった。

「今日は大昔からの依頼人に会うために特別にやってきたのですよ。わたしはまだ二、三人の古い友人の仕事を引き受けているものですから」

「アーサー・スタンリー卿もあなたの古い友人で、依頼人でもあったわけでしょ」

「ええ、そうです。わたしは彼がまだ若いころから、彼の法律的な仕事を引き受けてきました。じつに聡明な人でしたな――ずばぬけてすぐれた頭脳の持ち主でしたよ」

「亡くなったそうですね。昨日の六時のニュースで報道されたらしいですが」

「ええ。葬式は金曜日です。かなり前から入院していました。悪性腫瘍だったようですな」

「奥さんは、数年前に亡くなったんでしたね」

「二年半ばかり前です」

濃い眉の下の鋭い目が、射るようにしてポアロを見つめた。

「彼女はなんで亡くなられたのですか」

老弁護士はさりげなく答えた。

「睡眠薬を飲みすぎたのですよ。メディナルだったと思いますが」

「検死審問は?」

「開かれました。過失という判決でした」

「ほんとにそうだったのですか」

エンディコットはしばらく黙った。

「言葉を返すようですが――」と、彼はいった。「あなたがそう訊くだけの理由のあることはわかっています。メディナルは一種の劇薬で、適量と過量の差は微妙です。もしも患者がねぼけて、一服飲んだ後ですぐそれを忘れてしまってまた飲んだりすると、致命的なことになります」

ポアロはうなずいた。

「彼女はそんなことをしたのでしょうか」

「おそらくそうでしょう。自殺であることを示すものは何もありませんでしたし、彼女は自殺癖もなかったですからね」

「その他の原因を示すものも、なかったのですか」

彼の鋭いまなざしがふたたびポアロを射た。

「彼女の夫がわたしに証言しましたよ」

「どんなことを?」

「奥さんはときどき夜ごとの一服を飲んだのを忘れて、もう一服くれといったことがあるというのです」

「それは、嘘じゃないですか」

「これはずいぶん乱暴な質問ですな、ポアロさん。わたしがそんなことを知ってるはずがないじゃありませんか」

ポアロは微笑した。そんなおどかしでだまされるような彼ではなかった。

「あなたはよく知っていたはずだと思いますが、しかし、しばらくその質問を保留しましょう。その代わりにひとつ、あなたのご意見を聞かせてください。男同士の間の意見をね。スタンリー氏はもしほかの女と結婚したくなったら、そのために自分の奥さんを殺そうと思うような人でしたか」

エンディコットは、まるで蜂にさされたように椅子から飛びあがった。

「ばかばかしい！」と、彼は腹立たしげにいった。「まったくばかげていますよ、そんな質問は。彼にはほかの女なんか一人もいませんでした。彼は奥さんを心から愛していましたからね」

「そうでしょうな。わたしもそうだろうと思っていました。それでは、いよいよわたしの用件に移りましょう。あなたはアーサー・スタンリーの遺言書を作成したわけですし、たぶん遺言執行者になっていらっしゃるのでしょうな」

「そうです」

「アーサー・スタンリーには息子が一人いました。その息子は、母親が死んだときに父と喧嘩して、家を飛びだしました。名前まで変えたのです」

「それは知りませんでしたね。なんという名前なんですか」

「いずれまもなくその話にふれることになるでしょうが、その前にある推測をいわせてください。もしそれが正しければ、あなたも事実を認めることになるでしょう。おそらくアーサー・スタンリーはあなたに密書を残していたでしょう――特定の事情があったときか、彼が死んだときに開封されることになっている文書を」

「これは驚きましたな、ポアロさん！　中世時代なら、あなたはきっと火あぶりにされますよ。そんなことがどうしてわかったのです」

「じゃ、わたしの推測はあたったわけですね。その文書には、おそらくある二者択一の方法が書かれているでしょう。あなたがその文書を破棄すべきか、あるいは、所定の行動をとるべきかについて」

彼はしばらく間をおいた。相手は沈黙していた。

「しまった《ボン・デュー》！」と、ポアロは悲痛な声をあげた。「あなたはまだ、それを破棄していないだろうと思ったのに――」

ポアロは相手がゆっくり首を横に振ったのを見て、ほっとして言葉を切った。

「わたしたちは決して急いで行動しませんよ」と、エンディコット氏はたしなめるようにいった。

「充分納得のいくまで、徹底的に調べてからでなければ――」

彼は間をおいた。

「しかし、その内容は極秘です」と、彼はきびしい口調でいった。「ポアロさん、たとえあなたの頼みでも――」彼は首を振った。

「あなたがどうしてもいわなければならないような理由を、わたしがいってもですか」

「それはその理由によりますがね。しかし、わたしたちがいま議論している問題に関係のあるようなことを、あなたが知っているとは思えませんな」

「わたしは知りません――したがって、推測しなければならないのですが、もしわたしの推測が正しかったとしたら――」

「いやいや、それは無理ですよ」エンディコット氏は手を振った。

ポアロは深く息を吸った。

「それでは申しましょう。その注意書はつぎのようになっていると思います。アーサー卿が死んだ場合は、あなたは彼の息子ナイジェルを追跡して、彼がどこに住んでいて、どのような生活をしているか、特に何か罪をおかしているかどうかを調べなければならないことになっているんじゃありませんか」

そのとき、つけいるすきもなくきびしく構えたエンディコット氏の法律家的な冷静な態度が、急にくずれた。彼はほとんどだれも、彼の口から洩れたのを聞いたことがないような、感嘆の声をあげた。

「どうやらあなたはいろんな事実を知っておられるようですから、あなたの知りたいことをなんでも申しあげることにしましょう。あなたはきっとお仕事の面でナイジェルにお会いになったのだろうと思いますが、あの青年はやっぱり何か悪いことをしでかしたのですか」

「事情を説明しましょう。彼は家を飛びだしてから、名前を変えました――そのことに興味をもつ人に対しては、遺産相続に関係のある理由から、そうする必要があったのだという話にして。それから、彼は宝石や麻薬の密輸仲間に加わったのです。その密輸組織ができたのは、彼が加わったからだろうと思います――彼は何も知らない善良な学生をだまして密輸をさせるというような、悪知恵にはたけているのです。その組織を牛耳っているのは、ナイジェル・チャプマンと自称している彼と、ヴァレリ・ホッブハウスという若い女の二人です。おそらく彼女が彼を誘いこんだのでしょう。ごく小規模なものですが、しかしかなり莫大な儲けができたはずです。扱っている品物は、ごくわずかな量で何千ポンドもするしろものですからね。しかもそれらはまったく場所をとらない。

彼らはずっと順調にやっていたのですが、あるとき思いがけない事件が起こりました。ケンブリッジ付近で起こった殺人事件のことで、警察が彼の泊まっている寮に調査にきたのです。このことがなぜ彼をあわてさせたか、あなたもおわかりになると思いますが――彼は警察が彼の悪事をかぎつけてきたのだと思ったわけです。で、彼は電球をはずしてホールを暗くして、顔を見られないようにしてから、ある特殊なリュックサックを裏庭へ持ちだして、それをずたずたに切り裂き、ボイラーの後ろに隠しました――それは、リュックサックのあげ底の中から、麻薬の痕跡が発見されるのを恐れたからです。

彼の心配は杞憂にすぎませんでした――その警官はある学生についての聞きこみ調査のために来ただけでしたから。しかしそのとき、彼がリュックサックを裂いているのを、ある女性が偶然窓から見てしまったのです。これは即座に彼女の死亡証明書に署名したことにはなりませんでした。その代わりに、ある巧妙な策謀が考えだされて、彼女はあるばかげた芝居をするようにそそのかされ、それが彼女を窮地に追いこむようになったのです。しかし、彼らは図に乗ってやりすぎ、わたしが呼びだされることになったわけです。わたしは警察を呼ぶべきだと助言しました。すると、その女はすっかりめんくらって、告白しました。つまり、彼女のやったことを告白したわけですが、しかし、おそらく彼女はその足でナイジェルのところへ行って、リュックサック事件や、仲間の学生のノートにインクをかけたことを告白しろとすすめたのでしょう。ナイジェルとその相棒の女は、そのリュックサックにみんなの関心が集められると、彼らの密輸活動がばれてしまう危険のあることを恐れたわけです。しかも、シーリアという問題の女性は、もっと危険な秘密を知っていたのです——これはわたしがその寮へ夕食に招かれて行った晩に、たまたま洩らしたことですが——彼女はナイジェルが偽名を使っていたことを、彼の本名を、知っていたのです」

「いかにも——」エンディコット氏は眉を寄せた。

「ナイジェルは一つの世界からべつの世界へ移ってしまったわけです。ですから、昔の友だちに会えば、チャプマンという変名を使っていることがばれるかもしれないけれども、彼が何をしているのかはわかるはずがありません。寮の中でも、彼の本名がスタンリーであることは、だれも知らなかったのです。ところが、シーリアは偶然にそれを発見してしまったのです。しかも、ヴァレリ・ホップハウスがにせのパスポートを使って外国へ旅行していたことまで知ったのでした。あまりにも多くのことを知りすぎたのです。そのため、彼女は翌晩、指定された場所で彼と会って、こっそりモルヒネを入れたコーヒーを飲ませられました。そして、自殺とみせかけるためのさまざまな工作が行なわれた部屋で、眠っている間に死んだのです」

エンディコット氏は身動きした。苦悩の表情が彼の顔をよぎった。彼は声を殺して何かをつぶやいた。

「しかし、それで終わったのではありません」と、ポアロはいった。「一連の学生クラブやホステルを経営していたある女が、それからまもなく殺され、最後に最も冷酷な殺人が行なわれました。ナイジェルを熱愛していたパトリシア・レインという女性が、不用意に彼の個人的な問題に立ち入り、しかも、彼の父の死ぬ前に仲直りすべきだと彼に忠告したのです。彼は彼女の書いた手紙をやぶいて捨て、嘘をならべて彼女を納得させたものの、彼女は執拗な性格だったので、二度目の手紙を書く可能性が多分にあったのです。彼の立場からすれば、そんなことをされたらどんな重大な事態を招くかは、あなた自身がご存じでしょう」

エンディコット氏は立ちあがった。そして部屋の隅の金庫を開け、長い封筒を取りだした。その裏の赤い封印は開かれていた。彼はその中から二通の封書を出して、ポアロに渡した。

エンディコットさま

わたしが死んだ後で、あなたはこれをお読みになるでしょう。わたしはあなたがわたしの息子のナイジェルを捜しだして、彼が罪をおかしたり、悪いことに関係しているかどうかを調べてくださるようにお願いしたいと思います。

わたしがこれから述べようとしていることは、わたし以外のだれも知らないことです。ナイジェルはじつに始末におえない子供でした。わたしの名前を使って小切手を偽造したことが二度ありました。わたしは外部に知れないようにその署名を認め、ナイジェルには厳重にいましめたのですが、彼は三度目に母の署名を偽造しました。彼女は怒って彼を叱りつけました。彼はだれにも洩らさないでくれと頼んだのですが、彼女はそれを拒否しました。わたしたちは彼のことについては話しあっていましたから、彼女はわたしにそのことを告げたのです。するとその晩彼は、睡眠薬を過量に盛って母親に飲ませました。彼女は発作が起きる前に気がつき、わたしにそれをいいました。まさかとは思いましたが、翌朝彼女が死んでいるのが発見されたとき、わたしはだれが彼女を殺したのか、すぐわかりました。

わたしはナイジェルに怒り、事実をありのままに警察に告げるといいました。彼は必死になってわたしに頼みます。エンディコットさん、あなたならどうしますか。わたしは息子を甘く見ているわけではありません。彼は良心やあわれみの気持ちのないじつに極悪な人間です。彼を救うべき理由は何もないのですが、わたしはただ、最愛の妻の気持ちを考えてためらいました。彼女はわたしがナイジェルを法廷につきだすことを望むでしょうか。わたしの妻が、息子を死刑にしたいと思っているとはとても考えられませんでした。それに、わたしはわれわれの名を傷つけることはしたくなかったし、妻もそれを望みはしないはずです。しかし、同時にこんな考えが頭に浮かびました——一度人殺しをした人間は、二度、三度とくりかえすものだということが。息子は将来、また罪をおかすかもしれません。しかし、わたしは彼の犯行を知らなかったことにする約束をしたのです。それがよかったか悪かったか知りません。とにかく彼に自分の罪の告白書を書かせて、わたしが保存することにしました。そして、家を出て新しく人生をやりなおすように説得しました。第二の機会を与えたわけです。母の金が、自動的に彼に渡るようになっていました。彼は充分な教育を受けてきましたから、そのつもりでさえあれば、りっぱな人生を送ることもできるわけです。

しかし——もし彼がなんらかの犯罪に関係したときには、彼の書いた告白書を警察へ提出することになっていました。わたしが死んでも、その問題は解決されたわけではありません。

あなたはわたしの最も古い友人です。あなたの肩に重い荷を負わせることになって恐縮ですが、しかし、やはりあなたの親友だったわたしの妻の名において、あなたにお願いしたいと思います。ナイジェルを捜しだしてください。そして彼が正しい生活をしていましたら、この手紙も、告白書も破棄してください。もしそうでなかったら――どうか、彼を裁判に付してください。

アーサー・スタンリー

わが最愛の友へ

「ほう！」ポアロは長いため息をついた。
彼はさらに、べつの封書を開けた。

わたしは、一九五―年十一月十八日に、メディナルを過量に飲ませて母を殺したことを、ここに告白いたします。

ナイジェル・スタンリー

22

「ミス・ホッブハウス、あなたはもう充分覚悟ができていることでしょうが、いつかあなたに注意しておいたとおり——」

ヴァレリ・ホッブハウスは彼の言葉をさえぎった。

「あたしは自分のやっていたことは充分承知しているつもりです。あなたはいつか、あたしのいうことはぜんぶ証拠になるとおっしゃいましたけど、こっちにもそれに対する用意はちゃんとできておりますわ。あたしは密輸犯で告発されました。これは仕方がありません。長期の刑がいいわたされるでしょう。しかしあなたはさらに、あたしを殺人犯として告発するつもりなんでしょ」

「あなたがすすんでいろんなことをしゃべるのは、あなたのためになるかもしれないけれども、しかし、いかなる約束もできませんし、そのために減刑される希望はまずありませんよ」

「ええ、いっこうに構いませんわ。どうせこれから何年もの間、刑務所で憂鬱な生活を送らなければなりませんから、しゃべりたいことはいまのうちにしゃべっておきたいと思いますわ。あたしは、いわゆる従犯者で、殺人犯ではありません。人殺しをしようなんて思ったことは一度もありませんわ。あたしはばかでしたの、ナイジェルを救おうと思ったりして……。

シーリアはあたしたちの秘密をかぎつけたようでしたが、しかし、あたしはそれをなんとかごまかしてしまう自信があったんです。ところがナイジェルは、あたしのとめるのを聞き入れずに彼女を外へ呼びだし、リュックサックやインク事件を自白するつもりだといって彼女を安心させて、その間にこっそり彼女のコーヒーにモルヒネを入れたのです。彼はその前に彼女がハバード夫人あてに書いた手紙を手に入れ、その一部を使って自殺に見せかけようとしました。それから、ずっと前に捨ててしまったように見せかけたモルヒネの瓶を、彼女の枕もとにおきました。いま考えると、彼は少し前から殺人を計画していたように思えます。あたしは彼から、シーリアを殺したといわれてびっくりしましたけど、こうなった以上、あたしとしてはどうしても彼をかばわなければならなかったのです。

同じことが、ニック夫人の身にも起こったのだろうと思います。彼女が最近酒を飲みだしたことや、信頼できなくなってきていることに気がついて、彼は彼女が家へ帰る途中どこかで会い、やはり酒の中にモルヒネを入れて毒殺したのでしょう。あたしが彼にたずねたときは否定していましたが、彼がやったにちがいないと思います。つぎはパトリシアです。彼は彼女を殺してしまってからあたしのところへやってきて、それを打ちあけました。そして、アリバイを作るために、あたしにあんな役をつとめてくれというんですの。あたしはもう網の中に入った小鳥のようなもので、それを拒むわけにはいきませんでした。あたしは、あなたがもし捕らえなかったら、どっか外国へ逃げて、そこでひとりで新しく人生をやりなおすつもりでした。でも、やっぱり捕まってしまいましたわ……。もう何もいうことはありません。ただ、あの残酷非道なナイジェルが首を絞められるのを見たいと思うだけですわ」

シャープ警部はほっと深いため息を洩らした。彼女の話はすべて、彼を満足させてくれた。自分でも信じられないほどうまく解決できたのだ。しかし、彼は当惑した。

巡査がペンをおいた。

「どうもまだわからないんだが――」と、警部がいいかけた。

彼女がそれをさえぎった。

「なにも、そこまでわかる必要はないじゃありませんか。あたしが怒るのは、あたしなりの理由があるからです」

エルキュール・ポアロは静かにいった。

「ニコレティス夫人のことだね」

彼女がはっと息をつめる音が聞こえた。

「彼女は――あなたのお母さんでしょ」

「はい」と、ヴァレリ・ホッブハウスが答えた。「彼女はあたしの母でした……」

23

1

「どうもよくわからないことがあるんですがね」と、アキボンボは悲しげにいった。

彼は気づかわしげな目を、赤い髪の頭からもう一つの頭の方へ移した。

サリー・フィンチとレン・ベイトソンの論じあっている議論をそばで聞いていたアキボンボは、二人の会話についていけなかったのだ。

「ナイジェルはあたしに嫌疑がかかるようにしようとしたのかしら。それともあなたかしら」と、サリーがたずねた。

「両方だろうね」と、レンが答えた。「彼はわざとぼくのブラシから髪をとって、あんなことをしたんだから」

「いや、ぼくのわからないのはそのことじゃないんですよ」と、アキボンボがいった。

「そうすると、あのバルコニーを飛び越えたのは、ナイジェルだったのかな」

「ナイジェルなら猫のように飛べたろうけど、ぼくじゃ無理だよ。こんなに太っていたんじゃね」

「まちがってあなたを疑ったりして、すみません」

「いや、いいよ、もうすんだことだ」と、レンがいった。

「でも、あなたはずいぶん役に立ったわよ」と、サリーがいった。「あなたの考えたこと、特にあのホウ酸のことなんかね」

アキボンボは嬉しそうに顔を輝かした。

「結局、ナイジェルは環境不適応者なのさ」と、レンがいった。

「やめてよ、コリンみたいなことをいうわね。正直な話、ナイジェルってなんだか気持ちのわるい人だったわ――なぜなのかが、これでやっとわかったわけだけど……。もしアーサー・スタンリーが下手な同情をしないでナイジェルをすぐ警察へつきだしていれば、あの三人も殺されなくてすんだのね」

「しかし、彼の気持ちには同情できるよ」

「ねえ、ミス・サリー」

「なあに、アキボンボ？」

「もし、あなたが今晩大学のパーティでぼくの教授に会ったら、ぼくがりっぱな考え方をしたということを話してください。あの先生はいつもぼくの頭が粗雑にできてるというんですよ」

「ええ、いいましょう」と、サリーが答えた。

レン・ベイトソンは部屋の暗い絵をじっと眺めた。

「もう一週間もすれば、きみはアメリカへ帰るんだね」と、彼がいった。

ちょっとの間、部屋がしんとなった。

「ええ、帰るわ」と、サリーがいった。「あなたもいらして、向こうで勉強しない?」

「どうして?」

「アキボンボ、あなたはそのうちに、ある結婚式のときのベスト・マンになってくださるでしょ」と、サリーがいった。

「ベスト・マンてなんだい」

「たとえば、レン、新郎のあなたがまず、アキボンボに指輪を持っててもらって、二人できれいに着飾って教会へ行くのよ。そして、ころ合いを見はからってあなたが彼から指輪を受け取り、それをあたしの指にはめてくれるの。するとオルガンが結婚行進曲をはじめ、みんな歓声をあげるってわけ。ね、わかったでしょ」

「すると、きみはレン君と結婚するつもりかい」

「そいつあ、いい話だ」

「サリー、すごいぞ！」

「レンが承諾してくれたらの話よ、もちろん」

「サリー、でもきみは、ぼくの父のことを知らない――」

「そんなことどうでもいいじゃないの。あたし、ちゃんと知ってるわ。そりゃあなたのお父さんはおかしいかもしれないけど、でも、たいていのお父さんて、そうじゃない？」

「べつに遺伝的におかしいわけじゃないんだよ。それは保証するよ。きみに対して、ぼくがどんなに絶望的な報われぬ思いを抱いていたか、きみにはわからんだろうなあ」

「ごめんなさい。まさかとは思ったんだけど」

「昔のアフリカでは」と、アキボンボがいった。「原子力時代になる前、つまり科学的な考え方が入ってくる前には、とても奇妙な面白い結婚の風習があったんですよ。それは――」

「こんなところでいわない方がいいわ」と、サリーがいった。「あたしね、きっとみんながあたしとレンをからかって、顔を赤らめさせようとするだろうと思うけど、レンは髪が赤いから、よけい目立つんじゃないかしら」

2

エルキュール・ポアロはミス・レモンが差しだした手紙に署名を終えて、ほっとため息をついた。

「うん、よろしい《トレ・ビアン》」と、彼はおごそかにいった。「まちがいが一つもないようだね」

ミス・レモンはややむっとした顔になった。

「わたしは、そうたびたびまちがいをしでかしたはずがないつもりですけど」

「いや、たびたびじゃないけど、一度あったよ。ところで、あんたの姉さんは、いまどうしていらっしゃる」

「クルーザーで外国へ行くつもりですって、北欧あたりへ」

「ほう！」と、エルキュール・ポアロはいった。

もしかしたら、クルーザーの上で——と、彼は考えてみた。

航海に出た自分を想像してみたわけではなかった——そんな気持ちをもたせる誘因は、

何もないわけなのだから。

後ろの柱時計が、一時をうった。

　時計が一つ鳴り、
　ねずみが駆けおりる
　ヒッコリー、ディッコリー、ドック。

と、エルキュール・ポアロは口ずさんだ。

「えっ？　何かおっしゃいまして、ポアロさん」

「いや、なんでもないよ」と、エルキュール・ポアロは答えた。

クリスティーの頃
JET（漫画家）
はじめて
クリスティー作品を
読んだのは
確か小3
少々活字中毒で
少々変わりモノで
小栗虫太郎や
江戸川乱歩の
好きな小学3年生
人が死ぬ小説に
心ときめかす
小学3年生
ドキ
ドキ
怖いよー
怖いよー♡
なんか
いっぱい死にそう
〜♪
そんな訳で
初めて読んだのは
『そして誰も
いなくなった』
ドキドキ
でも何故か
死体より何より
記憶に残るのは
真鍋博氏の
イラスト（表紙）
だったり
外国の本は
おシャレやねー
日本人だし。

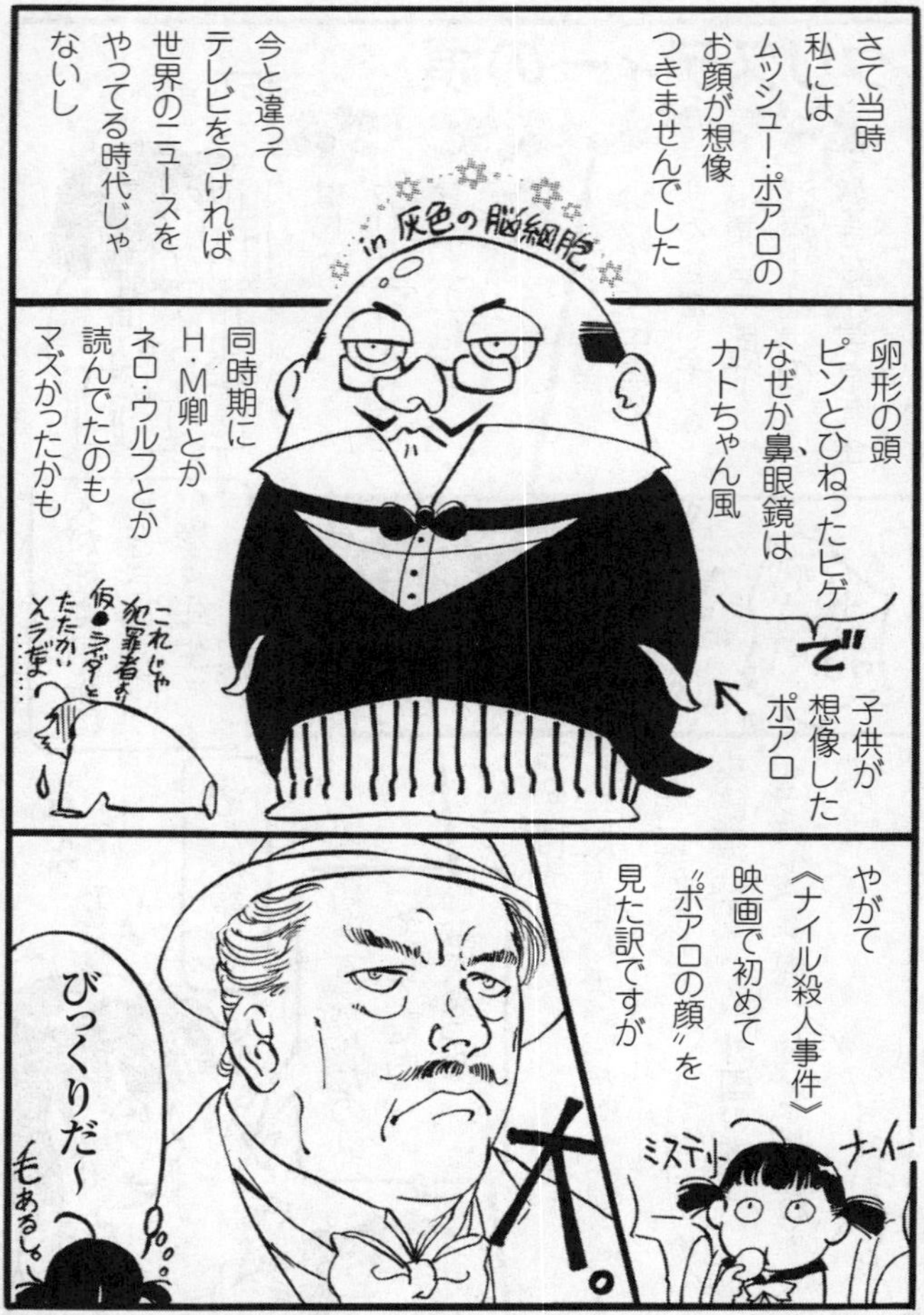
さて当時
私には
ムッシュー・ポアロの
お顔が想像
つきませんでした
今と違って
テレビをつければ
世界のニュースを
やってる時代じゃ
ないし
in 灰色の脳細胞
卵形の頭
ピンとひねったヒゲ
なぜか鼻眼鏡は
カトちゃん風
で
子供が
想像した
ポアロ
同時期に
H・M卿とか
ネロ・ウルフとか
読んでたのも
マズかったかも
これじゃ
犯罪者より
仮●ライダーと
たたかい
そうだぜ……
やがて
《ナイル殺人事件》
映画で初めて
〝ポアロの顔〟を
見た訳ですが
ミステリー
ナーイー
ホ。
びっくりだ〜
もあるし。

これ以上おかしなモノを
想像しないうちに
ムッシュー・ポアロになるべくして
生まれたごとき風貌と情熱
D《デヴィッド》・スーシェに出会えたことは
最大の喜び
しかし
英国のTVは
すごいです
BIG BEN
デジタルはイヤ(笑)。
シャーロック・ホームズと
いい
ミス・マープルと
いい
ビバ・イギリス
イメージと言えば。
訳によって
ずい分変わる
これが実感
ハヤカワ文庫の
ミス・マープルは
〝上品な老婦人〟
ですが某誌の
マープルは……
〝むかつくババア〟
HAHAHA
エラリイ・クイーンも
上品な青年に
なったり
ヒャウ♪と
口笛を吹いて
デューセンバーグを
けとばしてたり

ポアロはあまり
そんな事は
なかったんですが
おかげで
今でも
私にとって
A・ルパンの
口調は
"わし"
そうそう
『ヒッコリー・ロードの殺人』
初めて読んだのは
小学高学年――
ちょっと英語もかじったり。
HICKORY → どっかの丘？
何かのアニメに出てきたような
DICKORY → ディックさん？
DOCK → アヒル
コレは知ってた
ヨホー♪
ホホーイ
グワッ
?
実際は
スピード感あふれる
サスペンス仕立ての
名作です。
結論
年相応の本を
読みましょう。

灰色の脳細胞と異名をとる

〈名探偵ポアロ〉シリーズ

本名エルキュール・ポアロ。イギリスの私立探偵。元ベルギー警察の捜査員。卵形の顔とぴんとたった口髭が特徴の小柄なベルギー人で、「灰色の脳細胞」を駆使し、難事件に挑む。『スタイルズ荘の怪事件』（一九二〇）に初登場し、友人のヘイスティングズ大尉とともに事件を追う。フェアかアンフェアかとミステリ・ファンのあいだで議論が巻き起こった『アクロイド殺し』（一九二六）、イニシャルのＡＢＣ順に殺人事件が起きる奇怪なストーリーが話題をよんだ『ＡＢＣ殺人事件』（一九三六）、閉ざされた船上での殺人事件を巧みに描いた『ナイルに死す』（一九三七）など多くの作品で活躍し、最後の登場になる『カーテン』（一九七五）まで活躍した。イギリスだけでなく、イラク、フランス、イタリアなど各地で起きた事件にも挑んだ。

映像化作品では、アルバート・フィニー（映画《オリエント急行殺人事件》）、ピーター・ユスチノフ（映画《ナイル殺人事件》）、デビッド・スーシェ（ＴＶシリーズ）らがポアロを演じ、人気を博している。

1 スタイルズ荘の怪事件
2 ゴルフ場殺人事件
3 アクロイド殺し
4 ビッグ4
5 青列車の秘密
6 邪悪の家
7 エッジウェア卿の死
8 オリエント急行の殺人
9 三幕の殺人
10 雲をつかむ死
11 ABC殺人事件
12 メソポタミヤの殺人
13 ひらいたトランプ
14 もの言えぬ証人
15 ナイルに死す
16 死との約束
17 ポアロのクリスマス
18 杉の柩
19 愛国殺人
20 白昼の悪魔
21 五匹の子豚
22 ホロー荘の殺人
23 満潮に乗って
24 マギンティ夫人は死んだ
25 葬儀を終えて
26 ヒッコリー・ロードの殺人
27 死者のあやまち
28 鳩のなかの猫
29 複数の時計
30 第三の女
31 ハロウィーン・パーティ
32 象は忘れない
33 カーテン
34 ブラック・コーヒー〈小説版〉

好奇心旺盛な老婦人探偵

〈ミス・マープル〉シリーズ

本名ジェーン・マープル。イギリスの素人探偵。ロンドンから一時間ほどのところにあるセント・メアリ・ミードという村に住んでいる、色白で上品な雰囲気を漂わせる編み物好きの老婦人。村の人々を観察するのが好きで、そのうちに直感力と観察力が発達してしまい、警察も手をやくような難事件を解決するまでになった。新聞の情報に目をくばり、村のゴシップに聞き耳をたて、それらを総合して事件の謎を解いてゆく。家にいながら、あるいは椅子に座りながらゆったりと推理を繰り広げることが多いが、敵に襲われるのもいとわず、みずから危険に飛び込んでいく行動的な面ももつ。

長篇初登場は『牧師館の殺人』(一九三〇)。「殺人をお知らせ申し上げます」という衝撃的な文章が新聞にのり、ミス・マープルがその謎に挑む『予告殺人』(一九五〇)や、その他にも、連作短篇形式をとりミステリ・ファンに高い評価を得ている『火曜クラブ』(一九三二)、『カリブ海の秘密』(一九六四）とその続篇『復讐の女神』（一九七一）などに登場し、最終作『スリーピング・マーダー』（一九七六）まで、息長く活躍した。

バラエティに富んだ作品の数々

〈ノン・シリーズ〉

名探偵ポアロもミス・マープルも登場しない作品の中で、最も広く知られているのが『そして誰もいなくなった』（一九三九）である。マザーグースになぞらえて殺人事件が次々と起きるこの作品は、不可能状況やサスペンス性など、クリスティーの本格ミステリ作品の中でも特に評価が高い。日本人の本格ミステリ作家にも多大な影響を与え、多くの読者に支持されてきた。

その他、紀元前二〇〇〇年のエジプトで起きた殺人事件を描いた『死が最後にやってくる』（一九四四）、『チムニーズ館の秘密』（一九二五）に出てきたロンドン警視庁のバトル警視が主役級で活躍する『ゼロ時間へ』（一九四四）、オカルティズムに満ちた『蒼ざめた馬』（一九六一）、スパイ・スリラーの『フランクフルトへの乗客』（一九七〇）や『バグダッドの秘密』（一九五一）などのノン・シリーズがある。

また、メアリ・ウェストマコット名義で『春にして君を離れ』（一九四四）をはじめとする恋愛小説を執筆したことでも知られるが、クリスティー自身は四半世紀近くも関係者に自分が著者であることをもらさないよう箝口令をしいてきた。これは、「アガサ・クリスティー」の名で本を出した場合、ミステリと勘違いして買った読者が失望するのではと配慮したものであったが、多くの読者からは好評を博している。

名探偵の宝庫

〈短篇集〉

クリスティーは、処女短篇集『ポアロ登場』(一九二三)を発表以来、長篇だけでなく数々の名短篇も発表し、二十冊もの短篇集を発表した。ここでもエルキュール・ポアロとミス・マープルは名探偵ぶりを発揮する。ギリシャ神話を題材にとり、英雄ヘラクレスのごとく難事件に挑むポアロを描いた『ヘラクレスの冒険』(一九四七)や、毎週火曜日に様々な人が例会に集まり各人が体験した奇怪な事件を語り推理しあうという趣向のマープルものの『火曜クラブ』(一九三二)は有名。トミー&タペンスの『おしどり探偵』(一九二九)も多くのファンから愛されている作品。

また、クリスティー作品には、短篇にしか登場しない名探偵がいる。心の専門医の異名を持ち、大きな体、禿頭、度の強い眼鏡が特徴の身上相談探偵パーカー・パイン(『パーカー・パイン登場』(一九三四)など)は、官庁で統計収集の事務を行なっていたため、その優れた分類能力で事件を追う。また同じく、ハーリ・クィンも短篇だけに登場する。心理的・幻想的な探偵譚を収めた『謎のクィン氏』（一九三〇）などで活躍する。その名は「道化役者」の意味で、まさに変幻自在、現われてはいつのまにか消え去る神秘的不可思議的な存在として描かれている。恋愛問題が絡んだ事件を得意とするというユニークな特徴をもっている。

ポアロものとミス・マープルものの両方が収められた『クリスマス・プディングの冒険』（一九六〇）や、いわゆる名探偵が登場しない『リスタデール卿の謎』（一九三四）や『死の猟犬』（一九三三）も高い評価を得ている。

冒険心あふれるおしどり探偵

〈トミー&タペンス〉

本名トミー・ベレズフォードとタペンス・カウリイ。『秘密機関』（一九二二）で初登場。心優しい復員軍人のトミーと、牧師の娘で病室メイドだったタペンスのふたりは、もともと幼なじみだった。長らく会っていなかったが、第一次世界大戦後、ふたりはロンドンの地下鉄で偶然にもロマンチックな再会をはたす。お金に困っていたので、まもなく「青年冒険家商会」を結成した。この後、結婚したふたりはおしどり夫婦の「ベレズフォード夫妻」となり、共同で探偵社を経営。事務所の受付係アルバートとともに事務所を運営している。トミーとタペンスは素人探偵ではあるが、その探偵術は、数々の探偵小説を読破しているので、事件が起こるとそれら名探偵の探偵術を拝借して謎を解くというユニークなものであった。

『秘密機関』の時はふたりの年齢を合わせても四十五歳にもならなかったが、

最終作の『運命の裏木戸』（一九七三）ではともに七十五歳になっていた。青春時代から老年時代までの長い人生が描かれたキャラクターで、クリスティー自身も、三十一歳から八十三歳までのあいだでシリーズを書き上げている。ふたりの活躍は長篇以外にも連作短篇『おしどり探偵』（一九二九）で楽しむことができる。

ふたりを主人公にした作品が長らく書かれなかった時期には、世界各国の読者からクリスティーに「その後、トミーとタペンスはどうしました？　いまはなにをやってます？」と、執筆の要望が多く届いたという逸話も有名。

47　秘密機関
48　NかMか
49　親指のうずき
50　運命の裏木戸

世界中で上演されるクリスティー作品

〈戯曲集〉

劇作家としても高く評価されているクリスティー。初めて書いたオリジナル戯曲は一九三〇年の『ブラック・コーヒー』で、名探偵ポアロが活躍する作品であった。ロンドンのスイス・コテージ劇場で初演を開け、翌年セント・マーチン劇場へ移された。一九三七年、考古学者の夫の発掘調査に同行していた時期にオリエントに関する作品を次々執筆していたクリスティーは、戯曲でも古代エジプトを舞台にしたロマン物語『アクナーテン』を執筆した。その後、『そして誰もいなくなった』、『死との約束』、『ナイルに死す』、『ホロー荘の殺人』など自作長篇を脚色し、順調に上演されてゆく。一九五二年、オリジナル劇『ねずみとり』がアンバサダー劇場で幕を開け、現在まで演劇史上類例のないロングランを記録する。この作品は、伝承童謡をもとに、一九四七年にクイーン・メアリの八十歳の誕生日を祝うために書かれたBBC放送のラジオ・ドラマを舞台化したものだった。カーテン・コールの際の「観客のみなさま、どうかこのラストのことはお帰りになってもお話しにならないでください」の一節はあまりにも有名。一九五三年には『検察側の証人』がウィンター・ガーデン劇場で初日を開け、その後、ニューヨークでアメリカ劇評家協会の海外演劇部門賞を受賞する。一九五四年の『蜘蛛の巣』はコミカルなタッチのクライム・ストーリーという新しい展開をみせ、こちらもロングランとなった。

クリスティー自身も観劇も好んでいたため、『ねずみとり』は初演から十年がたった時点で四、五十回は観ていたという。長期にわたって劇のプロデューサーをつとめたピーター・ソンダーズとは深い信頼関係を築き、「自分の知らない芝居の知識を教えてもらった」と語っている。

訳者略歴　1924年生，1949年東京大学文学部卒，英米文学翻訳家　訳書『動く指』クリスティー，『餌のついた釣針』ガードナー（以上早川書房刊）他多数

ヒッコリー・ロードの殺人《さつじん》

〈クリスティー文庫 26〉

二〇〇四年七月十五日　発行
二〇二五年二月十五日　八刷

（定価はカバーに表示してあります）

著者　アガサ・クリスティー
訳者　高《たか》橋《はし》豊《ゆたか》
発行者　早川浩
発行所　株式会社 早川書房

郵便番号一〇一 - 〇〇四六
東京都千代田区神田多町二ノ二
電話　〇三 - 三二五二 - 三一一一
振替　〇〇一六〇 - 三 - 四七七九九
https://www.hayakawa-online.co.jp

乱丁・落丁本は小社制作部宛お送り下さい。
送料小社負担にてお取りかえいたします。

印刷・三松堂株式会社　製本・株式会社明光社
Printed and bound in Japan
ISBN978-4-15-130026-4 C0197

本書は活字が大きく読みやすい〈トールサイズ〉です。